마나도
삼별초의 마지막 항해

■ 법적 고지(legal disclaimer)

본 도서는 『마나도: 삼별초의 마지막 항해』라는 제목의 창작 소설로, 역사적 사실과 허구를 혼합하여 서술되었음을 밝힙니다. 이에 수록된 인물, 사건 및 단체는 실제와 다를 수 있으며, 일부 내용은 저자의 상상력에 근거한 것임을 알려드립니다.

본 도서에 포함된 모든 내용은 저작권법에 의해 보호받으며, 무단 복제, 전재, 배포를 금합니다.

본 도서는 특정 개인 또는 단체를 비방하거나 명예를 훼손할 의도가 없으며, 만약 사실과 다른 내용으로 인한 오해나 피해가 발생할 경우, 저자 및 출판사는 법률상의 책임을 지지 않습니다.

본 도서의 연구 및 창작 과정에서 참고된 자료 및 증언은 정당한 절차를 거쳤으며, 인용 및 출처 표기를 하였으나, 저작권자 또는 관련자의 요청에 따라 일부 내용은 수정될 수 있습니다.

개정증보판

마나도

김선홍·김성헌 장편소설

삼별초의 마지막 항해

다산글방

〈마나도〉를 펴내며

소설 『마나도』는 오랜 시간 마음속에 있었던 질문에서 출발했습니다.

"만약 삼별초의 후손들이 정말로 바다를 건너 살아남았다면, 그들은 지금 어디에서 어떤 삶을 살고 있을까?"

역사는 종종 승자의 기록으로 남습니다. 패배한 자들의 목소리는 파도에 휩쓸리듯 흩어지고, 우리는 그 잔향만을 좇아야 할 때가 많습니다.

삼별초는 고려의 마지막 저항군이자, 백성과 함께 끝까지 싸운 사람들입니다. 저희는 그들이 남긴 불씨가 단순한 전설이 아니라, 오늘날에도 이어지는 생생한 이야기일 수 있다는 상상에서 글을 시작했습니다.

 소설 『마나도』는 두 개의 축으로 이루어져 있습니다. 하나는 13세기 삼별초의 항해와 망명, 다른 하나는 현대를 살아가는 사람들의 진실 추적입니다. 과거와 현재, 역사와 과학, 신념과 욕망이 교차하는 서사를 통해 독자 여러분께 질문을 던지고 싶었습니다.

 "우리는 어디에서 와서, 어디로 가고 있는가?"

 집필 과정은 결코 쉽지 않았습니다. 고려사와 동남아 해양사를 넘나들며 자료를 찾아야 했고, 법의학·유전자 분석·국제정치 같은 낯선 분야도 배우며 써 내려갔습니다. 때로는 사실과 상상 사이의 경계에서 방황하기도 했습니다. 하지만 그 모든 과정이 결국 은 삼별초의 뿌리처럼 저희 이야기를 단단하게 해 주었습니다.

    무엇보다 이 소설은 사람에 대한 이야기입니다.
    역사의 거대한 파도 속에서도 끝까지 살아남으려 한 사람들,
    진실을 밝히려다 상처받은 사람들,
    그리고 끝내 서로를 힘겹게 지켜낸 친구들의 이야기입니다.

    『마나도』가 독자 여러분께 작은 울림이 되기를 바랍니다.
    역사를 잊지 않되, 단순히 과거의 비극에 머무르지 않고, 오늘 우리의 자리와 내일의 길을 돌아보게 하는 이야기. 그것이 저희가 이 소설을 통해 이루고 싶었던 바람입니다.

마지막으로, 긴 여정 끝까지 함께해 주신 모든 분들께 진심으로 감사드립니다.

바람이 바다를 건너 불씨를 이어주듯,
이 책이 여러분 마음속에도 작은 불꽃으로 남기를 소망합니다.

2025년 어느 날

차례

프롤로그 ——————————————— 16

강화도의 붉은 겨울 하늘 _ 16
삼별초의 항쟁와 마지막 항해의 서막 _ 18
마나도의 후손들 - 언어와 기억의 잔향 _ 20
국회 청문회 증언대의 마 경감 _ 22

제1부 삼별초의 마지막 항해와 망명의 시작 ——————— 25

강화도의 굴복과 장수 진귀철의 외침 _ 27
삼별초의 독자적 길 - 진도 항전 _ 30
제주 항쟁과 피로 물든 바다 _ 33
마라도 탈출 - 생존을 향한 마지막 선택 _ 36
폭풍이 갈라 놓은 두 갈래의 길 _ 40
미지의 땅 마나도 도착 _ 45
정착과 공동체의 형성 _ 48

제2부 현대적 탐사 - 진실을 좇는 사람들 ——————— 51

오사카의 봄 _ 53
세 친구 _ 55
불길한 예감 _ 59
30억 개의 유전자 _ 63

3번 부검실 _ 67

삼별초의 조우 - 김 교수의 시선 _ 71

행적 _ 75

숨겨진 메일 _ 77

토다 가문의 비밀 _ 80

회상-토다의 시선 _ 84

갈등의 씨앗 _ 86

어긋난 인연 _ 88

결단 _ 93

운명의 10일 전 - 아사코의 시선 _ 97

마지막 선택 _ 101

반전 - 아사코의 결심 _ 104

이탈 - 보이지 않는 승객 _ 107

긴급수사 - 마 경감의 시선 _ 109

마 경감의 밤 _ 111

미완 _ 113

아사코의 최후 - 보이지 않는 독 _ 117

마 경감의 결기 _ 121

최후의 선택 - 진실의 무게 _ 123

제3부 현대적 탐색 - 삼별초를 찾아서 ———— 129

돌아서는 그림자 _ 131

차례

마나도 - 멈춘 시간의 입구 _ 134

목간이 깨어나는 밤 _ 137

방탕 _ 140

갈래시장과 바람의 학교 _ 143

길과 방패, 그리고 칼 _ 147

투자 _ 150

위자야, 쓴 과일의 이름 _ 154

목간과 실록이 만나는 순간 _ 157

사이프러스 _ 160

성자의 방 _ 168

유전자의 거울 _ 171

드러난 진실 _ 173

잘못된 인연 _ 175

마자파힛과 조선, 이어진 이름 _ 177

여운 _ 181

삼별반 - 친구의 이름으로 _ 183

아사코의 집착, 그 이유 _ 188

목간과 유전자의 교차 _ 190

다시, 셋이서 _ 192

다시 만난 세 친구 _ 196

마나도 성당 폭탄 테러 _ 202

제4부 진실의 부름 ──────── 211

국회 청문회의 증언 _ 213
요양병원의 유 원장 _ 216
마 경감의 선택 _ 219
침투와 체포 _ 223
수중 회수 작전 _ 228
USB의 비밀 _ 232

제5부 청문회 - 역사와 과학의 증언 ──────── 237

개회 - 긴장으로 시작된 날 _ 239
삼별초, 마나도의 혈연 _ 243
유전자 검사와 과학적 근거 _ 248
아사코의 죽음 _ 253
양삼성 가문의 증거 _ 256
반박과 결연 _ 259
마무리 진술 - 복수 아닌 복원 _ 262

제6부 그림자와 실존 ──────── 265

자금 흐름과 내부 고발자 _ 267
홍콩의 검은 가방 _ 273

차례

내부 밀첩 – 그림자 고발 _ 277
국회 청문회 2차 증언 _ 282
파문과 보복 _ 286
실종 전야 _ 290
남겨진 부탁 _ 294
구출을 위한 도박 _ 300

제7부 마나도 – 새로운 시작 ─────────── 307

마나도 도착 – 바람의 입구 _ 309
기억과 증거의 결합 _ 313
공동체 유물과 기록, 바다를 건넌 기억들 _ 316
두 해의 성당 생활 – 기억과 과학의 만남 _ 320
싱가포르 국제학술대회 발표 – 진실의 날 _ 323
삼별초 이야기 _ 327

제8부 진실의 입구 ─────────────── 347

싱가포르의 충격 _ 349
아사코의 마지막 밤 _ 351
기억 속 비밀의 밤 _ 356
기자회견장 _ 361

카미카제의 몰락 _ 364

국제 재판과 문화유산의 귀환 _ 367

제9부 회생과 귀향 ─────────────── 371

기적의 소식 _ 373

재회 _ 375

마나도로의 귀향 _ 377

허경욱의 진실 _ 380

세 친구의 마지막 항해 _ 386

봉인의 문 _ 391

토다 사무로의 문서 _ 397

진실의 무게 _ 403

고해성사 – 독백 _ 414

돌아가는 길 _ 418

황혼의 약속 _ 422

에필로그: 기록으로 남은 이야기 ─────────── 426

줄거리 요약

고려 말, 몽골에 맞서 싸우던 삼별초는 강화도 항복 후 진도, 제주를 거쳐 마라도에서 마지막 항해를 시작한다. 그들은 바다의 시련과 풍랑을 견디며 결국 인도네시아 마나도에 도착해 새로운 공동체를 형성한다. 이 역사는 잊혀지고 전설로 여겨졌으나, 700년 후 마나도의 후손들이 제주 방언과 혈통, 문화 유산을 남기며 살아가고 있었다.

현대에 이르러 법의학자 김성훈 교수, 경찰 출신 마 경감, 의사 유 원장이 삼별초 후손과 관련된 비밀을 파헤친다. 일본 극우 조직 삼별반과 카미카제 상사의 음모를 발견하고 이를 밝히려다 아사코 박사가 희생된다. 김 교수와 마 경감은 음모에 맞서 싸우면서도 내부 고발자와 배신, 외압에 고통받는다. 결국 국회 청문회와 국제 학술대회에서 진실을 공개하며 삼별초 후손의 존재가 과학적으로 입증되고, 비밀 조직이 무너지기 시작한다.

마나도로 돌아온 세 사람은 마을 사람들과 함께 역사를 기록하고 공동체를 재건한다. 그러나 진실이 밝혀짐에 따라 후손들이 겪을 수 있는 굴욕과 위협에 대한 우려를 안고, 역사는 계속 이어져야 함을 깨닫는다.

주요 인물

김 교수 : 법치의학자. 재난 현장에서 신원을 밝히는 전문가로, 아사코의 죽음을 계기로 삼별초 후손 연구와 국제적 음모를 밝혀내고자 하는 노력의 중심에 선다.

마 경감 : 경찰청 외사국 소속. 김 교수와 유 원장의 오랜 친구이나, 진실 추적 과정에서 권력과 배신의 유혹 사이에서 갈등한다.

유 원장 : 이비인후과 의사. 세 친구 중 가장 온화한 성격을 지녔으며, 위험보다 우정을 중시하지만 결국 친구들을 위해 희생을 감수한다.

사토 아사코 : 일본의 법의학 교수. 김 교수의 옛 연인이자 동료 연구자. 삼별초 후손 유전자 연구에 몰두하다 의문의 죽음을 맞는다.

토다 다로 교수 : 일본과학경찰연구소 소장. 김 교수와의 학술 협력자이지만, 토다 가문의 비밀에 얽혀 진실 은폐와 양심 사이에서 흔들린다.

진귀철 장군 : 삼별초 지도자. 고려 왕실의 굴복에도 끝까지 항거하며 망명 항해를 이끈 인물이며 마나도에 도착해 진씨 가문의 시조가 된다.

양삼성 : 진씨 가문의 심장이라 부르며 가문의 부활을 만들었고 토다 사무로의 협박으로 유물및 전리품을 관리하며 국제 자금 비밀에 깊이 연루되어 있다.

허경욱 : 아사코의 할아버지이며 토다 사무로에 의해 처형당한다. 이 사건의 배후와 닿아 있으며, 이야기의 어두운 축을 이끈다.

리나 : 인도네시아 마나도에서 역사와 전통을 지키고자 노력하는 현지인. 삼별초 후손으로서 김 교수의 활동에 조력자로 기여한다.

프롤로그

강화도의 붉은 겨울 하늘

성문 밖, 강화도의 마을은 이미 불길에 삼켜지고 있었다. 몽골군의 화살촉이 성벽을 스치며 불꽃을 튀길 때마다 병사들의 비명이 뒤섞였다. 연기는 하늘로 솟구쳐 붉은 석양과 뒤엉켰다.

성벽 위에서 장군 김통정은 무거운 갑옷을 두른 채 이를 악물었다. 화살이 투구에 스치며 불꽃을 일으켰다.

"우린 끝까지 버틴다! 고려의 마지막 혼은 우리다!"

그 외침에 병사들은 칼을 움켜쥐었으나, 그들의 눈동자 속엔 두려움과 절망이 교차했다. 어린 병사 하나가 떨리는 목소리로 속삭였다.

"장군님… 더는 막을 수 없을 것 같습니다."

김통정은 잠시 그를 바라보다 다시 성벽 아래를 가리켰다. 원나라 대군이 파도처럼 밀려오고 있었다. 그 물결은 끝이 보이지 않았다.

　"물러서지 말라. 하늘은 우리 편이다."

　그의 음성은 바람에 실려 퍼졌다.

　"우린 바다로 나아간다. 패배가 아니라, 새로운 길을 찾기 위한 항해다!"

　그날 밤, 남아 있던 삼별초 무리들은 마지막 배에 몸을 실었다. 풍랑에 부서질 듯한 작은 배들이었으나, 그들의 눈빛은 불타는 횃불처럼 흔들리지 않았다.

　한 병사가 출항 직전 떨리는 손으로 바닷물을 움켜쥐었다.

　"차갑습니다…. 하지만 살 수 있겠지요."

　김통정은 고개를 끄덕였다.

　"바다는 우리를 삼키지 않는다. 바다는 우리의 길이다."

　검붉은 하늘 아래, 파도를 가르며 삼별초의 항해가 시작되었다. 그 길은 단순한 탈출이 아니었다. 민족의 마지막 불꽃이 바다 너머로 옮겨가는 순간이었다.

삼별초의 항쟁과 마지막 항해의 서막

진도의 성벽은 끝내 무너져 내렸다. 원나라의 전차가 밀고 들어올 때, 성문은 금방이라도 부서질 듯 삐걱거렸고, 병사들의 함성은 고통과 두려움으로 섞여 울부짖는 바람이 되었다.

김통정 장군은 마지막까지 성벽 위에 서 있었다. 눈앞에서 수십 명의 병사들이 화살비에 쓰러졌다. 그의 투구는 이미 움푹 패였고, 갑옷은 피와 흙으로 얼룩졌지만, 그는 눈을 감지 않았다.

"우린 고려의 마지막 혼이다! 끝까지 싸워라!"

그러나 피로 물든 성벽은 더 이상 그들을 지켜주지 못했다. 진도의 깃발은 찢겨져 바람에 나부꼈고, 병사들의 눈에는 뚜렷한 절망이 드리워졌다.

그때, 김통정은 결단을 내렸다.

"우린 이곳에서 모두 죽을 수 없다. 바다로 나아가야 한다!"

그의 목소리에 장수들과 병사들이 잠시 멈칫했다. 어떤 이는 두려움으로, 또 어떤 이는 희망으로 눈빛이 빛났다.

"패배가 아니라 새로운 길이다. 바다는 우리의 마지막 성이다!"

밤이 되자, 삼별초는 몰래 성을 빠져나와 해안으로 향했다. 달빛이 바다 위에 은빛 길을 그려주었다. 파도는 그들을 시험하듯 거칠었지만, 동시에 품어주듯 출렁였다.

부서진 목책을 해체해 배를 고치고, 돛을 다시 세우는 손길은 떨림 대신 단단함을 띠었다. 어린 병사들은 남은 곡식을 자루에 담았고, 여인들은 아이들을 품에 안았다.

출항 직전, 한 병사가 물었다.

"장군님, 저 바다 너머엔 무엇이 있습니까?"

김통정은 잠시 하늘을 올려다보았다. 붉은 별 하나가 어둠 속에 반짝이고 있었다.

"우리의 미래가 있다. 뿌리내릴 땅이 있다. 그리고 고려의 이름이 다시 불릴 날이 있다."

돛이 바람을 머금자, 작은 배들이 검은 바다를 가르며 나아갔다. 파도가 배 옆구리를 때릴 때마다 아이들은 울었지만, 노를 젓는 병사들의 눈빛은 흔들리지 않았다.

그 순간, 삼별초는 더 이상 패망한 무리가 아니었다. 새로운 항해의 주인, 역사의 마지막 불꽃이 되어 바다 위로 떠나갔다.

마나도의 후손들 – 언어와 기억의 잔향

시간은 700년을 훌쩍 뛰어넘어, 인도네시아 북쪽의 작은 해안 마을, 마나도에 이르렀다.

뜨겁고 습한 바람 속에서 아이들의 노랫소리가 울려 퍼졌다.

"하나… 둘… 셋…"

낯설지만 어딘가 친숙한 발음. 한국어와 닮은 숫자 세기가 아이들의 입술에서 흘러나왔다.

마을 한복판, 야자수 그늘 아래 앉은 노인은 부드러운 눈빛으로 그 모습을 지켜보았다. 그의 얼굴은 깊은 주름으로 바다와 세월을 닮아 있었고, 목소리는 파도처럼 느리면서도 힘이 있었다.

"저 아이들의 피는 고려에서 흘러왔지. 우리 조상들은 바다를 건너와 이 땅에 뿌리내렸단다. 바다는 길이자 방패였고, 동시에 시험대였다."

그는 낡은 대나무 지팡이로 모래 위에 선을 그었다. 선은 바다에서 시작해 곧게 마을로 이어졌다.

"저 길을 따라온 자들이 있었기에 우리가 있다. 바람은 노래로 남았고, 언어는 조각조각 흩어졌지만, 피는 여전히 뜨겁다."

아이들 곁에 있던 젊은 어머니는 조심스레 물었다.

"할아버지, 그럼 우리는 고려 사람입니까, 아니면 이 땅의 사람입니까?"

노인은 잠시 바다를 바라보다가 미소를 지었다.

"우리는 두 곳 모두의 사람이지. 바다는 경계를 가르지 않는다. 다만, 사람들의 기억이 잊혀져 갈 뿐이다."

밤이 되자, 마을 광장에 모닥불이 피어올랐다. 어른들은 옛 노래를 불렀고, 아이들은 장단에 맞추어 춤을 췄다. 그 노랫말 속에는 '해동에서 온 사람들', '바다의 길을 지킨 자들'이라는 구절이 희미하게 남아 있었다.

그러나 세상의 학문과 기록 속에서, 그들의 이야기는 여전히 전설로 치부되고 있었다. 학자들은 그것을 입증할 증거를 찾지 못했고, 강대국의 역사책은 작은 섬의 목소리를 외면했다.

하지만 마을 사람들의 심장은 알았다.

그들의 피에, 그들의 언어에, 그들의 노래에 삼별초의 망명과 항해의 진실이 살아 있음을.

국회 청문회 증언대의 마 경감

서울, 국회의사당.

겨울 하늘은 잿빛 구름으로 가라앉아 있었고, 차가운 바람은 의사당 앞 태극기를 파도처럼 흔들었다. 그날, 본회의장은 언론의 플래시와 기자들의 웅성거림으로 이미 뜨겁게 달아올라 있었다.

증언대 앞에 선 이는 경찰 출신의 마 경감이었다. 그는 수많은 시선 앞에서 잠시 숨을 고르더니, 물 한 모금을 삼키고는 마이크 앞으로 다가섰다.

목소리는 담담했지만, 그 안에는 오랜 세월 꾹꾹 눌러온 무게가 배어 있었다.

"존경하는 위원님들, 제가 오늘 말씀드릴 내용은 단순한 추측이 아닙니다. 삼별초의 후손들은 실제로 존재합니다. 그리고 그 진실은 지금도 은폐되고 있습니다."

순간, 회의장은 술렁였다. 기자들의 손이 일제히 키보드를 두드렸고, 카메라 플래시가 잇따라 터졌다. 위원장석에서는 목소리가 오갔다.

"경감, 그 근거를 제시할 수 있습니까?"

"네. 제가 수집한 자료와 현지 증언, 그리고 김 교수 일행의 연구 결과가 그것입니다. 단순한 설화가 아니라, 역사와 혈통으로 이어진 증거입니다."

증언대 옆, 방청석에 앉아 있던 김 교수의 눈빛은 허공을 헤매다 이내 깊은 곳으로 가라앉았다.

그는 회의장의 웅성거림 속에서 과거의 기억을 떠올렸다.

함께 동행했던 마 경감의 결단, 그리고 병실 창가에 앉아 담담히 말하던 유 원장의 목소리.

그리고 바람에 실려온 아사코의 마지막 웃음.

"우린 단순히 역사를 찾은 것이 아닙니다."

마 경감의 목소리가 다시 회의장을 울렸다.

"이것은 국가와 민족, 그리고 진실의 기록입니다."

제1부

삼별초의 마지막 항해와 망명의 시작

강화도의 굴복과 장수 진귀철의 외침

1270년 겨울, 강화도의 궁궐.

대전(大殿)에는 불길처럼 타는 긴장감이 감돌았다. 외부에서 몰아치는 북풍은 창호지를 흔들며 마치 역사의 문을 강제로 열어젖히는 듯한 소리를 냈다.

왕은 옥좌 위에 앉아 있었지만, 그 얼굴은 두려움으로 잿빛이 되어 있었다. 옆에는 몽골 사신이 서 있었다. 사신의 눈빛은 매서웠고, 손에는 원 제국의 요구가 적힌 조서가 들려 있었다.

"고려는 이제 더 이상 독자적인 길을 걸을 수 없다. 몽골의 신하로서 황제께 충성을 맹세하라."

그 목소리는 차갑고 무거웠으며, 그 울림이 궁궐 기둥을 진동시켰다.

신하들은 고개를 숙였다. 누군가는 벌써 눈물을 훔쳤고, 누군가는 분노와 두려움 사이에서 갈피를 잡지 못한 채 떨고 있었다.

그러나 그때, 한 장수가 앞으로 나섰다.

진귀철.

그는 강직한 체구에 눈빛은 번개처럼 날카로웠다. 그의 목소리가 대전 안을 가르며 터져 나왔다.

"폐하! 몽골에 굴복한다는 것은 곧 고려를 버리는 길입니다! 우리에겐 아직 삼별초가 있습니다. 싸울 수 있습니다!"

그 순간, 신하들 사이에서 웅성거림이 일어났다. 왕의 얼굴은 더욱 창백해졌다.

진귀철은 한 발짝 더 앞으로 나아갔다. 그의 갑옷은 얼어붙은 듯 차갑게 빛났고, 목소리는 더욱 단호해졌다.

"폐하, 강화도가 무너져도 백성들의 혼은 꺾이지 않았습니다. 삼별초는 군사이자 백성입니다. 저희는 끝까지 싸울 준비가 되어 있습니다. 부디 고려의 혼을 지켜 주시옵소서!"

왕은 떨리는 손으로 옥좌의 팔걸이를 움켜쥐며 시선을 떨구었다. 그 눈에는 두려움과 피로만이 가득했다.

몽골 사신은 비웃듯 미소를 흘렸다.

"장수의 외침이 아무리 크다 한들, 왕의 결정을 바꿀 수는 없다. 고려의 왕은 이미 황제의 신하다."

대전의 공기는 얼음처럼 차가웠다. 그러나 진귀철의 눈빛만은 타오르는 불길 같았다.

그 순간, 대전 밖에서 북소리가 울려 퍼졌다. 삼별초의 병사들이 들고 선 깃발이 눈발 속에서 펄럭이고 있었다.

"끝까지 싸우겠다!"

그들의 함성이 멀리 바다 위까지 메아리쳤다.

진귀철은 이를 악물며 칼자루를 움켜쥐었다.

"나라가 무너져도, 우리의 혼은 꺼지지 않는다."

붉은 겨울 하늘 아래, 고려의 운명을 가르는 싸움의 서막이 올랐다.

삼별초의 독자적 길 - 진도 항전

1271년 초겨울, 진도의 용장성(龍藏城).

회색빛 하늘 아래, 매서운 바람이 성벽 위의 깃발을 찢어낼 듯 몰아쳤다.

삼별초의 장수 김통정은 전투복에 피가 스민 채 성루에 서 있었다. 그의 눈앞에는 끝없이 밀려드는 원나라 군사들의 진영이 펼쳐져 있었다. 화살은 하늘을 가리며 쏟아졌고, 불화살의 꼬리는 붉은 혀처럼 어둠을 핥았다.

"장군, 더는 버틸 수 없습니다!"

부관의 목소리는 절망으로 가득했으나, 김통정의 얼굴에는 오히려 불타는 결의가 떠올랐다. "아직 아니다. 마지막 한 사람까지 싸운다! 고려의 혼은 우리다!"

그 순간, 진귀철 장군이 피투성이 갑옷 차림으로 나타났다. 그의 팔에는 깊은 상처가 있었지만, 눈빛은 꺼지지 않았다.

"장군! 더는 성이 버티지 못합니다. 그러나 여기서 무너진다 해도 끝난 것이 아닙니다. 바다로 나갑시다. 바다는 우리의 길이자 방패입니다."

김통정은 이를 악물고 고개를 끄덕였다. 그 순간에도 성문은 몽골군의 쇠퇴에 흔들리며 곧 부서질 듯 울부짖고 있었다.

"병사들을 모아라! 살아남은 자는 바다로 향한다!"

삼별초의 군사들은 피와 재 속에서 칼을 움켜쥐고 성문을 빠져나왔다. 여자와 아이들, 늙은이들까지 함께였다. 그들의 눈빛에는 두려움과 동시에 결연한 불꽃이 타올랐다.

용장성의 마지막 화살이 하늘로 솟아오르며 붉은 궤적을 남겼다. 그것은 패배의 신호가 아니라, 새로운 항해의 시작을 알리는 불꽃이었다.

밤바다로 나아간 배들 위에서, 병사들은 한 목소리로 노를 저었다.

"우리는 삼별초다! 끝까지 싸운다!"

멀리 진도의 성벽은 불길에 휩싸여 붉게 타올랐다. 그러나 바다로 나아가는 배의 노랫소리는, 그 불길을 넘어 더욱 크게 메아리쳤다.

김통정은 파도에 젖은 칼을 높이 들어 올리며 외쳤다.

"나라가 우리를 버렸으나, 우리는 나라를 버리지 않는다! 바다 건너, 새로운 고려를 세우리라!"

거센 파도는 배의 뱃머리를 때렸고, 하늘의 별빛은 어둠을 뚫고 항로를 비추었다.

삼별초의 독자적 길, 진도의 항전은 그렇게 바다 위의 망명으로 이어졌다.

제주 항쟁과 피로 물든 바다

1273년 봄, 제주 해안.

바람은 변함 없이 거칠었고, 바다는 붉은 태양빛 아래에서 잔혹한 전장을 예고하듯 출렁거렸다.

삼별초는 용장성 패전 이후 마지막 희망을 안고 제주에 둥지를 틀었다. 섬 전체가 요새처럼 변했고, 아이와 노인까지도 돌을 나르며 성벽을 쌓았다.

성안 곳곳에는 허기진 병사들이 서 있었지만, 그들의 눈에는 굳센 결의가 남아 있었다.

"장군, 원나라 군이 드디어 상륙했습니다!"

성루에서 외치는 병사의 목소리가 울렸다. 김통정 장군은 칼을 움켜쥔 채 성벽으로 달려갔다. 그의 옆에는 진귀철과 고삼진이 나란히 섰다.

해안에는 이미 수백 척의 원나라 함선이 검은 물결처럼 몰려들고 있었다. 군사들의 갑옷은 햇빛에 번쩍였고, 북소리는 섬 전체를 뒤흔들었다.

"이제 마지막이다." 진귀철은 피로 굳은 손으로 창을 들어 올리며 낮게 중얼거렸다. "끝내 여기서 쓰러지더라도, 고려의 혼은 바다 건너까지 울릴 것이다."

원나라 군이 성벽에 화살비를 퍼부었다. 불화살이 날아들며 초가지붕이 순식간에 불길에 휩싸였다. 연기가 하늘을 뒤덮고, 아이들의 울음소리가 성벽 너머에서 메아리쳤다.

삼별초는 이를 악물고 성문을 열고 돌격했다.

"으아아아!"

바다로 밀려들어오는 적을 향해, 파도와 함께 몸을 던졌다. 창끝이 부딪히고, 칼날이 스쳤다. 바다는 곧 붉은 피로 물들기 시작했다.

고삼진은 물에 빠진 병사를 끌어내며 소리쳤다.

"바다는 우리 편이다! 끝까지 버텨라!"

그러나 적의 수는 끝도 없었다. 파도마다 새로운 군사들이 몰려왔고, 삼별초의 병사들은 하나둘 모래사장에 쓰러져 갔다.

해안은 순식간에 피와 화염, 절규의 소용돌이가 되었다.

김통정은 마지막 남은 병사들과 함께 성으로 퇴각했다. 그의 눈에는 이미 패배를 직감한 고통이 어려 있었지만, 입술은 굳세게 닫혀 있었다.

"우린 여기서 끝나지 않는다. 반드시 바다 건너 다시 길을 찾으리라."

그날, 제주 항쟁은 피로 마감되었다. 성벽은 무너지고, 마을은 불타올랐으며, 바다는 붉게 물들어 역사의 증인이 되었다.

그러나 쓰러지지 않은 이들이 있었다.

바다를 향해 눈을 돌린 이들, 목숨을 걸고 마지막 항해를 꿈꾸는 이들.

삼별초의 망명은 이제 바다 위에서 다시 시작될 참이었다.

마라도 탈출 – 생존을 향한 마지막 선택

1273년 여름 끝자락, 제주 남단 마라도.

섬은 불길과 연기에 휩싸여 있었다. 원나라 군사들의 추격은 섬 끝자락까지 닥쳐왔고, 삼별초의 잔여 병력은 마지막 피난처로 몰려들었다.

좁은 섬의 해안가. 파도는 무심히 부서지고 있었지만, 그 속에서 사람들은 죽음과 생존의 갈림길에 서 있었다.

아이를 안은 어머니, 부상당한 병사를 업은 동지, 그리고 남은 병사들이 모여 있었다.

김통정 장군은 바위 위에 서서, 피로 얼룩진 칼을 쥔 손으로 바다를 가리켰다.

"이 땅에서 더는 버틸 수 없다. 우리가 살아남으려면, 남쪽으로 가야 한다."

이윽고 밤이 깊어지자 구름이 달빛을 삼켰다.

어둠 속에서 불씨가 꺼져가던 모닥불 앞, 장수들과 병사들이 원형으로 둘러 앉았다.

그때, 긴 침묵을 깨고 한 장수가 입을 열었다.

"제주에서 더 버틴다면 죽음뿐입니다. 남쪽 바다에 류큐라 불리는 섬에 닿는다면 살 길이 열릴 것입니다."

병사들 사이에서 술렁임이 일었다. 누군가는 눈물을 머금은 채 고개를 끄덕였고, 또 누군가는 주먹을 움켜쥐었다.

다른 장수가 자리에서 일어나 목소리를 높였다.

"류큐라니! 그곳에 머문다면 결국 타국의 신하가 될 뿐이다. 우리는 고려의 피를 이어받았다. 스스로의 왕국을 세워야 하지 않겠는가?"

침묵이 깊어져 갔다. 파도 소리와 바람만이 운명을 가르는 듯 울려 퍼졌다.

배 몇 척이 해안가에 준비되어 있었다. 그것은 정규 함선이 아니라, 어부들이 쓰던 작은 목선이었다. 사람들을 모두 태우기에는 턱없이 부족했다.

진귀철이 이를 악물고 말했다.

"남는 자는 적을 막고, 떠나는 자는 후손을 이어가라."

순간, 병사들의 얼굴이 흔들렸다. 누가 남고, 누가 떠나야 하는가. 죽음과 생존의 선택은 누구도 쉽사리 입에 담지 못할 잔혹한 심판이었다.

그때, 고삼진이 앞으로 나섰다. "내가 남겠다. 이 섬에서 끝까지 싸우겠다. 그러나 부디… 우리 이름을 잊지 말라. 언젠가 돌아와, 고려의 혼을 다시 세워 달라."

그의 목소리는 바람에 휘날리며, 파도와 함께 메아리쳤다.

김통정은 눈을 감았다가 뜨며 고개를 끄덕였다.

"너의 이름은 반드시 전해질 것이다. 오늘의 희생이 내일의 희망이 된다."

급히 아이들과 노약자, 부상병들이 배에 올랐다. 울부짖는 아이들이 어머니의 품에 매달렸고, 병사들은 눈물을 삼키며 노를 움켜쥐었다.

파도가 거세게 몰아쳤다. 작은 배는 금방이라도 뒤집힐 듯 요동쳤지만, 그들의 눈빛은 흔들리지 않았다.

"저 멀리, 새로운 땅이 있다!"

김통정의 외침과 함께, 배는 어둠을 가르며 바다로 나아갔다.

섬에 남은 병사들이 성벽 위에서 마지막 횃불을 높이 들어 올렸다. 불길은 밤하늘을 붉게 물들였고, 그 빛은 바다 위를 떠나는 배들에게 마지막 인사를 전하는 듯했다.

멀리서 원나라 군사들의 북소리가 점점 가까워졌다. 그러나 마라도의 바닷길 위에서는 새로운 역사가 이미 시작되고 있었다.

바다는 폭풍처럼 요동쳤지만, 그 폭풍은 동시에 길이기도 했다.

삼별초의 망명.

그들은 이제, 미지의 땅을 향해 항해를 시작했다.

폭풍이 갈라 놓은 두 갈래의 길

겨울의 바다는 잔혹했다. 파도는 갑판을 덮쳤고, 차가운 바람은 사람들의 살결을 베어냈다.

그러나 그보다 더 참혹한 건 떠남의 순간이었다.

"여보, 같이 가오. 나 혼자 남는다면 아이들은 누가 지키오."

어떤 병사는 부인을 부둥켜안으며 눈물을 삼켰다.

아내는 잠시 망설이다 아이를 품에 안고 남편의 손을 잡았다. 뒤에서는 노모가 지팡이에 의지한 채 떨리는 목소리로 말했다.

"이 땅은 이미 무너졌다. 손주라도 살려야지. 함께 가거라."

그리하여 남은 쌀자루와 물동이를 챙겨 들고, 온 가족이 배에 몸을 실었다. 울음과 절규, 기도의 목소리가 얽힌 채 배들은 바다로 떠밀려갔다.

바다 위에서의 삶은 고난 그 자체였다. 굶주림은 병사와 아이를 가리지 않고 모두를 괴롭혔다.

어머니들은 아이를 품에 안고 바닷물을 퍼내며 속삭였다.

"조금만 참거라. 곧 땅이 보일 게다."

아이의 눈동자는 파도에 흔들렸지만, 어머니의 품은 끝까지 놓아주지 않았다.

젊은 부부는 작은 아이를 번갈아 품에 안고 노를 저었다.

팔이 부러진 병사는 아내가 대신 노를 잡는 것을 보며 치욕 대신 감사의 눈물을 흘렸다.

김통정 장군은 뱃머리에 서서 모두를 향해 외쳤다.

"우리가 지키는 것은 성이 아니라, 살아남은 고려의 혼이다! 가족과 함께 살아남아라. 그것이 곧 조국을 잇는 길이다!"

그러던 어느 날 밤, 갑작스러운 폭풍이 몰려왔다.

천둥이 하늘을 찢고, 번개가 바다 위를 휜 칼날처럼 가르며 내리쳤다. 배들은 휘청이며 금방이라도 뒤집힐 듯 흔들렸다.

어머니는 아이를 가슴에 끌어안은 채 "제발 이 아이만은!" 하고 울부짖었다.

아버지는 온 힘을 다해 노를 저으며 소리쳤다.

"잡아! 절대 놓지 마라!"

그러나 작은 목선 하나가 끝내 파도에 휩쓸렸다.

바람 속으로 절규가 흩어지고, 바다는 무심히 삼켜버렸다. 남은 자들은 절망 속에서도 서로를 부여잡았다. 아이의 울음소리가 폭풍 속에서도 꺼지지 않고 이어졌다. 그것은 희망의 불씨였다.

폭풍을 간신히 견뎌낸 다음 날, 장수들과 가족들이 모닥불을 둘러싸고 앉았다. 젖은 옷을 말리며 아이를 꼭 껴안은 어머니들의 눈빛은 여전히 흔들리고 있었다.

한 장수가 말했다.

"남쪽으로 가야 한다. 류큐라 불리는 섬이 있다. 그곳에 닿으면 아이들이라도 살릴 수 있다."

그러자 또 다른 장수가 맞섰다.

"류큐에 머문다면 타국의 신하로 살 뿐이다. 우리는 고려의 피를 잇는 자들이다. 새로운 땅에 우리 왕국을 세워야 한다!"

병사들은 서로 눈빛을 교환했다. 아이를 품은 아버지, 노모를 부축하는 아들, 홀로 남은 과부와 고아들….

그들의 선택은 단순한 전략이 아니라 가족의 생존을 건 결단이었다.

결국, 배들은 두 갈래로 갈라졌다.

남서쪽으로 향한 무리의 배들이 표류 끝에 '류큐(오키나와)'에 닿았다. 왕국의 사람들은 처음에는 창을 들었지만, 곧 굶주린 아이들을 보고 창을 거두었다.

"너희는 이 섬에서 머물러도 된다. 우리와 함께 살라."

어머니들은 무너져 울었고, 아이들은 처음으로 따뜻한 죽을 입에 댔다. 그들 중 일부는 왕국 귀족 집안과 혼인하여 뿌리를 내렸고, 일부는 신하로 살아갔다.

그들의 노래와 무예는 서서히 류큐의 문화 속에 스며들었다.

그러나 또 다른 무리, 젊은 장수들과 학자, 그리고 가족들은 더 남쪽을 향했다. 끝없는 항해 끝에 지평선 위로 낯선 섬이 모습을 드러냈다.

"저곳이 우리의 종착지다." 배 위의 아버지는 아이를 들어 올리며 말했다. "너는 여기서 새로 태어나는 고려다."

그들은 해안에 성채를 쌓고, 불타버린 고려의 깃발 대신 새로운 깃발을 세웠다.

"우리는 고려를 버린 것이 아니다. 고려의 불씨를 지켜내는 것이다."

가족들의 맹세와 아이들의 울음은 파도에 섞여 울려 퍼졌다.

그날, 새로운 나라의 씨앗이 심어졌다.

바다는 그들의 절규와 희망을 모두 받아 안았다. 쓰러진 자들의 목숨은 바다에 스며들었으나, 살아남은 자들의 맹세는 꺼지지 않았다.
그 맹세는 후손들의 기억 속에 이어져, 언젠가 역사의 침묵을 깨우는 증언이 되리라.

미지의 땅 마나도 도착

폭풍을 헤치고 며칠 밤낮을 표류하던 배들은 어느새 지친 노를 겨우 저으며 남쪽 바다를 떠돌고 있었다. 식량은 바닥나 있었고, 사람들의 눈빛은 텅 비어갔다. 그러나 그때, 망루에 올라 있던 한 병사가 힘겹게 외쳤다.

"땅이다! 저기 땅이 보인다!"

모두가 일제히 고개를 들었다. 짙은 안개 너머로 검푸른 산맥과 야자수가 보였다. 그 순간, 배 위에서 울음과 환호가 뒤섞였다. 아이들이 떨리는 손으로 어머니의 옷깃을 붙잡았고, 병사들은 마지막 힘을 짜내어 노를 저었다.

해안에 가까워질수록 파도는 점점 잔잔해졌다. 모래사장은 은빛으로 빛났고, 해안가에는 알 수 없는 새들이 무리를 지어 날아올랐다. 바람 속에는 코코넛 향과 낯선 꽃 냄새가 섞여 있었다.

"살아남았다… 드디어 살아남았다."

진귀철은 무릎을 꿇고 모래를 움켜쥐었다. 그의 손바닥에 닿은 따스한 감촉은 마치 하늘이 내린 은총 같았다. 아이들은 모래 위에서 맨발로 달리며 웃음을 터뜨렸고, 병사들은 바닷물을 들이켜며 서로를 부둥켜안았다.

그러나 김통정은 환희 속에서도 경계심을 늦추지 않았다.

"이곳이 천국일 수도, 또 다른 지옥일 수도 있다. 조심하라."

그들은 조심스레 숲으로 발걸음을 옮겼다. 울창한 숲에는 익숙지 않은 과일이 열려 있었고, 작은 시냇물은 맑고 차가웠다.

굶주린 이들은 허겁지겁 열매를 따 먹고, 아이들은 시냇물에 손을 담갔다. 그 순간, 몇몇 병사들의 눈에서는 오랜만에 안도의 눈물이 흘렀다.

그러나 숲 속 어딘가에서 이들을 지켜보는 눈빛이 있었다.

가죽옷을 입고 창을 든 원주민들이 조용히 모습을 드러냈다. 그들의 얼굴은 낯설었지만, 놀랍게도 어딘가 친숙한 눈매를 지니고 있었다. 잠시 팽팽한 긴장감이 흘렀다.

한 노인이 앞으로 나와 낮고 굵은 목소리로 말했다.

"당신들은 누구요?"

김통정은 칼을 내려놓고, 두 손을 모아 예를 갖췄다.

"우리는 고려에서 온 자들입니다. 몽골의 칼을 피해, 바다를 건너온 망명자들이오."

원주민 노인은 잠시 눈을 감았다 뜨며, 마치 오래된 이야기를 떠올리는 듯 중얼거렸다. "우리 전해 내려오는 말에… 북쪽 바다 너머에서 온 사람들이 다시 돌아올 것이라 했지."

사람들의 눈빛이 흔들렸다. 마치 오래전 잃었던 친족을 만난 듯, 낯설지만 설명할 수 없는 교감이 스쳐갔다.

그날 밤, 낯선 섬의 모닥불 옆에서 삼별초와 원주민들은 마주앉았다. 말은 달랐지만, 손짓과 표정으로 조금씩 마음을 열어갔다.

아이들은 불빛 옆에서 함께 웃으며 놀았고, 노인들은 바다와 별을 가리키며 이야기를 나눴다.

김통정은 불꽃을 응시하며 낮게 속삭였다.

"이곳이 우리의 새로운 땅일지도 모른다… 고려의 마지막 불씨가 다시 살아날 수 있는 땅."

그의 눈에는 피로와 슬픔, 그러나 꺼지지 않는 희망이 번졌다.

삼별초의 배들은 이제 더 이상 표류하는 망명선이 아니었다.

그들은 미지의 땅, 마나도에 발을 디뎠고, 그 순간 새로운 역사가 시작되고 있었다.

정착과 공동체의 형성

마나도의 해변에 도착한 삼별초와 그 가족들은 처음 며칠 동안 모래사장에서 불을 피우고 잠을 청했다. 배는 이미 파도에 상해 더는 항해할 수 없었고, 돌아갈 길은 완전히 끊겼다.

김통정 장군은 피로에 찌든 병사들과 백성들을 모아 단호히 말했다.

"우리는 더 이상 망명자가 아니다. 이곳에서 살아남아야 한다. 이 땅을 우리의 터전으로 삼자."

사람들은 눈물을 훔치며 고개를 끄덕였다. 아이들은 아직 배고픔에 울었지만, 어머니들은 바닷가에서 조개와 해초를 캐서 허기를 면하게 할 수 있었다.

며칠 뒤, 원주민들과의 신중한 접촉 끝에 교류가 시작되었다. 원주민들은 처음에는 경계했으나, 아이들이 함께 뛰노는 모습을 보고 서서히 마음을 열었다. 그들은 코코넛 열매를 나눠주고, 사냥한 짐승의 고기를 건네며 작은 신뢰를 쌓았다.

삼별초는 바다를 잘 다루는 사람들이었다. 병사들은 물고기잡이 그물을 짜고, 노인들은 아이들에게 돛을 다루는 법을 가르쳤다.

원주민들이 지켜보는 앞에서 삼별초의 작은 돛배가 바다를 가르며 돌아오는 모습은, 곧 이 섬에 새로운 바람이 불고 있음을 알렸다.

사람들은 나무를 베어 움막을 세웠다. 대나무와 야자 잎으로 지붕을 엮고, 진흙을 발라 벽을 다졌다.

첫 번째 공동체가 세워진 날, 불빛은 바다를 향해 길게 번졌다.

진귀철이 말했다. "우린 나라를 잃었지만, 이 땅에서 다시 세울 수 있다. 고려의 법과 혼을 잊지 않고, 새 길을 만들자."

그날 밤, 병사와 백성들은 함께 노래를 불렀다.

그 가락은 낯선 땅에서도 꺼지지 않는 고려의 심장이었다. 모닥불 주위에 모인 원주민 장로와 삼별초 장수들은 술을 나눠 마시며 손을 맞잡았다.

원주민 장로가 말했다. "당신들이 바다에서 왔듯, 우리는 늘 바다와 함께 살아왔다. 이 땅은 서로의 것이니 함께 가꾸자."

김통정은 머리를 깊이 숙였다. "우리는 이곳에서 칼이 아닌 쟁기로 살아가겠다. 그러나 우리 뿌리와 혼은 잊지 않을 것이다. 후손들에게 고려의 이름을 전하리라."

계절이 바뀌며 땅은 점차 옥토로 변해갔다. 논에는 벼가 심어지고, 숲에는 아이들의 웃음소리가 퍼졌다.

병사들은 창을 내려놓고 밭을 갈았고, 부녀자들은 길쌈과 도기 제작을 시작했다.

바다는 여전히 길이었고, 숲은 집이 되었으며, 불은 공동체의 심장이 되었다.

그날 밤, 별빛 아래에서 김통정은 모래 위에 글자를 새겼다.

三別抄 – 끝까지 항거한 자들.

그는 조용히 속삭였다. "우린 망명자가 아니다. 이곳에서 새로운 고려, 새로운 세상을 시작한다."

바람은 따뜻했고, 파도는 그 다짐을 받아 적듯 고요히 밀려왔다. 마나도에서의 첫 공동체는 그렇게 태어나고 있었다.

제2부

현대적 탐사
—진실을 쫓는 사람들

오사카의 봄

새벽, 골목 한 켠에서 고요히 눈을 뜬 고양이가 조심스레 고개를 내밀었다.

4월의 아침은 따스한 봄기운으로 가득했지만, 주말이라서인지 거리에는 사람들의 발걸음이 전혀 없었다.

노란 벤치 앞에 천천히 걸음하는 한 노인이 다가와 앉았다. 이내 한 마리 고양이가 노인의 옆에 올라와 몸을 웅크렸다.

노인은 잠시 멈춰 하늘을 올려다보며 중얼거렸다. "오늘도 어김없이 하루가 시작되었구나."

그의 손에는 집에서 가져온 따뜻한 우유 한 잔과 샌드위치가 들려 있었다. 산들바람이 노인의 뺨을 스치고, 평화로운 아침의 공기가 주변을 감쌌다.

그러나 노인의 몸은 미세하게 떨렸다. 추위에 약해진 육신이 작은 진동에 반응한 것이다. 발끝에서 잔잔한 떨림이 점점 더 강하게 느껴졌고, 땅이 휘어지는 듯한 이상한 감각이 노인을 엄습했다. 손바닥 위에 올려놓인 듯 격렬한 진동이 땅에서 시작되어 온몸으로 퍼졌다.

그 순간, 노인은 20대 시절 겪었던 악몽이 떠올랐다.

'분명 심각한 재난이 다가온다'는 직감과 함께 눈앞에 보이던 건물이 S자 모양으로 휘어지는 모습을 목격했다.

마치 소시지를 구부리듯 건물이 휘는 모습은, 도저히 현실이라고 믿기 힘든 충격 그 자체였다.

갑자기 노인은 벤치에서 튕겨져 나가듯 바닥에 쓰러졌다. 오른쪽 발목이 시멘트에 부딪혀 돌아갔고, 머리털이 쭈뼛 설 만큼 강렬한 고통이 온몸을 휘감았다.

비명을 지르기도 전에 노인은 근처를 둘러보았다. 그러나 그 자리에 있던 고양이는 이미 사라졌고, 멀리서 여자의 비명 소리가 희미하게 들려왔다.

'이대로 죽는구나.'

노인은 두 눈을 꼭 감았다.

세 친구

 봄기운이 완연한 금요일 오후. 김 교수는 법치의학 강의실 문을 활기차게 열고 들어섰다. 나른해진 학생들은 기지개를 켜고 자세를 고쳐 앉았다.

 "CSI 같은 드라마에서 봤던 것보다 오늘 강의가 훨씬 흥미로울 겁니다. 질문이 있으면 언제든 손을 들어주세요."

 김 교수의 목소리에 교실은 금세 긴장감으로 채워졌다.

 강의는 본격적으로 시작됐다.

 "비행기 추락, 쓰나미 같은 대형 사고 현장에서 법치의학적 단서는 개별 신원 확인에 핵심적인 역할을 하죠. 치아는 90% 이상의 무기질로 구성돼 있어 뼈보다 훨씬 높은 열과 압력에도 견뎌냅니다. DNA 분석이 정확도를 높여주긴 했지만, 변사자의 치아와 악안면 부위는 신속하게 신원을 확인하는 데 도움을 줍니다."

 슬라이드에 비참한 사고 현장이 비춰지자 학생들은 자연스레 집중했다.

"치아는 파괴에 대한 저항력이 강한 데다, 성인 구강에는 28~32개의 뚜렷이 구분되는 치아가 있습니다. 치과치료의 재료와 방법, 치료한 부위의 조합까지 모두 개인식별의 중요한 포인트죠. 평소 차팅(charting)의 중요성을 이제야 실감하겠지요?"

차트가 나오는 슬라이드 화면으로 학생들의 시선이 쏠렸다.

김 교수는 실제 신원 확인 사례도 들었다.

"최근 어떤 변사체에서 상악 좌측 27번 치아에 DOcavity 형태의 골드 인레이가 수복되어 있다는 점만으로도 신원 확인의 단서가 된 적이 있습니다. 정확한 치료 기록이 얼마나 중요한지 알 수 있죠."

질문이 이어졌다.

"27번 DOcavity 골드 인레이만으로 확인이 가능합니까?"

그런 질문을 예견했던 듯, 김 교수는 생전의 방사선 사진과 비교하는 방법, 차팅(charting)의 중요성을 반복 설명했다.

"신원 확인은 법의학적 관점에서뿐 아니라 인도주의적 차원에서 유족의 법적, 사회적 고통을 줄여줍니다. 경찰에서는 신원만 밝혀도 범인의 절반은 잡는다는 말도 있지요."

학생들의 표정이 한층 진지해졌다.

이어, 치아 미세 변화를 바탕으로 연령을 추정하는 Gustafson 법, 오래된 분묘의 사체에서 아미노산의 라세미화 반응을 이용한 연령 추정도 설명했다.

"치과의사가 해야 할 일은 단순히 진단과 치료를 넘어서, 대형 사고나 범죄 사건에서 법치의학 수사요원으로도 활약할 수 있다는 점을 기억하세요."

강의실에는 희망과 긴장감이 뒤섞인 공기가 맴돌았다.

강의가 끝난 뒤, 오전 11시 20분 발생한 규모 7.5의 일본 대지진 소식이 뉴스로 전해졌다.

사고 현장을 비추는 카메라, 실려 나가는 시신들, 울부짖는 사람들 - 모두 충격을 감추지 못했다.

김 교수는 얼마 전 학회 일정으로 일본에 갔던 터라, 가슴 한켠이 서늘했다. '조금만 늦었더라면 나 역시….'

선진국 일본도 천재지변 앞엔 속수무책이었다는 아이러니에 잠시 침묵했다.

김 교수는 친구들에게 소식을 알리기 위해 집으로 달려갔다. 집 안에는 초등학교 친구이자 이비인후과 의사인 유 원장이 먼저 도착해 있었다.

"봤어? 뉴스?"

"나도 충격이야. 한 달만 늦게 출장 갔다면 나도 위험했겠지."

우연한 계기로 함께 살게 된 두 사람은 식사를 하며 말없이 서로의 충격을 나눴다.

오랜 우정만큼이나 익숙해진 침묵만이 남았다.

조금 뒤, 또 다른 동거인 마 경감이 퇴근했다. 경찰청 외사국 소속으로, 세 친구 중 유일하게 늘 긴장감에 싸여 사는 인물이다. 이번에도 그는 심각한 표정이었다.

"이상해. 뭔가 퍼즐이 안 맞아."

말수 적은 마 경감이지만, 일본에서 일어난 일련의 사건들이 심상치 않다는 감각이 그를 짓눌렀다.

세 친구는 각기 다른 길을 걸었지만, 자신도 모르게 같은 아파트에 모이게 됐다.

봄날의 오후, 거실엔 일상과 비상, 평범한 우정과 전문직의 긴장감이 조용히 흘렀다. 그리고 그 속에서 세 친구는 각자의 방식으로 세상과 마주했다.

불길한 예감

며칠 뒤, 강의를 마친 김 교수는 차에 올라앉아 시동을 걸고 휴대폰을 꺼냈다. 놓친 메시지들이 몇 통 쌓여 있었다.

대충 훑어보던 뉴스 속보에는 일본 대지진 소식들이 줄지어 이어졌다. 일본이 역사적인 변곡점에 서 있다는 생각이 스쳤다.

이번 재난은 단순한 자연재해에 머무르지 않았다. 원자력 발전소의 핵시설 피해 가능성, 방사능 유출 위험까지, 일본이라는 나라가 완전히 다른 국면으로 접어드는 순간 같았다.

잠시 멍하니 이런 생각에 빠진 가운데, 김 교수의 뇌리에 부재중전화 중 하나가 스쳤다. 해외에서 온 번호였고, 떨리는 마음은 그 번호가 일본 쪽에서 온 것임을 직감했다. 그는 망설임 없이 번호를 눌렀다.

수화기 너머로 들려온 목소리는 토다 다로, 일본과학경찰연구소의 소장이었다.

"일본, 정말 큰 난리입니다. 소장님은 괜찮으십니까?"

토다의 목소리는 마치 무거운 침묵 속에서 빠져 나오는 듯 힘이 빠져 있었다.

"아시다시피 긴장감 속에 있습니다…. 그런데…." 토다가 잠시 말을 망설이다 이어갔다. "제가 무슨 말을 할지 아시는 것 같군요."

김 교수는 미소를 지을 수 없었다.

"그게 무엇이든 좋은 소식은 아니겠지요."

숨을 고른 두 사람 사이로 스산한 기운이 흘렀다. 김 교수는 운전대를 꽉 쥔 손에 땀이 배어나오는 것을 느꼈다.

'왜 매번 슬픈 예감은 틀린 적이 없을까?'

어릴 적부터 그래왔다. 이번 대지진이 일어나기 얼마 전 일본에서 체류할 당시에도 이유 모를 불안감이 있었지만, 이번에도 그 불길한 느낌이 틀린적이 없이 다가왔다.

"아사코 교수가… 죽었습니다." 토다의 목소리가 떨렸.

그 말 한마디에 김 교수는 너무 놀라 앞차가 감속하는 것을 보지 못했다. 브레이크를 밟는 것이 늦어, 앞차와 거의 부딪칠 뻔한 것이다.

양화대교 다리, 앞차와는 겨우 손 한 뼘 정도의 간격이었다. 그가 차를 세우고 비상등을 켰을 때, 룸미러 너머로 앞차 운전자가 그를 의심의 눈초리로 바라보고 있었다.

정신을 추스르며 다시 통화에 집중했다. "정말 유감입니다. 뭐라 위로할 말을 찾기가 어렵네요."

"괜찮습니다…. 그런데 시신이 너무 심하게 훼손되어 있습니다. 화상에 의해…." 토다의 목소리는 떨림을 감추지 못했다.

김 교수는 말문이 막혔다. 아사코는 그의 오래된 친구이자 한때 미래를 함께 약속했던 연인이었다. 미국 의대에서 포스트닥터로 함께 일하던 시절, 그들은 서로에게 든든한 동료이자 동반자였다.

치기 어린 젊음의 시간이었지만, 아사코 같은 사람이라면 친구로서 평생 곁에 남겨두고 싶었다. 그가 한국으로 돌아온 후 연락은 뜸해졌지만, 아사코가 일본 지방 대학 연구기관에서 교수로 활동 중이라는 소식은 들었다.

믿을 수 없었다. 아사코가 이제는 시신으로만 남았다니.

"무슨 일이든 도와드리겠습니다." 김 교수는 결연한 목소리로 말했다. 이게 자신의 몫이라 믿었다.

토다는 힘겹게 말을 이었다. "지금 검시 인력이 턱없이 부족해 아사코의 신원 확인뿐 아니라 전반적인 지원이 필요합니다."

김 교수는 얼마 전 불길한 예감을 안고 다녀온 일본으로 다시 돌아가야 하는 운명을 받아들였다.

마음 한구석에선 마치 평생 마주하고 싶지 않았던 불행을 맞이해야 할 것만 같은 예감이 켜켜이 쌓였다.

밤은 깊었고, 김 교수는 마음속 고요하지 않은 파동과 함께 잠들지 못했다.
아사코를 생각하며, 그리고 다가올 일들 앞에서 무거운 어둠 속에 묻혀갔다.

30억 개의 유전자

맑고 청명한 5월의 오사카였다. 일본에 도착한 김 교수는 공항 창밖으로 펼쳐진 평온한 풍경에 순간 의아함을 느꼈다.

마치 불과 며칠 전 발생한 지진의 흔적 따위는 없다는 듯, 햇살은 따스하게 내려앉았고 푸른 하늘이 넓게 펼쳐져 있었다.

그러나 그의 마음 한 켠엔 무거운 예감이 자리 잡고 있었다.

공항에는 예상치 못한 맞이 손님들이 기다리고 있었다. 일본과학경찰연구소 일행이었다. 그 중 한가운데서 토다 다로 소장의 차분하고도 무거운 표정이 눈길을 끌었다. 김 교수를 맞이한 토다는 사려 깊게도 직접 현관 앞으로 나와 기다리고 있었다.

"또 다시 오시게 되어 죄송합니다, 교수님." 짧은 인사 말에도 진심이 묻어났다.

"별말씀을요. 어려우실 텐데 당연히 도와야지요. 모두 괜찮으

신가요?"

 김 교수의 걱정 어린 질문에 토다는 미소를 지었지만, 그 미소는 조금 부자연스러웠다. 아무래도 지진 피해 상황은 쉽지 않은 모양이었다.

 김 교수는 연구소 2층에 있는 토다 소장의 사무실로 안내받았다. 내부는 분주했다. 식사도 거른 듯한 토다는 무언가에 매달린 듯 집중하고 있었다. 미국 유학 시절 절친이었던 아사코 교수의 생사가 더욱 그를 괴롭혔으리라.

 "아직 확실치 않습니다." 토다가 말문을 열었다.

 김 교수는 의아함에 눈썹을 찌푸렸다. "무슨 뜻인지요?"

 토다는 말을 더듬으며 꺼냈다. "시신이… 너무 많이 훼손되었습니다."

 아사코가 화상의 흔적으로 심하게 훼손된 상태라는 말이었다. 김 교수의 가슴이 다시 한 번 무너져 내렸다.

 곧이어 토다는 그를 부검실 옆 회의실로 데려갔다.

 1층에서 열릴 브리핑 참석을 위한 자리였다.

 회의실에는 일본 정부 각 부서의 위기 대응 인력들과 법의학자, 부검의 수십 명이 모여 있었다. 긴장된 공기가 감돌았다. 후쿠야마 데쿠로라는 재난대책본부 담당자가 파일을 손에 들고 서두를 시작했다.

"현재 연구소로 이송된 사체는 128구입니다. 지진과 열차 탈선 화재로 인해 대부분의 시신이 화상으로 심하게 손상되어 신원 확인이 어렵습니다. 법의학 검사는 골격과 치아 데이터를 중심으로 진행하며, 소방청과 경찰의 정보를 총동원해 식별 절차에 박차를 가하고 있습니다."

그는 지진 발생 시각과 열차 전소 상황, 그리고 사망 추정 상황을 조목조목 설명했다. 객실 내 전기 수신부에서 발화가 시작되어, 화재와 연기로 탑승객들이 고통 속에서 희생된 참극이었다.

바통을 이어받은 토다 교수는 이번 검시 작업의 구체적인 절차와 사용될 과학적 방법론을 차분히 설명했다.

"검안과 부검으로 구분해 진행합니다. 면역학적 검사로 혈액형을 판별하고, 방사선 촬영으로 골(骨) 결손과 과거 병력을 확인합니다. 슈퍼임포즈법을 통해 남은 두개골 사진과 피해자의 생전 사진을 중첩하여 신원을 확인할 예정입니다."

토다는 이어서 손상이 심하지 않은 시신의 지문 채취 계획과 함께, 이번 사고 특성상 서로 다른 사망자의 신체 부위가 섞일 가능성이 커 각별한 주의를 기울여야 한다고 강조했다.

골격이 남아 있지 않은 사체의 경우 생존된 치아의 상태와 보철물 종류 등으로 연령과 신원을 판단하는 법치의학적 기법이 필요했다.

"한국에서 오신 법치의학 전문가 김성훈 교수님입니다."

한 스태프가 소개했다. 순간 김 교수는 깜짝 놀라 의자에서 일어났다. 발표자의 말투는 짧고 명료했다.

"전소된 시신들은 근육의 열경직이 심하며, 뼈와 조직이 상당 부분 훼손되어 있습니다. 부득이하게 치아와 일부 보철물로 신원을 확인해야 하는 상황입니다. 최선을 다해 협력하겠습니다."

김 교수의 가슴 속에는 무거운 책임감과 아사코에 대한 슬픔이 교차하고 있었다. 하지만 그가 알고 있는 수많은 과학적 방법과 경험이, 이제 이 절망적인 현장에서 누군가의 가족에게 마지막 진실을 전하는 희망의 불빛이 되기를 바랐다.

밖으로 뻗은 햇살이 창문 너머 회의실 바닥을 환하게 비추었다. 하지만 그 안에서 함께 모인 이들의 마음은 깊은 어둠 속에서 한 줄기 빛을 찾는 듯했다.

3번 부검실

입구 복도의 알코올 병 속에는 각종 장기와 태아들이 담겨 있었고, 평소보다 훨씬 섬뜩한 기운이 감돌았다.

초록색 수술복을 입은 네 명의 부검의가 분주하게 움직이고 있었다. 곳곳에서 울리는 사진 셔터 소리는 차갑게 울려 퍼졌고, 칠판보드에 신원 미상의 시체 정보를 적을 때마다 삐걱거리는 소리가 귓가를 거슬렀다.

부검실 천장엔 벌집처럼 구멍이 뚫린 공조 장치가 있었지만, 시신과 포르말린 냄새는 좀처럼 가시지 않았다.

스테인리스 부검대 위에는 다양한 상태의 시신들이 놓여 있었다. 보조요원 한 명이 톤을 높여 말했다.

"42번 시신, 고도의 전신 4도 화상. 열 경직이 심해 뼈 길이로 신체 사이즈를 확인하겠습니다."

이어서 또 다른 목소리가 메아리쳤다.

"43번 시신, 그을음을 들이마신 것으로 보이며, 해부를 통해 기관지 변색 여부를 확인할 예정입니다. 여성으로 보입니다. 혈중 이산화탄소 농도는 70%."

"44번 시신, 골반이 하트모양으로 좁아 남성으로 추정됨. 어린 아이로 보입니다."

"45번 시신, 악골 잔존 부위 일부 치열이 남아 있고, 지르코니아 크라운 보철물이 있어 치과 자료 도착후 확인 예정."

"46번, 두개골과 경막에 연소혈종이 관찰됩니다."

"47번, 골격 방사선 검사 중 인공 심장박동기 식별번호 발견, 병원에 문의해 신원 확인 가능할 듯."

보조요원들은 부검의가 확인한 내용을 낭독하고, 그 과정은 어딘지 모르게 과장되어 누군가에게 보여주려는 듯 불편함을 자아냈다.

위층 창문 너머로는 팔짱을 낀 관계 당국자들과 지방 검찰청 검사들이 거만한 눈빛으로 내려다보고 있었다.

"43번 시신이 아사코로 추정됩니다." 누군가가 알렸다.

김 교수는 부검대 앞으로 다가가 악골과 치아 데이터를 집중 분석했다. 하지만 하악 좌측 제1대구치에 임플란트 보철물 흔적을 발견하고는 의심이 들었다.

"임플란트 시술을 받았을 가능성이 크게 없어 보이는데…."

김 교수는 혼란스러운 마음으로 검사를 이어갔다.

부검의 중 한 명이 두개골 일부를 채취해 DNA 분석을 진행할 예정이라 했다. 시신이 심하게 훼손된 경우 두개골, 치아, 대퇴골 등에서 DNA를 추출해 30억 개에 달하는 유전자 중 특정인을 식별할 부분을 증폭하는, 지난한 작업임을 예상할 수 있었다.

김 교수는 미리 예약해둔 호텔로 이동할 준비를 했다. 그러나 토다 소장이 저녁식사와 침실을 준비해 놓았으니 자기 집으로 가는 건 어떻겠냐며 초대했다. 함께 나눌 이야기도 있다며.

늦은 저녁, 조용한 술자리. 두 사람은 유학 시절부터 알게 된 오랜 친구였지만, 이제는 학계에서 서로를 존중하며 존칭을 사용했다. 토다 소장이 조심스레 입을 열었다.

"교수님, 아사코 신원 확인 작업이 불편하고 너무 황망한 일일 텐데요." 그의 표정엔 깊은 착잡함이 담겨 있었다.

"아사코 소식을 듣고 저도 마음이 무거웠습니다. 다른 이들보다 제가 직접 이 일을 하는 것이 당연하겠지요. 제가 최대한 힘을 보태겠습니다. 그런데 마지막 연락은 언제였습니까?"

김 교수의 질문에 토다는 잠시 머뭇거리다 말했다.

"죽기 몇달 전입니다. 당시 그녀는 한 프로젝트에 거의 잠을 잊고 몰두했습니다. 특별한 의미가 있는 작업이라고 들었지요. 그러다 잠시 휴식겸 여행을 떠났고, 그 이후 연락이 끊겼습니다. 그리고 바로 소식이 전해졌습니다."

이튿날, 아사코로 추정된 43번 시신의 두개골에서 채취한 DNA 결과가 도착했다. 그 고요한 종이를 들고 김 교수는 여러 생각에 잠겼다.

의심스럽던 부분들을 확인할 기회였지만, 이것 이상 조사하는 건 고인에 대한 예의가 아닐 것 같아 고개를 숙였다.

"가엾은 이 영혼에게 평안한 안식을."

김 교수와 토다 소장은 DNA 결과보고서를 뒤로 하고 조용히 방을 나섰다. 김 교수의 눈가에는 이내 촉촉한 눈물이 맺혔다. 나이가 들면서 눈물은 더 잦아졌다.

혼자 길을 걸을 때도, 문득 돌아가신 아버지가 생각날 때도, 드라마를 볼 때도, 친구 딸의 결혼식을 보면서도 그렇게 가끔은 마음이 무너져 내렸다.

그날 밤 내내 가슴 속은 어쩌면 너무도 쉽게 꺼져버린 생명에 대한 아련한 슬픔과 안타까움으로 타들어갔다.

삼별초의 조우 – 김 교수의 시선

3일간의 일본 체류를 마치고 한국에 돌아온 김 교수는 복잡한 심정이었다. 아사코의 죽음에 대한 슬픔과 함께, 그녀가 남긴 연구 자료에 대한 호기심이 마음 한편을 차지하고 있었다.

김 교수는 대학 내에 위치한 자신의 연구실에서 토다 교수가 건네준 파일들을 하나씩 펼쳐보았다. 대부분이 일본어로 작성되어 있었지만, 중간중간 한국어 메모들이 눈에 띄었다.

'삼별초(三別抄) – 고려 몽골항쟁기의 특수부대'

'1270년 강화도에서 진도로 이주'

'1273년 제주도에서 최후 항전'

'생존자들의 해외 이주설 – 오키나와, 인도네시아'

김 교수는 한국사에 대한 지식이 깊지 않았지만, 삼별초라는 이름 정도는 익히 알고 있었다. 고등학교 국사 시간에 몽골 침입과 관련해서 어느 정도 배웠던 것이다.

"삼별초가 해외로 갔다고?"

더 자세한 내용을 알아보기 위해 김 교수는 역사학과의 민철호 교수에게 전화를 걸었다. 민 교수는 고려사 전공으로 유명했다.

"민 교수님, 삼별초에 대해서 좀 여쭤보고 싶은 게 있는데요."

"아, 김 교수님. 삼별초요? 갑자기 고려 역사에 관심이 생기셨나요?"

"개인적인 사정이 있어서…. 혹시 삼별초가 제주도 패배 후에 일본이나 동남아시아로 갔다는 설이 있나요?"

전화 너머에서 민 교수가 잠시 생각하는 듯했다.

"흥미로운 질문이네요. 학계에서는 논란이 있는 부분입니다. 몇몇 연구자들이 오키나와나 인도네시아에서 발견된 유물이 삼별초와 관련이 있을 수 있다고 주장하고 있어요."

"구체적으로 어떤 증거가 있나요?"

"오키나와에서 발견된 13세기 고려 양식의 기와, 인도네시아 일부 지역 주민들의 DNA에서 나타나는 한국계 유전자 등이 거론되고 있습니다. 하지만 아직 확정적인 것은 아니에요."

김 교수는 아사코의 연구가 단순한 호기심이 아니었음을 깨달았다. 그녀는 과학적인 방법으로 역사의 미스터리를 풀려고 했던 것이다.

일주일 후, 김 교수는 오랫동안 사용하지 않던 개인 이메일 계정을 확인했다. 대학 공식 메일 외에 예전에 쓰던 계정이었다. 스팸메일 사이에서 눈에 익은 발신자를 발견했다.
[asako.sato@xxxx.jp]
아사코로부터 온 이메일이 무려 15통이나 있었다. 가장 오래된 것은 6개월 전이었고, 가장 최근 것은 지진 발생 일주일 전이었다. 첫 번째 이메일을 열어보았다.

김 교수님에게,
오랜만에 연락합니다. 잘 지내고 계신지요?
저는 지금 매우 중요한 연구를 하고 있어요. 우리 할아버지와 관련된 일입니다. 혹시 시간이 되면 이 자료들을 봐줄 수 있을까요? 조언이 필요해요.
아사코.

첨부파일을 열어보니 놀라운 내용들이 펼쳐졌다. 토다 교수가 준 자료와는 전혀 다른 내용들이었다.

- 일본군 포로수용소 관련 문서들
- '동인회'라는 조직에 관한 자료
- '카미카제 상사'라는 회사의 금융거래 내역
- 토다 가문의 족보와 이력서

'왜 토다 교수가 이런 내용들을 숨겼을까?' 김 교수는 의심의 눈으로 자료들을 살펴보기 시작했다.

마지막 이메일은 더욱 충격적이었다.

김 교수님,
만약 제게 무슨 일이 생기면 이 자료들을 반드시 세상에 공개해 주세요. 저는 지금 매우 위험한 상황에 있어요.
토다를 믿으면 안 돼요. 그는 진실을 숨기려는 세력과 연결되어 있어요.
할아버지와 같은 처지에 있던 많은 사람들의 억울함을 풀어주고 싶어요. 이것이 제 마지막 소원이에요.
아사코.

행적

김 교수는 오랜 친구이자 같은 집에 사는 마 경감에게 연락했다. 마 경감은 경찰청 외사국에서 20년간 근무한 베테랑 수사관이었다. 유 원장과 더불어 세 사람은 초등학교 때부터의 죽마고우였다.

"야, 김 교수. 무슨 일이야?"

함께 거주하는 아파트에서 마 경감을 만난 김 교수는 조심스럽게 아사코 사건에 대해 이야기했다.

"일본에서 친구가 죽었다고 했지? 그냥 사고사인 거 아니야?"

"그게… 좀 이상한 점들이 있어."

김 교수는 아사코의 이메일과 토다 소장의 엇갈리는 증언에 대해 설명했다.

마 경감은 20년간의 수사 경험으로 쌓인 직감으로 말했다.

"뭔가 냄새가 나는군. 특히 이런 국제적인 사건에서 증거나 증언이 일치하지 않는다면… 조심해야 해."

"어떻게 하면 좋을까?"

"일단 더 많은 정보를 수집해야 해. 그리고 절대로 토다라는 사람을 100% 신뢰하면 안 돼. 친구라고 해도 이런 민감한 사안에서는 누구든 거짓말을 할 수 있거든."

그날 밤 세 친구는 오랜만에 함께 소주를 마시며 이야기했다. 유 원장도 의사로서 경험한 여러 사건들을 들려주며 김 교수의 의심이 근거가 있을 수 있다고 동의했다.

"일단 더 조사해보자. 우리가 도울 수 있는 일이 있으면 언제든 말해."

숨겨진 메일

김 교수는 밤새 아사코의 이메일들을 자세히 분석했다. 15통의 이메일을 시간순으로 배열하니 하나의 완성된 이야기가 되었다.

6개월 전 첫 이메일:

내 할아버지 허경욱은 일제강점기에 인도네시아 포로수용소의 감시원으로 보내졌어요. 그곳에서 조선인들이 겪은 일들을 알아내려고 해요.

4개월 전:

놀라운 사실을 발견했어요. 할아버지가 만난 인도네시아 여성이 삼별초 후손이었어요. 마나도라는 곳에서 800년간 살아온 고려인들의 이야기에요.

2개월 전:

토다 가문이 이 모든 일에 연루되어 있어요. 일본군이 조선인들을 희생양으로 만든 사건의 배후에 토다의 할아버지가 있었어요.

1개월 전:

위험해지고 있어요. 누군가 내 연구를 방해하고 있어요. 토다도 변했어요. 처음에는 도와주던 그가 이제는 연구를 중단하라고 압박해요.

마지막 이메일 (지진 일주일 전):

김 교수님, 나는 곧 죽을지도 몰라요. 하지만 진실은 반드시 밝혀져야 해요! 첨부된 모든 자료를 보관해줘요. 특히 '삼별반'에 관한 문서는 절대 잃어버리면 안 돼요.
그리고 더 자세한 자료는 제 변호사와 상의해주세요

'삼별반?' 김 교수는 생소한 단어에 주목했다.
첨부파일 중에 'Sambyeolban.zip'이라는 파일이 있었다. 압축을 해제하니 충격적인 내용들이 나타났다.

[삼별반(三別班) - 일본 육상자위대 정보부대의 비공식 명칭]

아사코가 수집한 자료에 따르면, 삼별반은 일본 정부도 공식적으로 인정하지 않는 비밀 조직이었다. 냉전 시대에 창설되어 한국, 중국, 러시아 등에 잠입하여 정보 수집 활동을 하는 조직이라고 했다.

더 놀라운 것은 이들의 활동 자금이 민간 기업을 통해 조달된다는 점이었다. 그리고 그 기업들 중 하나가 바로 '카미카제 상사'였다.

카미카제 상사는 1949년에 설립된 종합상사로, 표면적으로는 정상적인 무역업을 하지만 실제로는 아시아 각국의 정치인과 군인들에게 로비 자금을 제공하는 역할을 한다는 것이었다.

"이런 걸 아사코가 어떻게 알아낸 거지?"

자료를 더 살펴보니, 아사코가 싱가포르의 한 변호사를 통해 이 정보들을 검증하였다는 것을 알 수 있었다. '료타'라는 이름의 변호사였다.

토다 가문의 비밀

깊은 밤, 연구실.

김 교수는 조심스레 노트북 화면을 열었다. 아사코가 위험을 무릅쓰고 보내온 압축파일이 있었다.

[1945_manado_Island_Secret.zip]

손끝이 떨리는 채로 마우스를 클릭하자, 수십 개의 문서와 사진이 폴더 속에 펼쳐졌다.

그중 하나, 오래된 사본 파일 제목이 눈에 들어왔다.

[용장성 전투 기록 – 비밀 번역본]

김 교수의 시선이 그 문장을 따라가자, 마치 과거의 장면이 눈앞에서 되살아나듯 생생하게 펼쳐졌다.

1271년, 진도 용장성.

몽골군의 함성이 성벽을 울렸다. 화살과 불길이 하늘을 가르며 쏟아졌다. 성 안에는 피와 연기의 냄새가 뒤섞여 있었다.

"대장님, 더 이상은…."

한 장수가 무너져 내린 성문을 바라보며 절망에 빠졌다.

그러나 삼별초 대장 김통정은 피투성이 얼굴로 검을 움켜쥔 채 외쳤다.

"아직 끝나지 않았다! 마지막 한 명까지 싸운다!"

그때, 한 젊은 무사가 앞으로 나섰다. 눈빛은 패배를 인정했으나, 꺾이지 않은 불씨가 타오르고 있었다.

"장군, 일부 병력과 함께 바다로 나가겠습니다. 언젠가 반드시 돌아와… 나라를 되찾겠습니다."

그의 이름은 고삼진.

후일, 일본으로 건너가 토다 가문의 시조가 될 인물이었다.

김 교수는 무의식적으로 숨을 멈췄다.

"고삼진…. 그가 토다 가문의 뿌리라니."

화면 속 기록은 이어졌다.

고삼진 일행은 최후까지 항쟁을 하다가 결국 몰래 성을 빠져나와 거센 파도를 뚫고 남해로 나아갔다.

마라도에서 출발한 배는 폭풍에 휘말려 방향을 잃었고, 결국 규슈 해안에 표착했다. 그곳에서 그들은 새로운 이름을 얻었다. 고려에서 왔음을 감추기 위해 토다라는 성씨를 쓰게 된 것이다

김 교수의 가슴은 거칠게 뛰었다.
"역사의 망명자들이… 일본에서 살아남아 가문을 이루고, 700년 뒤 태평양전쟁을 일으킨 토다 사무로와 그 아들인 토다 다로에게까지 이어졌단 말인가."

다른 폴더 속에는 1940년대 사진들이 들어 있었다. 토다 사무로가 군복을 입고 부하들과 함께 찍힌 모습, 그리고 인도네시아 마나도 근처의 동굴 내부를 탐사하는 흑백 사진. 어두운 동굴 속, 희미한 손전등 불빛에 비친 황금 불상이 압도적인 위엄을 풍기고 있었다.
김 교수는 손으로 입을 막았다.
"이것이… 조상들이 숨긴 유산이었구나."
그의 눈앞에는 시대를 넘어 겹쳐지는 두 개의 장면이 교차했다.

1273년, 마지막 항전을 외치던 김통정과 진귀철, 고삼진.

1945년, 전리품과 유물을 챙기던 토다 사무로.

그리고 지금 김 교수의 책상 위 노트북에 남겨진 아사코의 자료.

그는 속으로 낮게 중얼거렸다.

"토다 가문은 단순한 일본 무가가 아니다. 삼별초의 피, 고려의 망명자… 그리고 지금도 권력의 그림자로 이어져 있다."

불현듯, 아사코의 목소리가 귓가에 맴돌았다.

"일본 본토에도 삼별초 후손의 흔적이 있어요. 도쿠시마, 그리고 토다 성씨… 당신도 알고 있겠지요, 김 교수님?"

김 교수는 숨을 내쉬며 노트북 화면을 닫았다. 그러나 그의 가슴속에는 더욱 무거운 결심이 자리 잡았다.

"이 진실을 세상에 알리지 않는다면, 역사는 또 다시 왜곡될 것이다. 아사코… 네가 목숨 걸고 전한 진실, 내가 끝까지 이어가겠다."

노트북 화면 속, 마지막으로 남은 파일이 눈앞에서 깜박였다.

[1945_manado_Island_Secret.zip]

김 교수는 심호흡을 하고 클릭했다. 비밀번호 입력창이 떴다.

비밀번호가 뭘까? 김 교수는 고개를 갸우뚱하면서 노트북을 접었다.

회상 – 토다의 시선

토다 다로는 연구실 창가에 서서 흐릿한 가을 하늘을 바라보고 있었다. 아사코의 죽음 이후, 모든 일이 걷잡을 수 없이 복잡하게 얽혀 버렸다.

그가 아사코와 처음 인연을 맺은 것은 불과 2년 전이었다. 처음엔 단순한 동료 의식이었다. 그녀는 눈에 띄는 미모를 가진 여인은 아니었고, 오히려 평범함 속에 묘한 진지함이 배어 있는 여자였다. 그러나 토다를 끌어당긴 것은 외모가 아니라 그녀의 연구였다.

'삼별초…. 고려의 마지막 항해라니.'

그는 자신도 모르게 그 주제에 강하게 매혹되었다. 어쩌면 그것은 그의 집안 때문일지도 몰랐다.

토다의 아버지, 육군 장성 출신의 토다 사무로. 그리고 그의 할아버지, 군 장교 출신으로 일본 유수 기업의 회장에 올랐던 토다 이치로.

그들의 집안은 일본 육군사관학교와 극우적 가풍을 자랑스레 이어온 집안이었다.

토다는 젊은 시절 유학을 통해 자유주의 사조를 접하며 이 전통에 반감을 품기도 했다. 한일 관계는 과거사가 아니라 현재의 경제 논리로 풀 수 있다고 믿었고, 국가의 뿌리보다는 개인의 삶을 중시하는 편이었다.

그러나 삼별초의 존재만큼은 쉽게 무시할 수 없었다. 어째서인지 아버지와 할아버지는 '삼별초 후손'이라는 단어만 들어도 불쾌함을 감추지 못했다. 그 혐오와 경멸의 뿌리를 확인하고 싶다는 학문적 호기심이 토다를 점점 그 주제에 몰입하게 만들었다.

결정적인 불씨는 작은아버지이자 보수적인 역사학자인 토다 지로와의 만남이었다. 그는 문 앞에서부터 날카로운 목소리로 말을 꺼냈다. "대체 네 친구는 무슨 생각으로 그런 연구를 하는 것이냐." 그러고는 삼별초 후손들에 대한 길고 불쾌한 푸념을 늘어놓았다.

지로는 집을 나서며 마지막으로 단호히 경고했다. "잘 기억해라. 우리 집안은 일본의 오랜 전통과 자부심으로 살아왔다. 일본인이 뿌리를 모른다면, 그건 국제적 미아나 마찬가지다."

갈등의 씨앗

'국제적 미아….'

토다는 그 말이 마음속 깊은 곳에 새겨지는 걸 느꼈다. 자신은 역사보다 현재의 경제를 중시한다고 믿어왔지만, 작은아버지의 말은 그에게 알 수 없는 의문과 불안을 심어주었다.

'만약 일본 왕족이 삼별초의 후손이라면? 그 사실이 드러난다면 일본 역사는 송두리째 흔들리겠지.'

그때부터 토다는 스스로 삼별초의 존재를 부정하고 싶어졌다. 학자로서의 호기심과 가문의 의무 사이에서 매일같이 흔들렸다.

"내가 악인이 되어야만 이 가족을 지킬 수 있을까?"

토다는 고민 끝에 결국 아버지의 조언에 따라 움직였다.

"우선 그녀 곁에 있어라. 연구 현황을 파악하라."

아사코는 그에게 이미 호감을 가지고 있었다.

'그녀의 마음을 이용한다면, 연구를 중단시킬 수 있을지도 모른다.' 토다는 스스로 합리화했다. '아사코에게도 상처는 주지 않을 거야. 오히려 새로운 전환점이 될 수도 있어.'

그날, 그는 아사코를 자신의 집으로 초대했고, 두 사람은 연인이 되었다.

처음엔 학문을 위한 위장이었지만, 시간이 지날수록 토다 스스로도 알 수 없는 감정에 사로잡혔다.

어긋난 인연

"당신은 왜 삼별초의 후손을 연구하는 거지? 다른 주제도 많잖아." 어느 저녁, 토다는 무심히 물었다.

아사코는 주저하지 않았다. "한 인간이 자신의 뿌리를 밝히는 건 중요한 일이야. 어찌 보면, 살아가는 데 있어서 가장 근본적인 책무일지도 몰라."

"그게 밝혀지면 뭐가 달라지는데?" 토다는 자신의 목소리에서 실리적인 계산이 묻어나오는 걸 깨닫고 스스로 놀랐다.

아사코는 미소 지으며 고개를 저었다. "달라지는 건 없어. 하지만 진실을 아는 게 중요하지."

그 순간, 토다는 직감했다. 이 여자는 결코 연구를 멈추지 않을 거라는 걸.

아버지, 사무로는 그를 거칠게 질책했다.

"멍청한 녀석! 네가 고른 여자가 고작 일본의 정체성을 무너뜨리려는 미친년이냐?"

"제가… 연구를 중단시키겠습니다."

"너는 감정에 빠졌다. 이 일이 얼마나 중대한지 모르겠느냐? 나는 내 목숨을 내놓더라도 이 일을 막을 것이다."

토다는 아버지의 눈빛에서 잔혹한 결의를 읽었다. 아버지라면 정말로 그럴 수 있었다. 그리고 이미 일본 내에서 아사코에 대한 암살 준비가 진행되고 있음을 느꼈다.

그는 절망 속에서 간절히 애원했다.

"제발… 아사코의 목숨만은 건드리지 마십시오."

토다는 마지막 발악처럼 아사코의 연구 자료를 지워보려 했다.

그녀가 잠든 사이 노트북을 열었지만, 눈치를 챈 아사코가 그를 막았다.

"당신, 대체 뭐 하는 거야?" 그녀의 눈동자에는 분노와 배신감이 번져 있었다. "당신이 왜 이러는지 모르겠어. 내가 싫어진 거라면 헤어지면 되잖아. 왜 내 연구에 간섭하는 거야?"

토다는 참지 못하고 내뱉었다. "그 연구, 꼭 끝까지 해야겠어? 설령 네가 죽는다고 해도?"

아사코는 순간 멈칫하더니, 그의 눈을 똑바로 바라봤다.

"… 설마, 네 아버지 때문이야? 너… 일부러 나한테 접근한 거지?" 그녀의 손바닥이 그의 가슴을 치며 울부짖었다. "왜! 왜 나를 배신한 거야! 네 아버지는 누구고, 너는 대체 왜 이 일에 얽혀 있는 거야?"

토다는 아무 말도 할 수 없었다. 그러나 이미 늦었다는 사실만은 분명히 알고 있었다. 이 잘못된 인연은 이제 돌이킬 수 없는 파국으로 향하고 있었다.

아사코와의 다툼 이후, 토다 다로는 며칠 동안 악몽에 시달렸다. 어둠 속에서 아버지의 목소리가 메아리쳤다.

"나는 내 목숨을 내놓더라도 이 일을 막을 것이다."

그 한마디는 칼처럼 그의 가슴을 찔렀다. 밤마다 꿈속에서 아사코는 붉은 파도에 휩쓸려 사라졌고, 자신은 아무것도 하지 못한 채 무릎 꿇고 울고 있었다.

사무로는 냉혹했다. "다로, 네가 사소한 감정에 흔들린다면 우리 집안에서 널 아들로 인정하지 않겠다. 역사와 혈통을 위협하는 자와 손잡은 순간, 넌 이미 배신자다."

토다는 손을 떨며 물었다. "… 아사코를 해칠 겁니까?"

아버지의 입가에 차가운 미소가 번졌다. "그건 이미 결정된 일이다. 넌 아무것도 몰랐다고 생각해라."

그 순간 토다는 숨이 막히는 듯 느껴졌다. 그가 두려워하던 일이 이제 돌이킬 수 없는 현실로 다가오고 있었다.

토다는 며칠 동안 아사코의 집 앞을 맴돌았다. 문을 두드릴까 수십 번 망설였지만, 결국 발걸음을 돌리곤 했다.

그의 마음은 두 개로 쪼개져 있었다.

'그녀를 구해야 한다.'

'하지만 나는 이미 집안의 족쇄에 묶여 있다.'

창문 너머로 보이는 아사코의 모습은 평온했다. 책상 위에 앉아 연구 노트를 정리하고, 웃으며 차를 마시는 그녀의 모습은 마치 평범한 일상의 한 장면 같았다.

그러나 토다는 알았다. 그 평온이 오래가지 못할 거라는 걸.

어느 날 밤, 작은아버지 지로에게서 연락이 왔다.

"곧 끝날 거다. 준비해라."

토다는 핏기가 가신 얼굴로 수화기를 쥔 채 물었다.

"… 무슨 뜻입니까?"

지로의 목소리는 냉담했다.

"네가 막지 못했으니, 우리가 처리할 수밖에. 아사코는 이미 감시망 안에 있다."

수화기가 끊어진 뒤, 토다는 온몸이 무너져 내리는 듯 주저앉았다. 심장이 조여드는 고통에 그는 스스로를 원망했다.

거울 앞에 선 그는 오랫동안 자기 얼굴을 바라보았다. 거울 속 눈빛은 더 이상 학자의 눈이 아니었다. 아버지의 그림자와 집안의 저주에 갇힌, 갈 곳 없는 남자의 눈이었다.

"나는… 누구지? 학자인가, 배신자인가, 아니면 살인에 동조한 공범인가."

그는 주먹을 쥐고 거울을 깨뜨렸다. 피가 손가락을 타고 흘렀지만, 통증조차 제대로 느껴지지 않았다.

토다는 마지막으로 아사코에게 전화를 걸었다. 하지만 연결음만 울릴 뿐, 끝내 받지 않았다.

창밖 하늘엔 먹구름이 몰려오고 있었고, 바람은 창문을 세차게 흔들었다.

그는 속으로 절규했다. "아사코, 도망쳐! 제발…."

그러나 그는 알았다. 이미 시간이 너무 늦었다는 것을.

결단

그 일이 있은 후, 아사코와는 끝내 연락이 닿지 않았다.
퇴근해 집으로 돌아온 날, 그가 본 것은 텅 빈 방뿐이었다. 책상 위에는 아사코가 남긴 짧은 메모 한 장만 덩그러니 놓여 있었다.

당신을 사랑했어.
하지만 나는 당신과 내 연구를 바꿀 수 없어.
당신의 집안과도.

메모지를 움켜쥔 토다의 손끝이 떨렸다. 사랑과 연구, 두 가지 모두를 놓지 않으려 했던 그녀의 고집이, 결국엔 파국으로 향할 수밖에 없음을 예고하는 듯했다.
그 순간 그는 직감했다. 이제는 자신의 선택으로 끝을 내야 한다는 것을.

토다는 아버지의 방식 – 암살, 폭력, 피의 응징 – 을 떠올렸다. 그러나 그는 달랐다. 적어도 겉으로는 학자였다.

"아버지의 손이 아니라, 내 손으로 끝내겠다."

그가 떠올린 것은 '완전 범죄'였다. 그리고 그것은 다름 아닌, 자연의 힘을 빌린 계획 – 천재지변.

일본 재난청 산하 위기관리센터.

토다는 그곳에 근무하는 정보원을 통해 은밀히 자료를 건네받았다. 슈퍼컴퓨터가 예측한 결과는 충격적이었다. 전례 없는 대지진이 임박해 있었고, 정확한 진원지와 피해 예상 지역의 좌표까지 확인할 수 있었다.

토다는 모니터 위의 숫자와 지도 좌표를 바라보며 깊게 숨을 들이마셨다. '이것이 내가 찾은 유일한 길이다.'

그는 치밀하게 계산했다. 그 시간, 그 장소.

그곳을 지나던 열차라면 단 한순간에 파괴될 터였다.

토다는 부하 직원에게 부탁해 신칸센 티켓을 예매했다. 그리고 아사코에게 마지막 전화를 걸었다.

"당신과 헤어져 주겠어. 하지만 마지막으로 정리할 게 있어. 동거인 서류를 정리하려면, 한 번만 더 나를 만나야 해."

잠시 정적이 흘렀다.

아사코의 목소리는 담담했다. "… 좋아. 나도 당신에게 악감정은 없으니까."

전화를 끊자마자 토다는 두 손으로 얼굴을 감쌌다. 그의 어깨가 격렬히 들썩였다. 그것은 학자이자 연인이었던 자신의 마지막 양심이 무너져 내리는 순간이었다.

그리고 다음 날, 일본 대지진이 발생했다. 대지와 바다가 동시에 요동쳤고, 열차는 순식간에 무너진 철교와 함께 붕괴했다.

뉴스 화면에 비친 아수라장은 토다의 가슴을 무겁게 짓눌렀다.

"아사코…."

그는 텅 빈 방에서 무릎을 꿇고, 울음 아닌 울음을 토해냈다.

며칠 뒤, 그는 아사코의 방을 정리하다 충격적인 메모를 보게 되었다. 그녀는 이미 연구 자료를 김 교수에게 메일로 보냈던 것이다.

토다는 얼어붙은 듯 그 포스트 잇을 응시했다. '운명을 직감했던 건가… 네가 나보다 먼저, 연구의 계승자를 정했단 말이냐.'

배신감과 슬픔, 그리고 질투가 뒤엉켜 그의 가슴을 파고들었다. 아사코의 마지막 선택은 자신이 아니라, 오랜 친구이자 믿을 만한 동료인 김 교수였다.

토다는 다시 결단했다. 아사코의 죽음이 끝이 아니었다.

그녀의 자료가 살아 있는 한, 연구는 계속될 것이고 일본의 역사는 흔들릴 것이다.

그는 스스로에게 말했다. "이제는 김 교수를 제거해야 한다."

처음엔 믿기지 않았다. 한때 존경하고 아꼈던 동료를 살해할 계획을 세우고 있다는 사실에, 그의 몸은 전율로 떨렸다.

그러나 곧 그는 마음속에서 잔혹한 확신을 얻었다.

'나는 대일본제국의 학자다. 조국을 위협하는 적을 제거하는 건 죄가 아니다.'

그 순간, 토다는 더 이상 인간적인 연민에 흔들리지 않았다.

오직 일본의 역사와 가문의 명예를 지켜야 한다는 맹목적인 의지, 그리고 파멸적인 집착만이 그의 가슴을 차지하고 있었다.

운명의 10일 전 – 아사코의 시선

사건이 벌어지기 10일 전, 아사코는 여느 때처럼 연구실에 앉아 있었다. 창밖으로는 늦가을의 바람이 스쳐갔지만, 그녀의 눈빛은 연구 노트와 컴퓨터 화면에 꽂혀 있었다.

연구비 지원 신청은 네 번째로 반려당한 상태였다. 내용이나 방법론에는 하자가 없었음에도, '재검토 필요'라는 짧은 문구만 돌아왔다.

아사코는 서류를 내려놓으며 깊은 한숨을 내쉬었다. "단순한 거절이 아니야. 누군가 의도적으로 막고 있어."

그녀의 직감은 차갑게 말하고 있었다. 보수 학계, 더 정확히는 일본의 우익 세력이 배후에 있다는 확신이 들었다.

아사코는 관례를 깨고 선배 교수를 찾아가 연구비 심사자 명단을 요구했다.

"네가 왜 그걸 알고 싶어 하지?" 선배는 불편한 기색으로 물었다.

"이상하잖아요. 이유도 없이 계속 반려되고 있어요."

"정부 과제는 원래 까다로운 거 알잖아."

그러나 아사코는 물러서지 않았다. "부탁드릴게요. 제겐 이번 연구가 인생의 전부예요."

며칠 뒤, 선배는 마지못해 명단을 건네며 중얼거렸다.

"이상하다. 네 연구 분야랑 무관한 사람들이 심사위원으로 들어가 있더라."

리스트를 훑던 아사코의 손이 멈췄다. 익숙한 이름이 눈에 들어왔기 때문이다. '토다 사무로.'

토다 교수의 아버지였다. 그 순간, 그녀는 온몸이 굳어지며 서늘한 전율을 느꼈다.

아사코는 기억을 거슬러 올라갔다.

토다 교수가 고백을 해왔던 날. 그 날은 공교롭게도, 그녀가 연구비 심사 서류를 제출한 바로 그날이었다.

그의 다정한 고백과 빠른 관계의 진전이 당시에는 운명처럼 느껴졌다. 하지만 지금 와서 생각해 보니, 모든 것이 너무도 정교하고 의도적인 접근 같았다. '내가… 바보였어.'

아사코는 곧장 연구실 CCTV 백업 영상을 확인했다.

몇 주 전의 화면에서 낯익은 뒷모습이 잡혔다. 토다 교수였다.

그는 컴퓨터 앞에 앉아 그녀의 연구 데이터를 훑어본 뒤, 전화를 걸었다. 입 모양이 희미하게 잡혔다.

"죽여. 안 되면 없애라…"

아버지와의 통화였다. 아사코는 모니터를 응시한 채 한동안 숨조차 쉴 수 없었다. 사랑하는 연인이자 동료가, 사실은 자신의 가장 큰 적이었다는 사실이 가슴을 찢었다.

토다는 그 후로 줄곧 연구를 미루라고 설득해왔다. 그때마다 그녀는 연구에 몰두하느라 대수롭지 않게 여겼지만, 이제는 모든 퍼즐이 맞아 떨어졌다.

아사코는 고개를 떨군 채 깊은 혼잣말을 내뱉었다. "사랑 때문에 눈이 멀어버린 거였어. 바로 곁에 적이 있는데도 알아차리지 못하다니…"

그러나 그보다 더 고통스러운 사실은, 지금도 여전히 그를 사랑하고 있다는 점이었다.

아사코의 연구는 일본 보수 세력이 온 힘을 다해 막으려는 파괴력을 지니고 있었다. 만약 그녀의 결론이 입증된다면, 류큐 왕족과 마나도가 고려 삼별초와 혈통적으로 연결된다는 사실이 드러나고 카미카제 상사의 진실이 세상에 밝혀질 것이었다.

그리고 그 배경에는 또 다른 비극이 있었다. 할아버지 허경욱의 발자취, 전범 재판에서 풀 길 없던 억울함, 그리고 그 모든 것의 배후에 있었던 인물 – 토다 교수의 아버지, 토다 사무로였다.

아사코는 치를 떨며 속삭였다. "결국, 너희 집안이… 내 조부의 세대를 짓밟은 거였구나." 눈물이 맺혔지만, 그녀의 손은 떨리지 않았다.

아사코는 조용히 연구 노트를 가방에 넣고 결심했다. "토다 교수와는 끝내야 해. 사랑도, 우정도, 모두 버리더라도… 내 연구만큼은 반드시 지켜내야 해."

창밖으로 바람이 세차게 불어 창문을 울렸다.

그 바람은 마치 다가올 운명을 알리는 전조처럼, 차갑고 날카롭게 스며들었다.

마지막 선택

사건이 발생하기 일주일 전, 도쿄의 연구실은 불빛 하나로 깜빡이고 있었다. 모두 퇴근한 뒤의 어두운 연구실에 홀로 앉아 있던 아사코는 연구 노트를 정리하다 말고 창가를 바라보았다.

유리창 너머로 보이는 도시는 평온해 보였지만, 그녀의 마음은 이미 폭풍우 속에 있었다. 그녀는 자신이 표적이 되었다는 것을 알았다. 그리고 오래 버티지 못하리라는 것도.

아사코는 서랍 깊숙이 숨겨둔 USB를 꺼냈다.

그 안에는 그녀의 모든 연구 결과가 들어 있었다. 삼별초의 혈통 분석, 류큐 왕족과의 유전자 연관성, 동인회 사건의 기록, 그리고 토다 집안과의 연루 정황까지.

잠시 주저하던 그녀는 노트북을 열고 이메일을 작성했다.

받는 사람: 김 교수님께.

손가락이 키보드 위에서 떨렸다.
한참을 머뭇거리다 결국 단 한 줄의 메모를 덧붙였다.

김 교수님, 혹시라도 내가 끝까지 못 가더라도… 이 연구를 이어줘요. 진실은 반드시 밝혀져야 해요.

메일을 전송한 뒤, 아사코는 숨을 고르며 눈을 감았다. 그러나 불현듯 창 밖에서 스치는 인기척에 몸이 굳어졌다.

가로등 불빛 아래, 검은 코트를 입은 사내가 잠시 그녀의 건물을 올려다보다 이내 사라졌다.

아사코는 의자에 등을 기대며 낮게 중얼거렸다. "… 역시, 시간이 얼마 남지 않았구나."

책상 위에 올려둔 토다 교수의 사진을 집어 들었다. 학자로서 열정적인 동료였고, 한때는 마음을 의지했던 사람. 그러나 지금은 자신을 배신한 자, 그리고 집안의 사주를 따르는 공범.

아사코의 눈에 눈물이 맺혔다. "토다… 그래도 난 널 사랑했어. 하지만 사랑보다 진실이 더 중요해."

그녀는 사진을 책상 서랍에 밀어 넣으며 굳은 결심을 다졌다. USB와 연구 노트를 함께 봉투에 넣어 잠시 손에 쥐었다. 그 무게는 단순한 종이가 아니라, 역사의 무게였다.

아사코는 혼잣말처럼 속삭였다. "나를 지워도, 이 진실은 남아. 그리고 언젠가 김 교수님이… 세상에 전해줄 거야."

창밖 밤하늘에는 달빛이 비추고 있었다.

그 빛은 희미했지만, 마치 마지막 길을 비춰주는 등불처럼 따스하게 그녀를 감싸고 있었다.

반전 – 아사코의 결심

아사코는 캐리어를 바닥에 눕혔다. 바퀴가 굴러가는 소리가 방 안의 고요를 깨뜨렸다. 그녀는 마지막 칸막이를 닫으며 잠시 멈췄다. 시선이 천천히 방 안을 훑었다.

현관 옆 우산꽂이에 꽂힌 회색 장우산에는 아직 빗물이 말라붙은 흔적이 남아 있었다.

연구실에서 가져온 실험 노트는 포스트잇이 덕지덕지 붙은 채 책상에 널려 있었고, 냉장고 문에는 도쿠시마 바닷가에서 찍은 사진 두 장이 붙어 있었다.

사진 속의 두 사람은 활짝 웃고 있었지만, 지금 그녀의 얼굴은 얼음처럼 굳어 있었다.

주머니 속에서 진동이 울렸다. 화면에 뜬 이름은 '토다 교수'였다. 그 이름은 마치 심장 깊숙이 눌린 멍 자리를 다시 두드리는 듯했다. 아사코는 화면을 몇 초 동안 뚫어져라 바라보다, 곧바로 전원 버튼을 꾹 눌러 꺼버렸다.

목소리를 듣는 순간, 흔들릴지 몰라. 그녀는 이를 악물었다. 그는 언제나 그녀의 약한 부분을 정확히 알고 있었다.

그날 밤, 전자 승차권이 도착했다. 메시지와 함께.

- 마지막으로 만나고 싶다. 연구에는 더 이상 간섭하지 않겠다.

아사코는 휴대폰을 내려놓고 두 손으로 얼굴을 감쌌다. 사랑이었을까, 아니면 단순한 호기심이었을까. 혹은 이별 앞에서 마지막으로 건네야 할 석별의 정이었을까.

곧 울려온 전화벨. 발신자는 과학경찰연구소의 후배 마쓰다였다. 숨을 몰아 쉬는 그의 음성이 수화기 너머로 새어 나왔다.

"선배…. 뭔가 이상해요. 토다 소장님이 재난청에서 실시간 자료를 받아요. 진원, 시간, 위험 구간까지. 그런데 그걸 본 직후… 선배 기차표를 예약하라고 지시했습니다."

아사코는 순간 온몸에 소름이 돋았다. 등줄기를 타고 흘러내리는 한 줄기 냉기. 흩어져 있던 조각들이 퍼즐 맞추듯 제자리를 찾아갔다. '그는 끝까지, 방법을 바꾸지 않아. 마지막까지도….'

그녀는 창문을 열어젖혔다. 밤공기가 방 안으로 밀려들었다.

바닷소금이 실린 듯한 바람, 멀리서 마지막 버스가 브레이크를 밟는 금속성 소리가 섞여 들어왔다.

"좋아, 역을 한 정거장 먼저 내릴게. 탑승은 예정대로 보고해. 그리고… 내 DNA 프로파일, 보내둘게… 만약을 위해."

그녀는 벽장 깊숙이 넣어 두었던 낡은 백팩을 꺼냈다. 지퍼 속에 얇은 봉투를 밀어 넣으며 속삭였다.

"이제부터는 내가 사라지는 연습이야."

이탈 – 보이지 않는 승객

　이튿날 아침, 역 플랫폼은 뿌연 안개로 덮여 있었다. 전광판은 붉은 LED 불빛으로 반짝이며 시간을 알렸다. 안내 방송의 금속성 울림이 공기를 진동 시켰다. 커피 자판기 앞에서 직장인들이 종이컵을 움켜쥐고 있었고, 열차 진입 경적이 철로 위를 울렸다.

　아사코는 모자를 깊게 눌러쓰고 8호 칸 12A 좌석으로 올라탔다. 캐리어는 없었다. 손엔 작은 서류가방 하나뿐. 가볍게 목을 숙여 승무원을 지나쳤다.

　열차가 움직이자, 창문 밖 풍경이 빠르게 밀려났다. 그녀는 곧장 자리에서 일어나 객실 문을 나섰다. 연결 통로 끝에서 서서히 심장 박동을 가라앉히며 시간을 셌다. '첫 정차까지 11분. 충분해.'

　"철컥-!"

　정차음에 이어 문이 열리고, 인파가 흘러나갔다.

아사코는 사람들 흐름의 바깥쪽, 광고판과 벤치 사이 좁은 틈으로 몸을 밀어 넣었다. 발자국 소리를 최소화하며 반대편 출구 계단을 빠르게 내려갔다.

지상에 서 있던 택시 문을 열고 짧게 말했다.

"공항."

택시는 곧 시동을 걸고 도로를 빠져나갔다. 창밖으로 스쳐 지나가는 레일을 마지막으로 돌아본 아사코는 깊이 숨을 들이켰다.

'이제, 끝이야. 그와의 모든 것.'

긴급수사 – 마 경감의 시선

김 교수가 귀국한 뒤, 마 경감의 삶은 숨 돌릴 틈조차 없을 만큼 분주해졌다. 서울중앙지검 외사부의 지휘 아래, 그는 국세청 담당자들과 함께 싱가포르 현지에서 복잡한 국제 수사를 이어가고 있었다.

밤마다 화려한 불빛이 비치는 금융센터의 그림자 속, 마 경감은 고독한 사냥꾼처럼 서류 더미에 파묻혀 있었다.

겉으로는 번듯한 지주회사. 그러나 이름만으로는 정체조차 가늠할 수 없는 법인이었다.

얼마 지나지 않아, 그는 이 회사가 한국 대기업들과 은밀히 거래하며 무려 8천억 원대의 역외 탈세를 저질러온 종합상사라는 사실을 파악했다.

본사는 세이셸, 지사는 싱가포르, 지분은 한국, 인도네시아, 베트남, 대만, 필리핀에 흩어져 있었다.

서류를 넘기는 그의 손끝이 멈췄을 때, 시선은 한 줄에 꽂혔다.

[현직 군 장성 출신 주주 다수.]

그 순간, 베테랑 형사의 감각이 차갑게 경고했다.

'이 회사… 뭔가 숨겨져 있다.'

일본경시청에 협조를 요청했으나, 돌아온 답은 차가운 거절뿐이었다. 그러나 끈질긴 추적 끝에 마침내 손에 넣은 싱가포르 은행발 주주 명부. 그곳에서 발견한 대표의 이름은, '토다 사무로' - 토다 교수의 아버지였다.

마 경감의 눈이 번쩍였다. '아사코 사건과 연결돼 있다.'

그는 곧장 김 교수에게 전화를 걸었다.

"김 교수, 중요한 단서를 잡았어. 아사코와 관련된 일이야."

"그래? 어떤 건데?" 피곤에 절은 목소리였지만, 김 교수는 순식간에 긴장했다.

"아직 다 말할 순 없어. 하지만 토다 교수의 아버지, 그리고 한국·일본의 군 장성들이 엮여 있다는 게 분명해."

"… 그렇다면 결국, 아사코 사건도 이 수사망 안으로 들어올 수 있겠군."

"맞아. 조금 더 시간이 필요해."

마 경감의 밤

야근을 마친 새벽, 마 경감은 무겁게 고개를 숙인 채 차량 핸들을 잡았다. 도로 위 가로등은 번쩍이며 검은 아스팔트에 긴 그림자를 드리웠다.

피곤한 눈꺼풀이 저절로 감겼다가 다시 떠졌다. 그 순간, 휴대폰 화면이 파랗게 번쩍였다.

[국제 발신]

스팸일 거라 무시할 수 있었지만, 본능적으로 그럴 리 없다는 것을 알았다. 그는 블루투스 통화 버튼을 눌렀다.

"듣고 계신 것, 압니다." 낯선 남자의 목소리는 변조된 듯 낮고 둔탁했다. 불길한 정적이 차 안을 뒤덮었다. "지금 조사 중인 사건이 있지요. 구체적으론 말하지 않겠습니다. 다만… 그 일에서 손을 떼십시오. 그럼 15억을 드리겠습니다. 싱가포르 아파트입니다. 이미 등기부와 서류는 현관에 두었습니다."

남자의 목소리가 끊어지자, 차 안의 공기는 더 무겁게 가라앉았다. 마 경감은 미동도 없이 운전대를 잡고만 있었다. 그러나 가슴 속에서는 폭풍처럼 계산이 휘몰아쳤다.

15억. 평생 경찰 공무원으로는 결코 만져볼 수 없는 액수였다. 유혹처럼 다가온 은밀한 돈의 그림자, 그리고 김 교수와의 의리. 그 둘을 저버린다 해도… 아무도 알지 못할 것이다.

집 앞에 도착했을 때, 현관 문턱에는 검은 봉투가 놓여 있었다. "경감님께." 그 한 줄만 쓰여 있었다.

봉투 안엔 반짝이는 서류철.

[매매계약서. 매수인: 마 ○○]

그는 봉투를 책상 위에 올려둔 채, 한참을 의자에 앉아 있었다. 손가락은 서류 위를 맴돌았다. 서명란의 공백은 마치 그의 의지를 시험하는 흰 함정 같았다.

결국 그는 휴대폰을 들어 특정 번호를 눌렀다. 짧은 신호음 뒤, 낮은 목소리가 연결됐다. "… 네. 제안을 받았습니다. 기록으로 남깁니다. 서류는 봉투 안에 있습니다. 바로 진행해 주세요."

손끝의 떨림은 멈추었지만, 그의 눈빛은 무겁게 가라앉아 있었다. 넘지 못할 선은 반드시 있다.

미완

한편, 습한 열기가 가득한 싱가포르의 카페 한 구석.

아사코는 오랜 친구이자 법률 전문가인 료타와 마주 앉아 있었다. 테이블 위에는 커피 잔과 함께 비밀스럽게 건네진 문서 봉투가 놓여 있었다.

"카미카제 상사, 그리고 토다 이치로…. 여기에 얽힌 자금 흐름이 심상치 않아." 료타가 낮게 속삭였다.

아사코는 봉투 속 서류를 꺼내며 담담히 대답했다. "이 정도의 로비 자금이면 단순히 군 장성이 아니라, 정치와 경제까지 다 얽혀 있을 거야."

"너무 위험하다. 정말 괜찮겠어?" 료타의 눈빛에는 걱정이 가득했다.

"난 이미 죽은 사람으로 살아가고 있어. 더는 물러설 곳도, 돌아갈 곳도 없어. 지금 진실을 밝히지 않으면 영원히 묻혀버려."

아사코의 목소리는 담담했지만, 눈빛은 흔들림 없는 결의를 머금고 있었다.

며칠 후, 서울의 깊은 밤.

서류 더미 속에서 씨름하던 김 교수의 눈앞에, 메일 알림이 반짝였다.

[제목 - '신풍[神風]'. 발신인 - 아사코]

"말도 안 돼…"

그는 심장이 요동치는 것을 느끼며 곧장 답신을 보냈다.

[정말 아사코야? 지금 연결할 수 있어?]

단 5분도 채 지나지 않아, 화면에 답장이 도착했다.

[당연하죠. 할 말이 많아요.]

그리고 이내 화면 너머로, 그녀의 얼굴이 나타났다. 분장도, 위장도 아닌, 분명 그녀 자신이었다.

"시신도, DNA도… 모두 내가 꾸민 거야. 난 죽은 줄로 세상에 남겨진 채 움직이고 있어."

김 교수는 말을 잃었다. 충격과 안도, 그리고 더 큰 의문이 한꺼번에 밀려왔다. "토다 교수… 우리가 믿었던 그 사람의 가문이 이렇게까지 얽혀 있었다니."

아사코는 고개를 끄덕였다. "할아버지가 살아온 진실, 카미카제 상사의 그림자. 그것을 세상에 드러내는 게 내 마지막 사명이야."

마 경감까지 세 사람은 자료를 공유했다.

아사코가 보내온 증거는 엄청난 무게를 지니고 있었다. 김 교수는 숨을 삼켰고, 마 경감 역시 긴 한숨을 내쉬었다.

"예상은 했지만… 이 정도일 줄은 몰랐네."

마 경감은 이내 차가운 현실을 일깨워 주었다. "많은 사람들이 다칠 수 있어. 각오 단단히 해야 해."

며칠 뒤, 세 사람은 영상통화로 마주했다.

김 교수가 중재했고, 마 경감은 차분히 고개를 숙였다.

"아사코 씨, 당신이 이번 사건의 핵심 인물입니다. 위험이 따를 겁니다."

"알고 있습니다. 하지만 저는 제 할아버지의 억울함, 그리고 조선인 강제동원 피해자들의 진실을 세상에 알리고 싶습니다." 아사코의 목소리는 흔들리지 않았다.

마 경감은 눈을 감고 깊이 고개를 끄덕였다. "당신은 과학자가 아니라… 투사에 가깝군요."

아사코는 옅은 미소를 지었다. "아마도, 할아버지의 피가 흘러서겠죠."

그 순간, 김 교수의 뇌리에 아버지의 얼굴이 떠올랐다. 굶주림 속에서도 늘 백범일지를 곁에 두고 "밥 굶지 않고 사는 것만으로도 감사하라"고 말하던 아버지.

어릴 적엔 이해할 수 없었던 그 말들이, 이제는 묵직한 의미로 다가왔다.

그는 노란 스탠드 불빛 아래에서 조용히 되뇌었다.

'지켜야 한다. 아버지가 그러했듯, 나 또한 이 진실을 반드시 지켜내야 한다.'

아사코의 최후 – 보이지 않는 독

싱가포르 호텔 로비.

아사코는 프론트 데스크에서 기다리고 있었다. 택배 상자는 흰 비닐에 곱게 포장되어 있었고, 라벨에는 '특대형 마스크'라고 적혀 있었다. 얼굴 노출을 피하기 위한 합리적인 선택. 그녀는 영수증에 서명을 하고 포장을 풀었다.

마스크를 꺼내는 순간, 묘한 금속성 냄새가 코끝을 스쳤다. 고무 냄새 사이에 섞여 있던 미세한 이질감. 그녀는 잠시 멈칫했지만, 피곤한 탓일 거야 하고 넘겼다.

엘리베이터 앞, 그녀는 마스크를 얼굴에 썼다. 차갑게 감싸오는 촉감과 동시에 목 안이 타 들어 가는 듯한 통증이 밀려왔다.

"읍…." 숨이 막히고, 시야가 흐려졌다. 대리석 바닥 문양이 파도처럼 일렁였다.

"Mam? You okay?"

프론트 직원의 목소리가 들려왔지만, 이미 몸은 휘청이며 앞으로 쓰러졌다.

의사들의 손길이 쏜살같이 오갔다. 산소마스크, 해독제 주사, 심폐 소생. 그러나 그녀의 몸은 점점 더 경직되었고, 동공은 축소된 채 반응하지 않았다.

분석 결과, 마스크 안쪽 필터에서 검출된 것은 사린 가스. 도쿄 지하철 사건으로 악명 높은 맹독성 신경작용제. 국가 단위에서만 관리 가능한 물질이었다.

아사코는 그렇게 갑작스레 사라졌다. 그녀가 남긴 건, 미완의 메시지. 휴대폰 화면에 뜬 초안 문장.

- 공항에서

거기서 문장은 끝났다.

*　*　*

김 교수의 책상 위 휴대폰이 진동했다. 해외 번호. 수화기 너머에서 들려온 목소리는 떨리고 있었다.

"저는… 료타 변호사입니다. 아사코가 조금 전… 사망했습니다." 숨이 헐떡이고, 문장은 이어지다 끊어지기를 반복했다.

김 교수는 책상 모서리를 꽉 쥐었다. 손끝이 하얗게 질렸다. "왜? 어떻게?"

"호텔 로비에서… 쓰러졌습니다. 마스크에서 사린 가스가 검출됐습니다. 누군가 의도적으로…."

김 교수는 순간 전화를 떨어뜨릴 뻔했다. 머릿속이 하얗게 비어 버렸다. 살아 있다던 그녀가, 이제는 진짜로 없는 건가?

그는 가까스로 정신을 붙잡았다. "연고자는… 없을 겁니다. 장례 절차, 사후 처리를… 부탁합니다."

통화를 마친 뒤, 그는 곧장 마 경감에게 전화를 걸었다. "마 경감… 아사코가 죽었어."

잠시 정적. 이어진 목소리는 분노와 충격으로 떨렸다. "왜? 어떻게? 사인이 뭔데?"

"사린 가스. 싱가포르 경찰도 놀라고 있어. 범인은 잡히지 않았어."

두 사람 사이에 길고 무거운 침묵이 흘렀다.

밤이 깊어가고 있었다. 김 교수는 책상 위에 노트를 펼쳐 놓았다. 손이 덜덜 떨려 글씨가 번졌다.

신풍(神風): 보이지 않는 손, 그러나 남겨진 상처.

그의 눈에 눈물이 맺혔다. 하지만 울 수 없었다. 지금은 슬픔보다 분노와 책임이 더 크기 때문이었다.

마 경감은 보고서를 정리하며 중얼거렸다. "사린 가스… 국가만 다룰 수 있는 물질. 이건 단순한 사건이 아니야. 판도라의 상자를 건드린 거지."

두 사람 모두 알았다. 아사코의 죽음은 끝이 아니라 시작이라는 것을. 이제 사건은 더 깊은 늪으로 들어갈 것이고, 그 늪은 누군가의 희생을 요구할 터였다.

창 밖에서 바람이 불어왔다. 그 바람은 서쪽에서 불어왔고, 여전히 차갑고 무거웠다.

마 경감의 결기

그날 저녁, 마 경감은 김 교수를 자신의 작은 관사 방으로 불러들였다. 방 안에는 담배 연기와 오래된 서류철 냄새가 뒤섞여 있었다.

낡은 책상 위에는 찢어진 수사 일지와 반쯤 비워진 소주병, 그리고 차갑게 식은 국이 그대로 놓여 있었다.

마 경감은 깊은 한숨을 내쉬며 입을 열었다. "김 교수… 사실은 말이야. 나, 싱가포르 아파트 얘기를 해야겠다."

그는 봉투를 꺼내 테이블 위에 올려놓았다. 봉투 속에는 반짝이는 부동산 계약서와 부유한 삶을 약속하는 듯한 서류가 들어 있었다. 김 교수는 서류를 꺼내 들고 한 장 한 장 넘겨 보았다. 그리고는 천천히 시선을 들어 마 경감을 똑바로 바라보았다.

"그래서 지금 하고 싶은 말이 뭔데?" 짧지만 묵직한 질문이었다.

마 경감은 잠시 말문이 막혔다. 그는 김 교수가 어떤 위로라도 해주길 바랐지만, 정작 돌아온 건 싸늘한 질문이었다.

"내가 그 아파트를 받을 거라고 생각하는 거야, 설마?" 말 끝은 차갑고 단호했다.

순간, 마 경감의 얼굴이 벌겋게 달아올랐다. 그는 분노와 당황함이 뒤섞인 얼굴로 서류 뭉치를 거칠게 움켜쥐더니, 그대로 찢어 발겨 바닥에 내던졌다.

"내가 대한민국 말단 공무원이지만, 의리 하나로 평생 살아온 놈이야! 김 교수, 이거 왜 이래!"

그의 목소리는 방 안을 울릴 만큼 컸다. 그리고 그 울음 같은 고함 뒤에는 강한 의지가 있었다.

최후의 선택 – 진실의 무게

"여기서 물러서면 안 돼. 끝까지 가야지. 아사코가 죽은 마당에, 우리라도 남아서 진실을 밝혀야 하지 않겠어?" 마 경감의 목소리는 다시 차분해졌다.

그러나 김 교수의 마음은 여전히 답답했다. 이미 소중한 아사코가 목숨을 잃었다. '아사코와 앞으로 치러야 할 희생…'.

"여기서 그만둘 수도 있어. 오히려 그게 안전할 지도 몰라." 김 교수는 주저하며 말을 꺼냈다. "그렇지만 이제는 오기가 생겨. 조금만 더 노력하면 될 것 같아. 설령 누가 또 해를 입는다 해도, 나는 끝까지 가볼 생각이야." 그의 목소리에는 이미 결연한 의지가 실려 있었다.

마 경감은 고개를 끄덕이며 손바닥으로 책상 위를 세차게 내리쳤다. "좋아. 나도 끝까지 함께할 거다."

며칠 뒤, 김 교수는 오랜 지인의 소개로 동양일보 최 기자를 만났다.

비 내린 저녁, 창밖 가로등 불빛이 카페 안을 노랗게 흔들고 있었다. 구석 자리에 앉은 그는 두꺼운 서류철을 꺼내 조심스레 건넸다.

최 기자는 페이지를 넘기다 어느 순간 손끝을 멈췄다. 눈동자가 크게 흔들렸다. "이 정도면… 특종입니다." 목소리는 낮았지만 흥분이 배어 있었다. "데스크에 바로 올리겠습니다."

김 교수의 어깨가 잠시 가벼워졌다.

그러나 며칠 뒤, 걸려온 전화는 차갑게 기대를 꺾어냈다.

"교수님…. 정말 죄송합니다. 기사 승인이 나지 않았습니다."

"무슨 말입니까? 자료가 부족했나요?"

"아니요, 충분했습니다. 하지만… 이유를 저도 알 수 없습니다."

짧은 침묵.

김 교수의 심장은 차갑게 내려앉았다. 보이지 않는 손, 신풍(神風)의 그림자가 언론의 목줄까지 움켜쥐고 있음을 직감했다.

"그럼… 아예 보도될 가능성이 없는 겁니까?" 목소리는 절망으로 젖어 있었다.

　최 기자는 더는 말하지 못했다. 끊긴 통화음만이 허공에 남았다. 김 교수는 결국 마지막 수단으로 눈을 돌렸다. '공식 언론이 막혔다면, 유튜버들이라도….'

　그는 편집자를 통해 자료를 영상으로 재구성했다.

'카미카제 상사와 군부 기업의 검은 연결고리'
'아사코의 죽음, 청부 살인의 의혹'
'삼별초의 후손과 역사의 진실'

　자료를 받은 한 대형 채널은 "다루겠다"고 약속했다.
　김 교수는 그제야 묵직한 짐을 내려놓은 듯, 잠시 마음이 가벼워졌다.
　그러나 며칠 뒤, 그 채널의 운영자는 말을 바꿨다.
　"죄송합니다, 교수님. 내부 회의 끝에 이슈화하지 않기로 했습니다."
　"왜죠? 진실을 밝히겠다고 하지 않았습니까?"
　"… 채널이 문 닫을 수도 있습니다. 저희는 감당할 수 없습니다."

짧은 통화가 끝나자, 휴대폰을 쥔 그의 손이 떨렸다.

언론도, 대중 매체도, 모두 입을 닫았다. 진실은 다시 그림자 속으로 밀려 들어갔다.

며칠 뒤, 제주행 비행기에 몸을 실은 김 교수는 창밖의 푸른 바다를 바라보았다. 옆 좌석에는 아사코의 유골이 담긴 작은 항아리가 놓여 있었다.

'약속을… 지켜주지 못했구나.'

눈을 감자, 아사코의 웃음소리가 귓가에 맴도는 듯했다.

제주 마라도.

검은 현무암 바위 위에 선 그는 항아리를 품에 안았다. 바람은 거칠게 불어와 그의 옷자락을 흔들었다.

"아사코… 미안하다. 세상은 진실을 원하지 않는다."

뚜껑을 열어 바람에 유골을 흩뿌렸다. 흰 가루는 바다로 곧장 내려앉기보다, 공중에서 흩어져 빛 속으로 사라졌다. 마치 영혼이 자유롭게 떠나는 듯했다.

그 순간, 그는 바람 속에서 삼별초의 함성, 강제 징용된 이들의 신음, 아사코의 마지막 목소리를 동시에 들었다.

역사는 언제나 개인을 무력하게 만들었고, 진실이 반드시 거짓을 이긴다는 보장은 없었다.

그러나 김 교수는 바람 속에서 자신에게 묻는 질문을 들었다.

'우리는 무엇을 남길 것인가?' 그것이야말로 역사가 던지는 진짜 질문이었다.

제3부

현대적 탐색
— 삼별초를 찾아서

돌아서는 그림자

마 경감은 집을 나온 뒤 며칠 동안 모텔을 전전했다.

싸구려 벽지엔 곰팡이 자국이 번져 있었고, 방 안은 눅눅한 습기와 담배 냄새로 가득 차 있었다. 작은 탁자 위에는 빚처럼 쌓인 서류와 버려진 빈 소주병이 나뒹굴었다.

그는 핸드폰을 들여다봤다. 화면에는 수십 통의 부재중 전화와 읽지 않은 메시지가 쌓여 있었다. 모두 김 교수와 유 원장이 보낸 것들이었다. 하지만 그는 손가락을 떨며 그 알림을 전부 지워버렸다.

"미안하다… 나도 어쩔 수 없었다." 혼잣말이 허공을 메웠다. 마치 친구들이 곁에 앉아 있는 듯한 착각에 빠진 채, 그는 자신을 정당화하려 애썼다. 하지만 그 말은 공허하게 벽에 부딪혀 흩어질 뿐이었다.

며칠 뒤, 그는 인천공항으로 향했다.

맑고 쾌청한 하늘, 활주로를 따라 움직이는 비행기들, 가족과 연인들이 웃으며 떠나는 모습들. 세상은 너무나 평온했다.

"이렇게 고요한 날에… 내가 다 버리고 떠난다고?"

스스로도 믿기지 않는 듯, 씁쓸한 미소가 입가에 번졌다.

여섯 시간의 비행 끝에 도착한 싱가포르는 다른 세상이었다.

마리나 베이의 화려한 불빛이 밤하늘을 가득 메우고, 유리 빌딩 숲은 별빛처럼 반짝였다. 공항에서 최고급 리무진을 타고 이동하는 동안, 그의 눈에는 새로운 세계가 펼쳐지는 듯했다.

싱가포르의 습한 밤, 마 경감은 호텔 방 안에서 홀로 서류철을 뒤적이고 있었다. 테이블 위엔 일본 경시청에서 흘러나온 비밀 보고서가 놓여 있었다.

그는 가늘게 한숨을 내쉬었다. '토다 일가… 그리고 카미카제 상사… 결국 다 이어져 있군.'

휴대폰이 진동했다. 모르는 번호. 망설이던 그는 전화를 받았다.

낯선 목소리가 낮게 속삭였다. "경감님, 진실을 원한다면 내일 밤, 부두 창고로 나오시오."

마 경감은 눈썹을 찌푸렸다. 함정일 가능성도 컸다. 그러나 지금 상황에서 물러설 수는 없었다.

다음 날, 부두의 창고는 적막에 휩싸여 있었다. 녹슨 철문이 삐걱거리며 열리자, 어둠 속에서 한 남자가 걸어 나왔다.

국제 브로커였다. 그는 마 경감을 바라보며 씁쓸하게 웃었다.

"당신도 결국 이 판에 발을 담그셨군요."

"말 돌리지 말고, 본론부터 하시오."

브로커는 서류 가방을 내밀었다. 안에는 은행 송금 내역과 장부 사본이 들어 있었다. 항만 개발, 원전 입찰, 언론 로비… 온갖 그림자가 서로 얽혀 있었다.

마 경감의 눈빛이 차갑게 번쩍였다.

'이 자료만 세상에 나가면… 많은 이들이 무너진다.'

마나도 – 멈춘 시간의 입구

김 교수는 인도네시아 슬라웨시, 마나도의 끈적한 공기를 깊이 들이마셨다. 눅눅한 바람은 코끝을 스치며 바다 냄새와 숲의 흙내를 동시에 실어 나르고 있었다.

옆에는 통역사 아라가 조심스럽게 비닐 커버에 낀 지도를 펼쳤다. 종이는 습기로 가장자리가 구부러져 있었고, 그녀의 손끝은 긴장으로 미세하게 떨리고 있었다.

"이 길을 따라가면 마을 중심에 닿을 수 있어요. 그곳에 삼별초 후손들이 살고 있다고 전해집니다."

두 사람은 무거운 마음을 안고 산길을 걸었다. 고요한 숲은 마치 시간을 삼키는 듯했다. 나뭇잎 사이로 새들이 울어대고, 한 발짝마다 진흙이 신발에 들러붙었다.

길이 끝날 즈음, 나무들이 휘장처럼 젖혀지며 마을이 모습을 드러냈다. 작은 집들이 옹기종기 모여 있었고, 공기는 잠긴 듯 고요했다.

마을의 어르신들은 처음에는 경계심을 숨기지 않았다. 검은 눈동자가 낯선 이를 샅샅이 훑었다.

그러나 김 교수와 아라가 아사코에 대한 이야기를 꺼내자, 어르신들의 얼굴에 미세한 균열이 생겼다. 한 노인이 느릿느릿 무릎을 문질렀다.

"삼별초가 이 바다를 건너와 이곳에 정착했다는 이야기는 우리 집안 대대로 내려오는 비밀이오. 우리들은 뿌리를 내세우지 않고 조용히 살아왔지. 하지만 고서들과 유물이 아직 여기 어딘가에 남아 있소."

김 교수의 심장은 빠르게 고동쳤다. 진실의 조각이 바로 이곳에 묻혀 있다는 예감이었다. 어르신의 안내로 그들은 마을 입구에 있는 낡은 사당으로 향했다.

벽면에는 오래된 그림과 함께, 세월에 씻겨 희미해진 글자가 남아 있었다.

三別抄.

그 글자는 사당의 그늘 속에서 마치 살아 있는 듯 빛났다.

김 교수는 손끝을 떼지 못한 채 그 의미에 잠겼다. 손바닥에 전해지는 거친 돌의 감촉은, 마치 700년 전의 파도 소리를 전해주는 듯했다.

아라는 낮게 숨을 내쉬며 말했다.

"시간에 묻힌 진실이… 이제야 세상에 모습을 드러내려 하나 봐요."

사당의 종이 바람에 한 번 울렸다. 김 교수는 소리를 따라 고개를 들며 생각했다.

'이 문장 뒤에는 반드시 또 다른 문장이 있다.'

목간이 깨어나는 밤

밤공기가 유리창에 얇게 성에를 그렸다. 환풍기가 낮게 돌고, 형광등은 오래된 소설책처럼 누렇게 빛났다.

김 교수는 장갑을 낀 손으로 조심스럽게 목간 상자를 열었다. 코코넛 나무의 결이 눕고 일어서며 손끝에 생생하게 살아났다.

바구스 교수가 확대경을 들고 다가왔다. 그는 자와 문자에 능통한 역사학 교수였다. 그의 목소리는 조심스러웠지만 설렘이 묻어났다.

"자, 이제 세상에 다시 말을 걸 순간입니다."

끈이 풀리자 얇은 판 다섯 장이 손가락처럼 펼쳐지며 작게 툭툭 부딪혔다. 수백 년 잠들었던 입이 기지개를 켜듯 열렸.

문자들은 바람결 같은 획으로 눕고 일어나며 새겨져 있었다.

"자와 문자군요." 바구스가 속삭였다. "획이 둥글고, 모서리를 죽였어요. 13세기 말에서 14세기 초의 습성이죠. 인도계 흔적이 선명합니다."

몰렌이 은은한 차를 들고 들어왔다. 뒤이어 몰렌의 할머니인 니아가 천천히 발을 옮겼다. 그녀의 흰 머리칼은 바닷가의 파도빛 같았다.

"이 목간이 우리 집안을 지켜주었지요. 전쟁이든 가뭄이든, 이 나무에 적힌 이름만은 누구도 건드릴 수 없었어요."

김 교수는 노트북을 켜고 자판을 두드렸다.
"녹화 시작합니다. 라인 넘버링, 판 번호, 문자 손상 정도, 잉크 성분 추정…."
첫 장 상단에는 세 성씨가 또렷했다.
"진(陳), 김(金), 최(崔)… 도착, 정착, 분립."
바구스의 눈빛이 흔들렸다.
몰렌이 속으로 중얼거렸다. "우리 선조들…."
둘째 줄을 더듬던 바구스가 숨을 고르며 읽어 내려갔다.
"노예를 놓아주고, 땅을 나누어 경작하게 하며, 바다의 길을 함께 쓴다."
연구실 안의 공기가 순식간에 무거워졌다. 김 교수의 눈동자가 반짝였다. "13세기 말에… 노예제 폐지와 토지 균분이라니. 이건 혁명입니다."

니아가 두 손을 모았다. "그들이 그랬기에 우리가 여기까지 온 거예요."

세 번째 장에선 파문 같은 문장이 이어졌다.

"바다는 길이요, 시장이며, 방패다."

아라가 숨을 삼켰다. "방패라… 하지만 방패는 언젠가 칼을 부르는 법이죠."

그 순간, 김 교수는 목간 뒷면에 미세하게 새겨진 각인을 발견했다. 선들이 바다에 줄을 긋듯 얇고 단단히 이어져 있었다.

제주–오키나와–마나도.

그리고 마지막에 덧그어진 듯한 짧은 빗금 하나.

김 교수는 가슴이 뜨겁게 달아오르는 것을 느꼈다.

"이건 또 다른 여정의 표시일 지도 모릅니다."

방탕

호텔 스위트룸. 하루 2천 불짜리 호화 객실의 창밖으로 도시 전경이 파노라마처럼 펼쳐졌다.

마 경감은 배 모양의 수영장에 앉아 칵테일을 홀짝이며 불빛 가득한 야경을 바라봤다. 유리 벽에 비친 자신의 모습은 여유로운 성공자의 얼굴 같았지만, 그의 눈빛 깊은 곳에는 감출 수 없는 쓸쓸함이 묻어 있었다.

'그래도… 이제는 무서울 게 없어. 내 손에 500만 달러가 있으니까.'

그는 계좌 추적을 피하려고 여러 차례 차명 계좌로 옮겼다가 다시 자신의 계좌로 되돌려 놓은 거액을 떠올리며 만족스럽게 웃었다. 마치 세상을 다 가진 듯한 기분이었다.

하지만 마음 한구석은 무겁게 짓눌려 있었다. 원래 약속은 1천만 달러. 절반만 입금된 상태였다.

"이 자식들, 왜 연락이 없어…."

호텔 전화를 집어 들고 번호를 눌렀다.

"뚜- 뚜- 뚜-"

끝없이 이어지는 연결음. 아무도 받지 않았다.

그 순간, 호텔 방 전화기가 울렸다. 마 경감은 다급하게 수화기를 들었다. "약속은 1천만 달러였잖습니까! 나머지 500만은 언제 줍니까?"

잠시 침묵이 흐른 뒤, 낮고 차가운 목소리가 들려왔다. "마 경감, 당신이 정리한 건 인정합니다. 하지만 결국 친구분이 쓸데없이 제보를 해서 언론에 빌미를 준 거잖습니까…. 윗분의 지시입니다."

마 경감은 숨을 삼키며 입술을 깨물었다. "그건… 내 잘못이 아니야…."

"그러니 이 정도에서 만족하시죠. 더 이상 돈 얘기하지 마세요. 괜히 입을 놀리다간… 당신도 안전하지 못할 겁니다."

목소리는 차갑고 분명했다. 협박.

마 경감은 등골이 서늘해졌다. 자신이 경찰이라는 신분도 잃은 지금, 거대 세력에 맞서 싸울 무기도 없었다.

그는 수화기를 내려놓으며 힘없이 바닥에 주저앉았다. 억울함이 끓어올랐지만, 동시에 지독한 공허감이 그를 집어삼켰다.

잠시 후, 그는 호텔 바로 향했다.
"매니저, 여기 골든벨 얼마야?"
"손님, 하루 임대에 만 달러입니다."
마 경감은 웃음을 터뜨렸다. "좋아, 오늘은 내가 왕이다."
금종이 울리고, 음악이 터졌다. 사람들이 몰려들었고, 그는 술잔을 들이 붓듯 마셨다.
지폐와 팁을 마구 뿌리며 사람들의 환호를 받았다. 모두가 그의 곁에 모여들었지만, 아무도 그의 속내는 보지 못했다.
화려한 조명 속에서도 그의 표정은 어딘가 비틀려 있었다. 오늘 낮 들었던 협박의 메아리가, 알코올로도 지워지지 않았다.

갈래시장과 바람의 학교

목간의 글씨는 장면이 되어 김 교수의 눈앞에 생생하게 펼쳐졌다.

* * *

해가 바다에서 떠오를 무렵, 첫 선단이 해안에 닿았다. 병졸이 모래를 움켜쥐어 입에 넣었다.

"짭니다!"

뒤에서 누군가가 웃었다.

"살 수 있겠군."

그들은 망명자가 아니었다. 이미 수없이 무너지고 다시 선, 몸에 질서가 새겨진 자들이었다.

하루 만에 작은 방책이 세워졌고, 사흘째엔 우물 자리가 잡혔다.

바닷바람 냄새로 흙을 만져보던 노인이 진흙을 비벼 보다가 "여기" 하고 손가락으로 땅을 찍었다.

일주일째, 첫 논둑이 열렸다. 둑의 곡선은 창끝과 닮았고, 물은 드디어 고였다.

뽄독이라 불리는 어부들이 다가왔다. 햇볕에 그을린 팔뚝, 굳은살이 깊게 박힌 손. "당신들은 누구요?"

삼별초의 우두머리가 뜰채를 내보였다. "해북에서 온 자. 바닷길을 아는 자."

인다라 불리는 농부들이 물었다. "우리에게 무엇을 원하오?"

삼별초는 되물었다. "이 섬을 무엇이라 부르오?"

마을 어른이 잠시 바다를 보고 대답했다. "옛 이름은 잊혔지."

"그럼 우린, 이곳을 당분간 '마라도'라 부르겠습니다. 바다가 만든 길 위의 섬."

그날 밤, 모닥불 앞에 세 가문 - 진, 김, 최 - 의 대표가 앉고, 뽄독과 인다의 장로들이 맞은편에 앉았다. 규약 열여섯 조항이 펼쳐졌다.

"노역은 번갈아 맡고, 바다는 함께 쓰며, 땅은 나눠 경작한다."

"노예는 없습니다. 사는 만큼 벌고, 있는 만큼 나눕니다."
아이들의 웃음소리가 밤하늘을 찔렀다. 그들은 모닥불 둘레에서 노래를 불렀다.

헤쳐 나가자, 헤쳐 나가자–물길은 길을 열고–땅은 우릴 품네.

* * *

목간에는 짧게 기록되어 있었다.
"어느 날, 노예제 폐지. 토지 균분. 시장 개장."

* * *

갈래시장이 열리자 바닷가 모래판에 돗자리가 줄지어 깔렸다. 말린 생선, 조개, 감귤, 소금, 꿀, 깨진 도자기 조각까지. 손가락은 값을 셌고, 웃음은 가격을 맞췄다.
장대 위에서 후손 청년 라키가 바람을 맞으며 외쳤다. "바람이 좋습니다!"
어른이 웃었다. "그 바람으로 항해를 배우는 거다."

갈래시장에 불이 켜지고, 아이들이 불꽃 둘레에서 다시 노래했다.

* * *

김 교수는 목간을 내려다보며 혼잣말처럼 중얼거렸다.
"… 이건 단순한 기록이 아니야. 삶의 설계도군."

길과 방패, 그리고 칼

목간의 글씨는 여전히 바람에 흔들리는 듯 이어졌다.
"바다는 길이요, 시장이며, 방패다."
김 교수는 그 문장을 소리 내어 읽으며 곱씹었다. 방패라… 그러나 방패는 언젠가 칼을 부른다.

***

갈래시장이 세 번째 계절을 맞을 즈음, 삼별초의 배들은 더 멀리 나가기 시작했다. 얕은 오키나와 바다를 건너며 돛은 흰 안개를 가르고, 닻은 물속에서 기다림을 배웠다. 기다림조차 항해의 일부였다.
첫 사절단이 오키나와 해변의 산호를 밟았을 때, 거기에도 작은 시장이 있었다. 삼별초는 말린 미역과 꿀, 고운 베를 내놓았다.

오키나와 상인들은 반짝이는 칼과 조개장식을 열었다. 서로 언어는 달랐지만 계산은 같았다. 손가락으로 숫자를 세고, 웃음으로 값을 맞췄다.

그 소식은 더 남쪽으로 흘러갔다. 말라카와 싱가 왕조의 장터에서 마라도의 이름이 오르내렸다.

"해북에서 온 자들, 땅을 나누고 바다를 나누는 자들."

명성은 자랑이자 경계였다. 바다 위에서 세상은 빠르게 반응했다.

어느 날, 정찰선이 흰 천을 달고 급히 돌아왔다. 젖은 깃발은 파도 물기를 떨구며 흔들렸다.

"원나라 사신이 자바 섬의 왕에게 조공을 요구했다 합니다!"

갈래시장 옆 회합장에 횃불이 켜졌다. 세 가문 대표와 뽄독, 인다의 장로, 항해 책임자들이 모두 모였다.

"우리가 교역을 넓힐수록, 누군가는 그 길을 세금으로 막으려 들 것입니다."

항해 책임자가 말하자, 장로가 단호하게 대답했다.

"바다는 누구의 것도 아니오."

며칠 뒤 또 다른 급보가 날아왔다.

"자바의 왕이 사신의 귀를 잘라 돌려보냈다 합니다!"

회의장은 술렁였다. 김씨 대표가 짧게 중얼거렸다.

"그건 피로 답이 오겠군."

밤은 깊어지고 동쪽 바람이 횃불을 기울였다. 진씨 대표가 자리에서 벌떡 일어섰다.

"전쟁의 그림자가 길어집니다. 하지만 우리가 할 일은 변하지 않습니다. 땅을 갈고, 물길을 트고, 바다를 지키는 것."

회의가 끝나갈 무렵, 목간의 마지막 문장은 작은 점 하나로 맺어졌다.

＊＊＊

"방패는 언젠가 칼을 부른다."

김 교수는 숨을 고르며 속으로 되뇌었다.

"이건 단순한 예언이 아니라, 기억이군."

투자

싱가포르의 한적한 숙소. 낡은 전화기를 붙잡은 마 경감은 오랜만에 한국에 있는 조카 성진에게 전화를 걸었다.

"성진아, 잘 지내고 있지?"

"삼촌! 오랜만이에요. 건강하시죠?"

"그럭저럭이다. 너 아직 증권사 다니지?"

"네. 혹시 투자하시려는 거예요?"

잠시 망설이던 마 경감은 웃으며 대답했다. "그래. 삼촌도 이제 좀 불려야 하지 않겠니."

그날, 그는 30분 가까이 조카와 통화를 이어갔다. 그래프와 수치가 오가는 대화였지만, 그 속에는 가족에 대한 묘한 안도감이 스며 있었다.

처음에는 시차와 거래 시간 차이로 애를 먹었다. 매번 주가를 확인하는 것조차 피곤했다. 결국 그는 직접 투자하기보다는 조카에게 전권을 맡기기로 했다.

"삼촌, 그럼 제 이름으로 가상화폐를 구매해 보내주세요. 제가 계좌에 합쳐 운용할게요."

마 경감은 조금 불안했지만, "핏줄이니 믿을 수 있겠지"라는 생각에 동의했다.

세상 어디에도 믿을 사람이 남지 않았다고 생각했는데, 유일하게 기댈 곳은 가족 뿐이었다.

3개월 뒤, 성진이 보낸 메일에는 그래프와 성과표가 첨부돼 있었다.

High risk-high return 전략.
바이오와 제약 초기 기업.
안정적 현금흐름: 배당주와 REIT.
공모주와 필수 소비재.

수익률은 무려 50%. 마 경감은 모니터 앞에서 자리에서 벌떡 일어나 소리쳤다. "잘했구나! 역시 내 피붙이야."

성진의 말은 더욱 달콤했다. "연말까지 가면 배당까지 포함해

원금 대비 100% 수익도 가능합니다."

마 경감은 곧장 통장에 10만 불만 남기고, 전 재산을 조카에게 보냈다. 이제 그의 꿈은 돈이 돈을 낳는 소리를 듣는 것이었다.

200만 불이 400만 불이 된다는 기대감에 그는 여행사로 달려갔다. 영국을 시작으로, 이탈리아, 그리스, 크루즈 여행까지 일정표를 빼곡히 채웠다.

유럽의 고도(古都)를 걷는 동안, 마 경감은 마치 새로운 사람이 된 듯했다. 런던의 비 내리는 거리를 걷고, 베네치아의 곤돌라에 몸을 싣고, 지중해의 햇살을 받으며 와인을 마셨다.

"이게 진짜 삶이지."

그러나 호텔 방으로 돌아오면, 그는 홀로 침대에 앉아 깊은 한숨을 내쉬었다.

"돈이 불어나도… 마음속 허전함은 메워지지 않는구나."

밤마다 메일함을 확인할 때마다, 혹시 모를 사기와 배신의 그림자가 떠올랐다. '설마 성진이가 나를 속이진 않겠지? 그래도 가족인데….'

하지만 이미 모든 자금을 맡긴 그에게 선택지는 없었다. 창밖에 비친 자신의 얼굴은 지쳐 있었고, 눈동자에는 공허한 그림자가 드리워져 있었다.

여행을 다니며 새로운 풍경을 보았지만, 그의 마음은 늘 마나도를 향했다.

"김 교수… 유 원장… 내가 돈을 쫓아 여기저기 떠돌고 있지만, 결국 돌아가야 할 곳은 너희 곁이구나."

마 경감은 손끝으로 메일함을 눌렀다. 보낼 편지함에는 답을 기다리며, 친구들에게 전하지 못한 간절한 말들이 고여 있었다.

위자야, 쓴 과일의 이름

자바 섬의 수도. 하늘은 검은 재로 덮여 있었다. 불길은 성벽 위를 타고 흘렀고, 집들은 연기에 삼켜졌다. 그러나 그것은 축제의 불빛도, 풍년의 잔치도 아니었다. 피와 배신의 불길이었다.

싱가 왕 컬타는 승전보를 들고 돌아왔으나, 궁궐은 텅 비어 있었다. 반란군이 깃발을 세우고 왕은 쇠사슬에 묶여 끌려 나왔다. 왕의 눈빛은 여전히 불길처럼 매서웠지만 두 손은 무력하게 묶여 있었다.

"도둑에게는 도둑의 벌을 내린다!"

자야가 외쳤다. 곧, 왕의 목이 단칼에 잘려 나갔다. 수도는 고요해졌으나, 그 고요는 피의 그림자로 짙었다.

멀리서 그 광경을 지켜본 컬타의 양아들, 위자야는 울부짖지 않았다. 눈물조차 보이지 않았다. 그는 무릎을 꿇고 자야 앞에 나아갔다.

"폐하, 저 위자야는 충성을 맹세합니다."

자야는 비웃듯 고개를 저었다. "네 양부가 죽었는데도 충성을 맹세한다고? 흥. 숲으로 가라. 거기서 나무나 심고 밭이나 갈며 살아라."

위자야는 절을 하고 숲으로 들어갔다. 그러나 그의 마음은 결코 꺾이지 않았다. 그는 땅을 개간하고 움막을 세우며, 언젠가 복수의 날을 기다렸다.

숲에는 마자(maja)라는 과일나무가 있었다. 겉은 매끈했지만 속은 쓴맛(pahit)으로 가득했다.

위자야는 그 이름을 정착지에 붙였다. 마자파힛(Majapahit).

"이 쓴맛을 잊지 않으리라."

어느 날 밤, 모닥불 곁에 낯선 이들이 나타났다. 바다 냄새를 풍기는 사내들. 짧은 머리칼, 단단한 팔, 낯선 말투. 삼별초였다.

그들은 은밀히 가져온 칼과 베를 내놓았다. 위자야가 손끝으로 그것을 만지며 물었다. "당신들은 누구인가?"

"해북에서 온 자. 바다를 건너 이곳에 뿌리내린 자."

"내가 복수의 길을 걷는다면, 함께하겠는가?"

삼별초의 대표가 고개를 끄덕였다. "우리의 항해와 당신의 길은 다르지 않다. 바다는 모두의 것이니까."

그 밤, 은밀한 동맹은 목간에 단 세 단어로 기록되었다.
"위자야, 삼별초와 접촉하다."

* * *

김 교수는 노트북 위의 문장을 오래 바라보았다.
'… 이건 전설이 아니라, 역사가 이루어지는 순간'

목간과 실록이 만나는 순간

연구실의 공기는 눅눅하고 무거웠다. 바구스 교수가 마지막 판을 짚으며 말했다.

"여기 있습니다. '위자야, 삼별초와 접촉하다.'"

김 교수의 눈빛이 번쩍였다. 몰렌은 자리에서 벌떡 일어나 외쳤다.

"그렇다면… 우리 역사 속에 삼별초가 흐르고 있다는 말인가요?"

니아의 눈가에는 눈물이 번졌다.

"나는 오래 전부터 알고 있었어. 우리 피에 섞인 바람, 우리 말 속에 남은 바다. 이제 당신들이 증명했구나."

라키는 두 주먹을 움켜쥐었다.

"우린 도망자가 아니었습니다. 개척자였고, 동맹자였군요."

그러나 김 교수는 곧 다른 생각에 사로잡혔다. '증언만으로는

부족하다. 다른 기록이 필요하다.'

그날 밤, 서울의 민 교수에게 긴급 이메일을 보냈다.

제목: 「조선 초기 마자파힛 사신 기록 문의」
내용: 목간의 사진과 번역본, 그리고 한 줄 – '진언상(陣彦祥)'

며칠 후, 새벽의 연구실. 민 교수는 모니터 앞에서 실록을 검색하고 있었다. 수십 번의 스크롤 끝에 화면에 선명하게 떠오른 이름. '陣彦祥.'
민 교수의 숨이 거칠어졌다. "찾았다!"

곧장 답장이 날아왔다.

"태종 O년, 남방국의 사신 진언상(陣彦祥)이 공물을 바치다."

마나도의 연구실. 메일을 확인한 김 교수가 자리에서 벌떡 일어났다. "실록에도 있답니다! 진언상, 목간의 이름과 똑같습니다!"

몰렌이 눈을 크게 떴다.

"그럼 조선에서도 교류 기록이 확인된 것이군요?"

김 교수는 단호히 고개를 끄덕였다.

"맞습니다. 이제 삼별초의 후손이 마자파힛을 거쳐 조선까지 이어졌다는 사실이 역사가 되었습니다."

연구실은 술렁였지만, 김 교수의 마음은 오히려 차갑게 가라앉았다.

사이프러스

두바이 공항의 인파가 사라지고, 어둠과 바다가 뒤섞인 창 너머로 작은 섬의 불빛이 떠올랐다.

긴 비행 끝에, 마 경감은 드디어 사이프러스에 내렸다. 공항 문이 열리자마자 염분 섞인 바람이 얼굴을 스쳤다. 그 바람은 이상하게도 한강의 겨울 바람과 닮아 있었다. 더 따뜻하고, 더 낯설었지만.

"여기까지 오는 데 정말 고생이 많았구나." 그는 혼잣말처럼 중얼거렸다.

입국 심사관이 여권을 넘겨받으며 시큰둥하게 물었다.

"Purpose of visit?"

"Long stay… residency."

새로 발급받은 카드의 이름이 반짝였다.

Michael Green. 타자를 잘못 친 쇼핑몰 ID처럼 낯간지러운 이름. 그러나 이 섬에서는 그가 곧 '마이클'이었다.

　남서쪽 파포스, 아프로디테의 바다로 향하는 버스 창가에 앉자, 오렌지빛 해가 항구의 깃발을 훑고 지나갔다. 깃발 아래 흰 벽과 푸른 창틀의 집들이 도무지 현실 같지 않았다.
　처음 일주일은 모든 것이 영화 같았다.
　항구 난간에 팔꿈치를 괴고 서면 바다는 푸른 유리처럼 매끈했고, 선착장 옆 카페 스피커에서는 오래된 그리스 민요가 흘렀다.
　식탁 위에는 늘 올리브 오일과 레몬이 먼저 놓였다. 그는 올리브 오일의 향을 맡으며 낮게 중얼거렸다. "이게 이 섬의 피네."

　단골가게가 생긴 것도 빠른 편이었다. 좁은 골목의 작은 식당, 주방이 보이는 오픈 키친에서 주인이 직접 고기를 굽는 집.
　"안녕하세요."
　처음 들었을 때는 착각인 줄 알았다. 한국어였다.
　"여기, 오래 계시나요? 오늘은 매제로 준비해 드릴게요."
　풀코스처럼 이어지는 작은 접시들 – 그릭 요구르트, 샐러드, 감자튀김, 그리고 수블라.
　"맥주도요?"

"KEO, 한 병."

목을 타고 내려간 첫 모금은 금빛이었다. 고소한 감자와 짭짤한 할루미, 차게 식힌 화이트 와인. 그는 접시가 비어 갈수록 자신이 어느 정도 생존하고 있음을 확인했다.

혀가 먼저 정착하고, 그 다음이 마음이다.

한 달, 두 달. 관광지의 촉감이 생활의 질감으로 둔해질 즈음, 풍경은 새 이름을 가졌다.

"그림 같다"던 요새는 큰 돌 창고였고, 성채는 갑갑한 벽으로 보였다. 바람은 더 이상 "자유"가 아니고, 유리창 틈새의 잡음이었다.

그는 서랍에서 서류 뭉치를 꺼냈다. 집, 은행, 보험, 전기. 모든 서류는 영어였지만 모서리마다 낯선 관습이 끼어 있었다.

현지 변호사와 수수료를 두고 실랑이를 벌인 날, 그는 깨달았다. '여기서 난 그저 돈 많은 아시아인.'

공무원 창구에서 'fast process'를 위해 건네는 봉투는 '급행료'였고, 변호사 사무실의 날렵한 펜 끝은 자비가 없었다.

그는 한 장, 한 장 서류에 서명했다. 마이클 그린, 그 돌림노래 같은 이름을 소리 내어 부르며.

밤마다 계산기를 두드렸다.

"남은 건 220만. 1년에 10만⋯ 20년."

숫자 위로 날짜들이 겹쳐졌다.

"잔금만 받았어도⋯."

그러나 잔금은 오지 않았다. 잔금은 늘 미래 시제였다.

그의 영어는 서류를 읽기엔 모자랐고, 흥정을 하기엔 더 모자랐다. 부동산 중개인은 느긋한 미소로 말했다.

"Very good location. Many tourists. High yield."

"Lease terms⋯ repair responsibility?"

"Small details. Don't worry."

'Don't worry'는 언제나 걱정하라는 신호였다. 계약서의 행간은 모래처럼 손가락 사이로 빠져나갔다.

어느 문장에는 'rent free period'가 있었고, 어느 문장에는 'hidden maintenance'가 있었다. 그는 펜을 들었다가 내려놓았다. "사인 못 하겠소."

중개인은 어깨를 으쓱했다. "Next buyer will sign up."

길게 늘어진 오후 그림자 속, 그는 항구 끝 벤치에 앉아 와인의 잔을 들었다. 코만다리아. 4천 년을 이어온 단맛은 혀끝에서 오래 머물렀다.

"로마네 콘티? 신의 물방울?"

허공에 떠다니는 농담 같았다. 그는 스스로에게 새 이름을 불러보았다. "마이클 그린."

낯설고 매끈한 소리. 어느 순간, 그 소리 안에 자신이 비어 있는 듯했다.

식당 주인은 그에게 수박과 할루미를 같이 내주었다. "Try. Summer style."

짠맛과 단맛이 입안에서 부딪히고, 곧 화해했다. 맛이란 결국, 타협이었다. 그는 씹으며 생각했다. '나도, 타협 중이구나.'

한국에서의 김치찌개는 멀고, 여기의 수블라는 가까웠다. 그러나 가까움이 곧 안락은 아니었다.

외로움은 국적이 없었고, 언어가 없었다. 그것은 저녁이 되면 스스로 찾아 왔다. 식탁의 맞은편 빈 의자, 포크가 부딪히는 소리, 그리고 휴대폰 화면의 검은 반사.

그는 와인을 한 모금 더 마셨다.

"김 교수, 유 원장… 잘 지내고 있겠지."

보낸 편지함 속 가장 최신 메일의 마지막 줄 "남은 여생을 여기서 함께 보낼 수 있다면"을 손가락으로 문질렀다.

답장이 오지 않는 날들이 쌓여 유리처럼 단단해지고 있었다.

어느 비 오는 오후, 그는 부동산을 한 군데 더 돌았다. 작은 상가, 1층. 외국인에게는 대출이 까다롭다는, '사다' 가 아니라 '세든다' 라는 말이 친절하게 덧붙여지는 공간.

"Monthly rent guaranteed. Tourists never stop."

중개인의 말과 달리, 골목은 고요했다. 삭은 간판과 반쯤 내려온 셔터, 조심스럽게 붙여진 할인 안내문. 그는 상가 내부의 빈 콘센트 구멍을 오래 바라보았다.

"현지 파트너를 두는 건 어떠신가요?"

"Trust me."

그 순간, 조카의 목소리가 멀리서 겹쳐왔다.

"삼촌, 100% 수익도 가능해요."

수익의 달콤함, 그리고 그 뒤를 밟는 씁쓸함.

그는 미세하게 고개를 저었다.

"오늘은…그만."

중개인은 미소를 거두지 않았다.

"Tomorrow I call you."

그날 밤, 그는 익숙해진 길로 단골 식당으로 향했다. 비가 그치며 공기가 씻긴 듯 가벼웠다. 주방의 불꽃이 타닥거리고, 유리창을 적시던 물방울이 슬며시 말라갔다.

"오늘은 레드?"

"네. 조금 진한 걸로."

잔이 채워지고, 술이 목을 따뜻하게 덮었다. 토스트처럼 바삭한 빵 위에 올리브 페이스트를 바르고, 수프를 떠먹고, 양고기를 베어 물었다.

혀는 섬에 눌러앉았고, 마음은 아직 항구의 배처럼 결박되어 있었다.

"마이클 씨, 이 섬 좋아요?" 주인의 한국어는 늘 따뜻했다.

"좋습니다. 너무 좋아서, 가끔 무섭습니다."

"무서워요?"

"네. 이렇게 좋아도, 혼자면 무섭습니다."

주인은 잠시 말이 없었다. 그러고는 소스 한 스푼을 더 얹어 접시를 밀어주었다. "먹는 동안만은, 혼자가 아니네요."

집으로 돌아오자 휴대폰이 떨렸다. 수신함에 작은 숫자 '1'. 그는 숨을 고르고 열었다.

From: 김성훈

마 경감에게
얼마나 힘들었을까? 네 결정을 이해한다. 제발 연락을 줘라. 이 곳으로 와라. 우리 다시 만나야 한다….

문장을 다 읽기도 전에, 그는 등을 의자에 기댔다. 바다의 소금기 같은 미세한 전기가 팔끝에서 일었다.

"그래, 결국… 돌아가는 거구나."

그는 창문을 열었다. 밤바람이 커튼을 밀며 들어왔다. 멀리 등대가 한 번 깜빡였다. 이름을 바꿔도, 언어를 바꿔도, 지울 수 없는 것들이 있었다.

그는 와인잔을 비웠다. 그리고 가방을 꺼내, 서랍에서 오래 접어둔 한국의 수건과 낡은 셔츠를 꺼냈다.

거울 앞에서 잠시 서 있었다.

"마이클." 그는 씩 웃으며 고개를 저었다. "아니지. 마 경감."

낯선 섬의 밤이, 조금 덜 낯설어졌다.

성자의 방

마나도의 언덕 위, 오래된 성당이 있었다. 네덜란드 선교사들이 세운 건물은 벽이 허물어지고 지붕은 붉은 녹이 내려앉아 있었다. 바닷바람이 오래된 종을 덜컥이며 흔들었다.

미카엘 신부의 안내로, 김 교수는 성당 지하로 내려갔다. 습기와 곰팡이 냄새가 콧속을 파고들었다. 돌계단은 미끄러웠고, 수백 년의 기도가 밴 듯 벽은 차갑게 젖어 있었다.

벽 한쪽이 이상하게 움푹 들어가 있었다. 김 교수가 손바닥으로 벽돌을 눌렀다. 순간, 삐걱이며 틈이 열렸다. 그 안에서 검게 바랜 나무 상자가 모습을 드러냈다.

상자 안에는 천 조각으로 감싼 목간이 있었다. 나무는 바스러질 듯했지만 글씨는 또렷했다.

癸酉年 高麗瓦匠造

김 교수의 호흡이 멎었다. "1273년… 제주 함락의 해."

나뭇결을 따라가자 장인의 손길이 살아 있는 듯했다. 옆에는 거칠게 그어진 종이 지도 한 장.

[제주 → 오키나와 → 마나도]

김 교수의 손끝이 떨렸다. "이건 단순한 기록이 아니야. 귀환의 증언이다."

그러나 상자 안에는 또 다른 진실이 숨어 있었다. 낡은 카메라와 오래된 필름. 빛에 비추자 바닷가의 포로수용소가 떠올랐다.

아이들이 맨발로 달리고, 여인들이 노래를 부르고, 남자들이 바다를 바라보며 어깨동무를 하고 있었다.

그리고 사진 구석에 젊은 허경욱이 서 있었다. 그 옆에는 또렷한 눈매를 가진 마나도 여인. 두 사람의 눈빛에는 조심스럽지만 분명한 애정이 담겨 있었다.

김 교수의 손이 떨렸다. "아사코가… 찾고자 했던 건 바로 이것이었구나." 김 교수가 낮게 속삭였다. "전쟁 속에서도 삶은 이어지고, 사랑은 기록된다. 그게 진실이지."

성구 상자 위의 은십자가가 은빛으로 반짝였다. 마치 수십 년 동안 이 방이 모든 진실을 지켜온 듯했다.

김 교수는 카메라를 가슴에 안으며 다짐했다.

"아사코… 이제 당신의 조부와 이 땅의 영혼들이 안식할 수 있겠지. 나는 끝까지 지켜낼 거야."

유전자의 거울

마나도 대학 의학부의 낡은 연구실.

형광등은 오래된 심장처럼 깜빡이며 윙윙거렸고, 에어컨은 덥고 습한 공기를 겨우 조금 식혀줄 뿐이었다. 창밖에서는 저녁 바람이 야자수 잎을 거칠게 흔들고 있었다.

분석 장비에서 기계음이 규칙적으로 울려 퍼졌다. 낮고 단조로운 소리였지만, 김 교수의 가슴에는 점점 더 큰 파동으로 울려왔다.

"교수님, 여기 보세요."

아라의 손끝이 모니터를 가리켰다. 두 개의 그래프 선이 정확히 겹쳐 있었다. 하나는 한국인의 유전자 데이터, 다른 하나는 마나도 원주민들의 샘플.

김 교수의 눈빛이 크게 흔들렸다. "이건… 우연일 수 없어."

특정 집단에서만 나타나는 HLA-B-29 항원이 두 그래프 모두에서 확인되었다. 수백 년의 바다와 시간을 넘어, 똑같은 흔적이 남아 있었던 것이다.

학자로서 가슴이 벅차 올랐다. '700년 전 바다를 건넌 삼별초 후손들이… 정말 살아남아 피를 이어왔구나.'

그러나 동시에 얼음장 같은 불안이 가슴에 스며들었다.

'만약 이 사실이 세상에 공개된다면? 일본, 한국, 인도네시아 모두 흔들릴 것이다. 이건 학문적 발견이 아니라, 권력의 심장을 찌를 단도다.'

김 교수는 창밖을 바라봤다. 붉게 물든 저녁 하늘이 불타는 바다처럼 퍼져 있었다.

아라는 눈을 반짝이며 속삭였다. "교수님, 이건 학계에 발표해야 해요. 삼별초 후손의 유전적 증거… 역사적으로도 엄청난 발견이에요."

김 교수는 조용히 고개를 끄덕였지만, 속으로는 낮게 중얼거렸다. "… 이건 축복이자, 동시에 위협일 수도 있어."

연구실의 기계음은 여전히 일정한 박자를 두드렸지만, 김 교수의 심장은 불안과 환희 사이에서 요동치고 있었다.

드러난 진실

며칠 뒤, 서울.

병원 원장실에 앉은 유 원장은 여전히 버찐 머리를 두드리며 노트북을 열었다. 손가락은 느렸지만 확실했다.

마침 대학 선배인 안 검사에게서 전화가 걸려왔다.

"유 원장, 부탁했던 그 건 말인데… 마 경감, 수사 기록을 일부러 흐리게 올린 흔적이 있더라. 증거가 없다는 쪽으로 몰아갔지. 그리고는 재수사 지휘 떨어지자마자 사직서를 던졌어."

유 원장의 눈이 크게 흔들렸다. "… 사직서를 냈다고요?"

"그래. 네가 말한 대로라면, 뭔가 큰 게 걸려 있었던 거다. 친구라 했지? 아무튼 조심해."

전화를 끊고, 유 원장은 노트북을 확인했다.

그리고 그는 그곳에서 충격적인 흔적을 보았다. 싱가포르에서 인출된 코인 계좌 기록. 얼마전에 공무원인 마 경감 이름으로 계좌를 만들기가 어렵다고 해서 유 원장이 직접 자기 이름으로 계좌를 열어주었다.

날짜와 시간, 금액. 모든 것이 명백했다.

"마…. 네가 그럴 리가 없잖아." 목소리가 떨렸다.

그 순간, 기억 속 장면들이 주마등처럼 스쳐갔다. 김 교수를 사건에서 멀리 떼어놓으려 했던 말투, 갑자기 꺼낸 싱가포르 아파트 뒷거래 이야기, 유튜브 제보를 말리며 석연치 않았던 표정….

모든 게 하나로 맞춰졌다.

유 원장의 가슴속에서 무언가 무너져 내렸다. "이 나쁜 새끼…." 그는 계속 중얼거렸다. "친형제라고까지 생각했는데… 결국 돈 때문에 우리를 배신하다니."

머릿속에 문득 떠오른 문구가 있었다.

- 타인은 지옥이다.

우정의 탈을 쓴 배신. 친구라 믿었던 이가 사실은 가장 깊은 상처를 남기는 칼이었다. 유 원장은 두 손으로 머리를 감싸 쥐며 낮게 울부짖었다. "나쁜 새끼…. 이 나쁜 새끼!"

방 안의 고요 속에서, 그의 절망은 메아리처럼 되돌아왔다.

잘못된 인연

늦은 밤, 연구실은 푸른 형광등 불빛만이 차갑게 번지고 있었다. 곤충들이 유리창에 부딪히는 소리가 간헐적으로 들려왔고, 책상 위에는 오래된 회상록이 펼쳐져 있었다.

김 교수는 토다 교수가 남긴 노트를 조심스레 읽었다. 바랜 종이에서 잉크 냄새가 스며 나왔다. 그리고 그곳에, 수없이 반복된 이름.

아사코.

글씨는 단호하면서도, 어딘가 흔들리고 있었다.

나는 그녀를 연구 동료로 사랑했고, 학문을 향한 동지로 존경했다. 그러나 그녀는 나보다 더 큰 것을 사랑했다. 그것은 진실이었다.

김 교수의 손끝이 떨렸다. 눈앞에 아사코의 얼굴이 떠올랐다. 학회 발표 뒤 함께 웃던 모습, 늦은 밤 커피를 나누며 자료를 정리하던 모습. 그리고 진실을 말할 때의 단호한 눈빛.
'토다… 네가 감당할 수 없었던 건 그녀의 학문이 아니라, 그녀의 집념이었지.'
마지막 구절에 이르자 김 교수의 눈길이 멈췄다.

그녀를 붙잡을 수 있었다면, 운명은 달라졌을까? 그러나 나는 두려웠고, 결국 그 두려움이 그녀를 죽음으로 몰아넣었다.

김 교수는 깊은 숨을 몰아 쉬었다. 가슴은 차갑게 얼어붙고, 눈앞 별빛마저 서글프게 보였다.
그는 창밖을 향해 낮게 속삭였다. "아사코… 네가 사랑한 건 진실이었구나. 하지만 그 진실이 결국 널 앗아갔어."

마자파힛과 조선, 이어진 이름

마나도의 작은 연구실.

책상 위에는 해묵은 목간이 겹겹이 펼쳐져 있었고, 바구스 교수는 안경 너머로 촘촘한 자와 문자를 더듬고 있었다. 그의 목소리는 숨결처럼 낮았지만, 그 울림은 방 안을 메웠다.

"김 교수님, 여기 좀 보십시오. 왕의 명으로 조선에 간 사람 이야기가 적혀 있습니다."

김 교수는 순간 자리에서 일어나, 그의 손끝이 가리키는 문장을 노려보았다. "조선이라고요? 구체적으로 누구입니까?"

바구스 교수는 또렷하게 발음을 내뱉었다. "진씨 가문의 육대손, 진언상(陣彦祥). 기록에 따르면 그는 왕명을 받고 오키나와와 조선에 사신으로 갔다고 합니다."

김 교수의 눈이 번쩍였다. "조선에 간 삼별초의 후손이라…. 이건 엄청난 단서군요."

목간의 글씨는 짧지만 날카로웠다.

"진언상, 두 차례 조선을 다녀오다. 그 사후, 손자 진실승이 조선과 오키나와에 사신으로 오르내리다."

김 교수는 손바닥에 땀이 맺히는 것을 느끼며 물었다. "방문 시기나, 조선에서 누구를 만났는지 더 구체적 기록은 없습니까?"
"아쉽게도 없군요. 다만 시기를 고려하면 1390년에서 1420년 사이, 조선 건국 직후와 겹칠 겁니다." 바구스는 메모지에 도표를 그리며 말했다.

- 진언상 (6대손) : 1390~1420년 추정, 조선 두 차례 방문
- 진실승 (손자) : 조선 및 오키나와 정기적 교류

"이 집안은 단순히 가계를 이은 것이 아니라, 무역과 외교의 다리를 맡았던 듯합니다."
김 교수는 의자를 밀치고 창가로 걸어갔다. 바람이 유리창을 흔들었다. "만약 이 이름이 조선의 기록에도 남아 있다면, 삼별초가 마나도에 정착했다는 사실은 전설이 아니라 역사로 굳어지니

다. 그것도 언어로 소통할 수 있는 가문으로서 말입니다."

몰렌이 조심스레 물었다. "그런데 왜 굳이 조선까지였을까요? 무역이라면 중국이나 인도와 더 활발했을 텐데…."

바구스는 안경을 벗으며 눈가를 문질렀다.

"그건 저도 의문입니다. 조선은 막 건국된 신흥국이었으니까요. 그런데도 마자파힛은 조선에 사신을 보냈다…. 단순한 무역 이상의 이유가 있었을 겁니다."

그날 밤, 김 교수는 서울의 민 교수에게 긴급 메일을 보냈다.

제목:「조선 초기 마자파힛 사신 기록 추가 문의 」

첨부: 목간 사진과 번역문 추가

지난 번 확인해 주신 조선왕조실록에 태종 '진언상(陣彥祥)'이라는 사신은 정확한 확인 감사드리고요. 그의 손자 진실승의 기록도 있는지 확인 부탁드립니다.

있다면 어떤 교류가 이루어 졌는지도 확인할 수 있으면 좋겠습니다. 마나도 목간 기록과 더불어 삼별초의 항해, 마자파힛 그리고 조선이 하나의 선으로 이어지는 증거가 됩니다.

메일을 전송한 뒤, 김 교수는 노트북을 덮고 깊은 숨을 내쉬었다.

"만약 실록에서 그 내용을 찾는다면… 목간은 더 이상 나무 조각이 아니야. 역사의 다리가 되는 거지."

연구실 창밖으로, 바다는 검푸르게 일렁이고 있었다. 목간 위의 자와 문자가 은은히 빛을 반사하며, 마치 다음 이야기를 예고하는 듯 깜박였다.

여운

연구실의 불빛 아래, 목간은 고요히 놓여 있었다. 그러나 김 교수의 가슴은 파도처럼 요동쳤다.

민 교수가 보내온 메일의 한 문장이 눈앞에서 번쩍였다.

[태종 대, 남방 사신 진언상.]

몰렌은 목간을 어루만지며 중얼거렸다. "우린 늘 이야기해왔지. 피와 바람은 잊히지 않는다고. 이제 세상이 그걸 믿게 될 거야."

라키는 흥분한 얼굴로 말했다. "우리 뿌리가 여기서만이 아니라, 저 멀리 북쪽 땅까지 닿아 있었다니…."

바구스 교수는 창밖을 바라보며 조용히 말했다. "이제 우리는 새로운 질문 앞에 서 있군요. 진언상이 조선에서 누구를 만나 무엇을 주고받았는지. 그리고 그 흔적이 또 어디에 남아 있을지."

김 교수는 깊은 숨을 내쉬었다. "이제 시작입니다. 다음은 그 사신이 남긴 교류의 흔적을 찾아야 합니다. 무역품, 언어, 문화… 혹시 후손까지도."

창밖, 마나도의 아침 햇살이 바다 위로 번졌다. 목간 위 자와 문자가 빛을 받아 반짝였다.

역사의 파편들이 하나의 길로 모여드는 순간이었다.

삼별반(三別班) - 친구의 이름으로

마나도의 한인성당. 아이들의 웃음소리가 가득한 한국어학당의 교실에서 김 교수는 칠판에 글씨를 적다 잠시 멈추었다.

"선생님, 왜 멈추셨어요?" 한 아이가 물었다.

김 교수는 웃으며 대답했지만, 마음은 멀리 있었다. '유 원장, 마 경감…. 이 자리에도 함께 있었다면 얼마나 좋았을까.'

그러던 어느 날, 회계 담당 신부로부터 연락을 받았다.

"교수님, 아사코라는 이름으로 거액의 기부가 들어왔습니다."

순간, 김 교수의 손에서 펜이 떨어졌다.

"아사코…?!"

확인 결과, 송금지는 싱가포르였다. 김 교수는 곧장 료타 변호사에게 전화를 걸었다.

"변호사님, 아사코의 이름으로 기부가 들어왔습니다. 혹시 아십니까?"

료타는 한숨을 쉬더니 낮은 목소리로 말했다. "… 사실은 마 경감님 부탁이었습니다. 유럽으로 떠나기 전, 꼭 아사코 이름으로 기부하고 싶다고. 그게 바로 당신이 운영하는 어학당일 줄은 몰랐습니다."

김 교수는 전화를 끊은 뒤 오랫동안 연구실에 앉아 울었다.

"마 경감…. 넌 늘 그렇게 불편한 진실을 혼자 짊어지는구나."

며칠 뒤, 료타의 또 다른 전화가 걸려왔다.

"김 교수님, 사실 아직 말씀드리지 못한 게 있습니다. 아사코의 죽음 배후에는 일본 자위대의 비밀조직, '삼별반(三別班)'이 있습니다."

김 교수의 눈이 가늘게 떨렸다. 이미 아사코가 마지막으로 보낸 메일의 첨부 파일 목록에서 'Sambyeolban.zip'이라는 이름을 본 적이 있었다. 하지만 그때는 반신반의하며 넘겼던 것이다.

그는 애써 침착하게 물었다.

"삼별반…? 구체적으로 무슨 조직입니까?"

"육상자위대 내 비밀 정보 부대입니다. 총리나 방위상조차 모르는 그림자 조직이지요. 아사코는 그들의 자금줄 ― 카미카제 상사의 싱가포르 자회사 — 를 추적하다 희생된 겁니다."

김 교수는 순간 숨이 막히는 듯 가슴을 움켜쥐었다.

'Sambyeolban.zip'을 풀어보았을 때, 그 안에 '삼별반 조직 구조', '자금 운용 내역' 라는 제목의 파일들이 분명히 있었기 때문이다. 그러나 그저 단순한 정보 문건일 거라 생각하며 깊이 들여다보지 않았었다.

이제 료타의 목소리와 함께 그 모든 파일의 의미가 무겁게 되살아났다.

"이건… CIA나 GRU와도 비교할 수 없는, 통제 받지 않는 괴물 조직이잖아요."

머릿속에서 아사코가 남긴 흔적들과 료타의 설명이 겹쳐지며, 퍼즐 조각이 맞춰지듯 하나의 거대한 실체가 드러나고 있었다. 김 교수의 손끝이 떨렸다.

"아사코… 너는 이미 이 전쟁 속에 있었구나. 우리가 몰랐을 뿐이야."

그날 밤, 김 교수는 컴퓨터 앞에 앉아 두 통의 메일을 작성했다.

유 원장에게

네가 있었기에 내가 여기까지 왔다. 마 경감을 원망하지 말자. 그는 누구보다 고통스러운 길을 걸어온 친구니까.

마 경감에게

얼마나 힘들었을까? 네 결정을 이해한다. 제발 연락을 줘라. 이곳으로 와라. 우리 다시 만나야 한다.

메일 말미에는 자신의 주소와 오는 방법을 상세히 적고, 세 친구가 다시 모이면 하고 싶은 일들을 적었다.

- 마나도 해변에서 함께 낚시하기
- 아사코와 허경욱의 이야기를 책으로 엮기
- 세 사람만의 항해 여행 떠나기

전송 버튼을 누른 순간, 김 교수의 눈에는 눈물이 맺혔다.
"제발… 이 메일이 닿기를."

***

연구실의 불빛 아래, USB 속 문서들이 차갑게 빛났다. 그러나 김 교수의 가슴속에서는 뜨거운 심장이 뛰고 있었다.

삼별초의 항해, 삼별반의 음모, 아사코의 죽음, 그리고 친구들과의 우정.

그 모든 것이 얽히며, 그는 다시 결심했다.

"혼자가 아니다. 역사가 우리를 묶고, 진실이 우리를 부른다."

아사코의 집착, 그 이유

마나도의 밤, 연구실에는 노트북 불빛만이 남아 있었다.

김 교수는 아사코가 남긴 자료와 목간 번역문을 함께 펼쳐놓고 있었다. 그 속에서 선명하게 드러나는 이름 하나.

'허경욱.'

그는 마나도 대학의 '이다' 총장을 찾아가 조심스럽게 물었다.

"총장님, 아사코 교수가 평생 이 연구에 집착했던 이유… 혹시 허경욱 때문입니까?"

이다 총장은 잠시 침묵하다가 낮게 고개를 끄덕였다.

"그렇습니다. 그녀의 할아버지, 허경욱. 그는 일본군 포로수용소에서 감시원이었지만, 동시에 인도네시아 독립운동을 돕던 비밀 조직의 일원이었습니다."

김 교수는 놀란 눈빛으로 '이다' 총장을 바라봤다.

"그럼… 양삼성과도 연결되어 있었던 건가요?"

"맞습니다. 양삼성은 진씨 가문과 혼인으로 맺어진 인물. 허경욱은 그의 사위였고, 그 가족 모두가 일본군에 의해 사형당하거나 희생되었습니다." 이다 총장의 목소리는 떨리고 있었다.

김 교수는 목간에서 읽었던 진씨 가문의 이름과 현재의 역사가 한 줄로 이어지는 것을 실감했다.

'아사코… 당신이 원한 건 단순한 학문이 아니었군요. 억울하게 희생된 이들의 이름을, 다시 역사 속에 새기는 것이었군요.'

창밖의 바다 위로 달빛이 번져 흘렀다. 김 교수는 눈을 감고, 아사코의 절박한 눈빛을 떠올렸다.

목간과 유전자의 교차

며칠 뒤, 김 교수는 유 원장에게 전화를 걸었다.

"저번에 보낸 유전자 자료, 확인했어?"

유 원장의 목소리는 단호했다.

"확인했네. 삼별초 후손 가문에서 한국인에게만 나타나는 HLA-B-29 항원이 분명히 확인됐어. 미나하산족 샘플에서도 한국인과 유사한 패턴이 발견됐고."

김 교수의 손이 떨렸다. "그렇다면… 삼별초 후손이라는 증거가 되는 거야?"

"가능성이 매우 높네. 아직 이동 경로를 100% 확정할 순 없지만, 마나도에 정착한 진씨 가문의 유전자는 분명 한국과 이어져 있어."

김 교수는 전화를 끊고, 책상 위에 놓인 목간을 오래도록 바라봤다.

목간 속의 기록, 아사코의 집요한 추적, 허경욱과 양삼성의 투쟁, 그리고 유전자 데이터까지 – 모든 퍼즐 조각이 하나의 길을 향해 모여들고 있었다.

그 길은 단순한 역사 연구가 아니었다.

일제강점기 억울하게 전범으로 몰린 조선인 포로감시원들의 피맺힌 역사가, 인도네시아 독립운동과 이어져 오늘날 인도네시아 한인회의 뿌리가 되고 있음을 증명하는 길이었다.

김 교수는 목간 위에 손을 얹으며 속삭였다. "아사코… 이제 알 것 같아. 당신이 찾고자 했던 건 바로 이 진실이었군. 우리가 반드시 이어가겠습니다."

연구실은 고요했지만, 그 고요 속에서 역사의 심장이 힘차게 뛰고 있었다.

다시, 셋이서

"김 교수도 없으니 집이 참 조용하군. 연락 한 통 없는 녀석 같으니라구."

그는 씁쓸하게 웃고는, 병원 출근 준비를 했다.

병원 복도는 여전히 분주했다. 새하얀 가운을 걸친 유 원장은 다시 자신의 자리로 돌아왔다. 그러나 일상으로의 복귀는 생각보다 쉽지 않았다.

쉰 목소리로 내원한 한 여성 환자. 간단한 후두종양 제거 수술은 무사히 끝났지만, 점심 무렵 갑작스러운 복통으로 병실 바닥을 구르기 시작했다.

"X-ray를 찍어야겠습니다. 준비해주세요!"

환자를 눕힌 채 찍은 비전형적 엑스레이. 그 사진을 들고 그는 동료가 있는 의국으로 달려갔다.

"닥터 김, 내 눈에는 잘 안 보이는데, 당신은 뭐가 보이나?"

"프리에어가 보입니다. 장기 천공일 가능성이 높습니다."

곧 응급수술이 시작됐다. 소장의 구멍을 봉합하는 동안, 유 원장은 또 하나의 종양을 발견했다. 후두와 소장, 두 곳에 동시에 림프종이 자라 있었다.

다행히도 수술은 성공했고, 환자는 항암 치료를 위해 혈액종양내과로 옮겨졌다.

"이비인후과 환자 뱃속에서 암이라니… 그래도 초기에 잡아 다행이군."

유 원장은 땀을 닦으며 안도의 한숨을 내쉬었다.

진료실로 돌아온 그는 컴퓨터를 열었다. 새 메일 한 통이 도착해 있었다. 발신자는 김 교수.

유 원장, 잘 지내지?

나는 마나도에서 열심히 지내고 있어. 하지만 친구들의 빈자리가 너무 크다.

… 그리고 마 경감 말인데, 괜찮다면 다 용서하고 남은 여생을

여기서 셋이 함께 보내고 싶어.

메일을 읽는 순간, 유 원장의 눈가가 뜨겁게 젖어 들었다.
"그래… 나도 이제 용서할게. 힘들었어… 곧 마나도로 갈게."

***

한편, 마 경감은 6개월 동안 세계 곳곳을 떠돌았다.
믿었던 조카에게 배신당하고, 돈도 다 날려 삶은 초라해졌다. 사이프러스의 한 변호사 사무실에서 잡무를 하며 겨우 끼니를 이을 수 있었다.
"한국인 상대로 이민 사업 해보는 게 어때요?"
동료의 제안에도 그는 고개를 저었다.
"또 다른 나 같은 사람을 만들고 싶진 않소."
그러던 어느 날, 메일함을 열던 순간, 김 교수의 편지가 눈에 들어왔다.

친구야,
네 모든 결정을 이해해. 힘들었던 것도 알고.

이곳으로 와 줘. 같이 살자.

마 경감은 모니터 앞에서 흐느꼈다.
"그래… 나를 받아줄 수 있는 건 친구들 뿐이야."
그는 가진 물건을 모두 팔아 헐값에 정리하고, 간신히 항공권을 구해 마나도로 향했다.
싱가포르를 거쳐 20시간이 넘는 긴 여정. 그러나 비행기 창가에 앉은 그의 얼굴에는 모처럼 미소가 번졌다.

다시 만난 세 친구

마나도 공항. 입국장을 빠져나오자 두 사람이 서 있었다. 김 교수와 유 원장. 1년 만의 만남이었지만, 단 한순간의 어색함도 없었다. 그들은 말없이 서로를 껴안았다. 눈가에 맺힌 눈물이 흘러내렸다.

"잘 지냈지?" 마 경감이 먼저 물었다.

"잘 왔다." 김 교수가 짧게 대답했다.

유 원장은 눈물을 삼키며 소리쳤다. "나쁜 놈아! 왜 얘기를 안 했어? 난 계속 너를 원망했잖아!"

"정말 미안하다. 내가 잘못했어."

"아니야, 내가 미안해."

유 원장은 마 경감을 꽉 안으며 등을 두드렸다.

세 친구는 김 교수의 집에 모여 밤을 새워 이야기를 나눴다. 삼별초 연구, 아사코의 죽음, 삼별반의 그림자. 그리고 앞으로의 길.

"아직 확실하진 않지만, 삼별반이 아사코를 죽였다면… 우리도 위험해질 수 있어." 유 원장이 조심스레 말했다.

"나는 진실을 모르는 게 더 위험하다고 생각해." 김 교수가 단호히 말했다.

"맞아. 먼저 사실을 확인해 보자." 마 경감도 고개를 끄덕였다.

그들은 순서를 정하기 시작했다.

- 몰렌의 할머니를 만나 양삼성과 허경욱의 이야기를 확인하기
- 한인성당에서 의료 봉사와 한국어학당 운영하기
- 삼별반 관련 자료를 차근차근 검증하기

"좋아. 2~3년 동안 우리가 할 수 있는 만큼 해보자." 김 교수가 제안했다.

"그럼 난 의료 봉사를 맡을게." 유 원장이 말했다.

"나는 학당 운영을 도울게." 마 경감이 힘주어 말했다.

분위기가 무거워질 즈음, 유 원장이 웃으며 말했다. "오늘은 내가 김치찌개 끓일 테니 소주 한잔 하자."

"하하! 내가 그럴 줄 알고 준비해 놨지." 김 교수가 웃으며 냉장고에서 소주와 묵은 김치를 꺼냈다.

세 사람의 웃음소리는 밤하늘에 울려 퍼졌다.

마나도의 바람은 따뜻했고, 세 친구의 재회는 마치 오랜 순례의 끝에 도착한 안식처 같았다.

***

작은 연구실 창문 틈으로 남국의 밤바람이 스며들었다. 파도 소리가 멀리서 낮게 울렸고, 습한 공기가 서류와 책장 사이에 깃든 먼지를 흔들었다.

김 교수는 노트북을 닫으며 깊은 한숨을 내쉬었다. 그의 눈에는 피로와 갈등이 얽혀 있었다. 그러나 책상 위에 놓인 아사코의 노트와 USB는 여전히 그를 일으켜 세우고 있었다.

그 순간, 연구실 문이 삐걱거리며 열렸다.

마 경감이 들어섰다. 어두운 조명 속에서 그의 그림자는 벽에 길게 드리워졌다.

"김 교수." 낮고 무거운 목소리가 울렸다. "네가 하고 있는 일… 위험해. 너무 멀리 왔다."

김 교수는 고개를 들었다.

마 경감의 눈빛은 차갑고도 애타게 흔들리고 있었다. 그는 잠시 침묵하다 말을 이었다. "이건 학문이 아니라 정치야. 군부, 정보기관, 심지어 국제 세력까지 얽혀 있지. 네가 가진 자료는… 단순한 연구 결과가 아니라 전쟁을 불러올 수 있는 폭탄이다."

김 교수의 심장이 순간 움찔했지만, 그는 이내 입술을 꽉 깨물었다. "그래서 멈추라는 거야? 아사코가 죽기까지 하며 밝히려던 걸, 우리가 그냥 덮으라는 거냐?"

마 경감은 고개를 저으며 낮게 읊조렸다. "진실이 사람을 살릴 거라 믿나? 아니야, 성훈아. 진실은 때로 더 많은 사람을 죽인다."

연구실 안에 정적이 드리워졌다. 낡은 형광등 불빛이 약하게 깜박이며 두 사람의 얼굴을 번갈아 비췄다.

김 교수는 천천히 자리에서 일어나 창문으로 걸어갔다. 바다에서 불어오는 바람이 그의 셔츠를 흔들었다. 그는 창밖의 어두운 수평선을 오래 바라보다, 굳은 목소리로 말했다.

"그래도… 나는 멈추지 않아. 진실은 묻히면 안 돼. 설령 내 목숨을 잃는다 해도, 이 자료는 세상에 나가야 해."

그의 목소리는 떨렸지만, 동시에 강철처럼 단단했다.

마 경감은 눈을 가늘게 뜨며 그를 바라보았다. 오래된 우정의 흔적과 알 수 없는 싸늘한 기류가 교차했다. 잠시 후 그는 짧게, 그러나 의미심장하게 말했다. "… 넌 후회하게 될 거다."

그는 발걸음을 돌려 어둠 속으로 사라졌다. 문이 닫히자, 연구실 안은 다시 적막에 잠겼다.

김 교수는 그 자리에 서서 두 손을 꽉 움켜쥐었다. 심장은 두려움에 뛰고 있었지만, 그의 눈빛은 어느 때보다도 확고했다.

결단의 순간이었다.

밤은 깊어 연구실 건물도 적막에 잠겨 있었다. 창밖에서는 파도가 바위를 때리며 낮게 울렸고, 창문 너머로 검은 그림자 같은 야자수 잎이 바람에 흔들리고 있었다.

김 교수는 피곤한 몸을 이끌고 숙소로 돌아왔다. 방 안은 낯설 만큼 고요했다. 전등을 켜자 희미한 불빛이 천장을 비추었고, 그는 무심코 가방에서 USB를 꺼내 노트북에 꽂았다.

잠시 후, 화면에 뜬 메시지.

[데이터 손실 - 파일 일부 접근 불가.]

"무슨 소리지…?"

김 교수의 심장이 순간 멎는 듯했다. 손가락이 덜덜 떨리며 키보드를 두드렸다. 몇 번이고 시도했지만, 가장 중요한 유전자 분석 자료가 통째로 사라져 있었다.

그는 숨을 고르며 로그 파일을 열었다. 스크롤을 내리는 순간, 화면 한쪽에 남겨진 흔적이 눈에 들어왔다.

[User: MA….]

순간 그의 온몸에 피가 거꾸로 솟구치는 듯했다.

믿기지 않았다. 언제나 곁에서 든든히 서 있던 친구, 위험 속에서도 함께 버텨온 동료. 그런 사람이 어떻게….

김 교수는 머리를 감싸쥐며 중얼거렸다. "말도 안 돼… 마, 네가…?"

노트북 화면의 빛이 그의 얼굴을 차갑게 비추었다. 땀방울이 이마를 타고 흘러내렸고, 가슴 속에서는 분노와 절망이 뒤섞인 뜨거운 것이 요동쳤다.

창문이 바람에 덜컥거리며 흔들렸다. 순간 그는 등 뒤에서 누군가 지켜보는 듯한 기분에 휩싸였다. 방 안은 분명 비어 있었지만, 공기는 무겁고 눅눅하게 가라앉아 있었다.

'아사코의 죽음… 연구팀의 사고… 그리고 오늘의 데이터 손실까지… 모두 우연이 아니었다. 배후에… 마가 있었던 건가?'

심장이 터질 듯 뛰었지만, 그의 눈빛은 차갑게 굳어졌다.

배신은, 언제나 가장 가까운 곳에서 온다.

마나도 성당 폭탄 테러

마나도의 오래된 성당.

일요일 오전, 하얀 벽돌 건물 안에는 따뜻한 햇살이 스테인드 글라스를 뚫고 들어와 바닥에 붉고 푸른 빛을 흩뿌리고 있었다. 강단 앞에서는 어린아이들의 합창이 울려 퍼지고, 학부모들은 뿌듯한 미소를 지으며 아이들을 바라보고 있었다.

김 교수는 뒷자리에 앉아 있었다. 곁에는 유 원장이 함께했고, 아이들 속에서는 아라가 통역 봉사를 하며 아이들을 살뜰히 챙기고 있었다.

그 순간만큼은 세상에서 가장 평화로운 시간이었다.

그런데….

"쾅!"

귀를 찢는 폭발음이 성당 내부를 뒤흔들었다. 강력한 충격파가 벽을 밀어내며 유리창을 산산조각 냈다. 순간적으로 눈앞은 하얀 섬광으로 가득 찼고, 곧이어 화염과 검은 연기가 밀려들었다.

아이들의 비명소리가 파도처럼 터져 나왔다.

스테인드글라스 파편이 눈부신 조각이 되어 공중을 날더니, 사람들의 얼굴과 팔을 깊이 베어냈다.

김 교수는 반사적으로 아이 한 명을 끌어안으며 바닥에 몸을 던졌다. 하지만 곧 머리 위로 무너져 내린 석조 파편이 어깨를 강타했다. 귀에서는 매서운 이명만 울리고, 코끝에는 타는 냄새와 피비린내가 진동했다.

"유 원장!"

돌아본 순간, 그는 충격으로 숨이 막혔다. 유 원장이 강단 쪽에 쓰러져 있었다. 그의 머리 위로 피가 흘러내리며 흰 셔츠를 붉게 물들이고 있었다. 눈은 희미하게 떠 있었지만, 의식은 점점 멀어져 가고 있었다.

아이들은 울며 엄마를 찾았고, 피범벅이 된 사람들이 서로를 부르짖으며 무너진 벽 사이를 기어 나가려 했다.

"살려줘! 여기가 무너져!"

"아이 좀 먼저! 제발!"

연기는 점점 짙어져 시야를 삼켰다. 김 교수는 온몸이 타 들어가는 듯한 고통 속에서도 가까스로 몸을 일으켜 아이들을 붙잡아 출구 쪽으로 이끌었다.

하지만 그의 다리에는 유리 파편이 깊게 박혀 있었고, 피가 흘러내리고 있었다.

유 원장의 손이 바닥을 더듬으며 김 교수의 옷자락을 잡았다.

"김….교수…. 아이들을… 먼저…." 그의 목소리는 피에 젖어 있었고, 눈빛은 간절했다.

김 교수는 울부짖듯 외쳤다. "정신 차려! 널 두고 갈 순 없어!"

그러나 또 다른 폭발음이 멀리서 울리자, 사람들의 공포는 더욱 커졌다. 김 교수는 아이들의 울음과 유 원장의 피 흐르는 얼굴, 그리고 자신을 짓누르는 돌더미 속에서, 이 순간이 단순한 사고가 아니라 치밀하게 준비된 테러라는 사실을 직감했다.

성당 내부는 이미 아수라장이었다.

깨진 스테인드글라스 조각들이 햇빛에 반사되어 반짝였지만, 그 아름다움은 곧 사람들의 피로 물들어 갔다. 울부짖는 소리, 무너지는 천장의 금 가는 소리, 짙어지는 연기가 사람들의 숨통을 조여왔다.

김 교수는 정신을 잃지 않으려고 이를 악물었다. 오른쪽 다리에 유리 파편이 깊게 박혀 피가 흘러내렸지만, 그는 고통을 무시한 채 아이들의 손을 붙잡았다.

"얘들아, 날 따라와! 절대 떨어지면 안 돼!"

작은 손들이 그의 손에 매달렸다. 아이들의 눈은 눈물과 먼지로 가득 차 있었고, 울음소리는 쉼 없이 터져 나왔다.

유 원장은 여전히 바닥에 쓰러져 있었다. 그의 이마에서 흘러내린 피가 바닥을 적시며 작은 강을 이루고 있었다. 그는 힘겹게 손을 들어 아이 쪽을 가리켰다. "성훈아…. 아이들… 먼저… 부탁한다…."

김 교수의 눈에 눈물이 번졌다. "기다려, 유 원장! 난 너를 두고 절대 가지 않아!"

그러나 다시 한 번, 건물 깊은 곳에서 "쿵!" 하는 소리가 울려 퍼졌다. 또 다른 폭발, 아니면 무너져 내리는 기둥의 신음이었다. 먼지와 파편이 폭풍처럼 몰아쳤고, 천장 조각들이 무너져 내리며 사람들을 덮쳤다.

"꺄아아아아악!!"

아이들의 울음소리와 어른들의 비명이 한데 뒤섞였다.

김 교수는 온몸으로 아이들을 감싸며 재빨리 강단 옆 좁은 통로로 몸을 밀어 넣었다. 숨이 막힐 듯한 연기 속에서 그는 목이 타들어갔고, 눈은 뜨기조차 힘들었다.

"조금만 더! 이쪽이야!"

아라는 팔에 안은 아이를 품고 그의 뒤를 따랐다. 아이들의 작은 발이 깨진 유리 조각 위를 밟을 때마다, 그 비명은 칼날처럼 김 교수의 심장을 찔렀다.

그러다 갑자기, 한 아이가 넘어졌다. 김 교수는 온몸을 던져 아이를 끌어안았다. 바로 그 순간, 머리 위에서 거대한 석조 조각이 떨어졌다. 그의 어깨와 등에 무게가 짓눌리며 숨이 막혔지만, 그는 이를 악물고 버텼다. "으… 아아아!"

그의 눈가에는 피와 땀이 뒤섞여 흘렀다.

아이의 작은 울음소리가 귓가에 맴돌았다. 그리고 그 순간, 그는 깨달았다. 이건 단순한 재난이 아니다. 누군가 의도적으로 이 성당을, 이 사람들을 노린 것이다.

연기는 점점 짙어져 눈앞이 뿌옇게 가려졌다. 숨을 들이쉴 때마다 목이 타 들어 가는 듯했고, 아이들의 울음은 절규처럼 성당 안에 퍼졌다.

김 교수는 가까스로 무너져 내리는 기둥 사이를 뚫고 나왔다. 그러나 뒤돌아본 순간, 그는 몸이 얼어붙었다.

강단 옆쪽으로 피투성이가 된 유 원장이 추가 폭발 전보다 더욱 심각해 보였던 것이다.

"유 원장!" 김 교수는 아이들을 벽 쪽으로 정돈시키고 달려갔다. 그의 손이 유 원장의 어깨를 붙잡았다. 그러나 유 원장의 몸은 이미 축 늘어져 있었다.

"김 교수…." 피 섞인 목소리가 새어 나왔다. "아이들… 먼저… 부탁한다… 난 괜찮아…."

"무슨 소리야! 널 두고 갈 수 없어!" 김 교수는 절규하듯 외쳤지만, 유 원장의 손은 힘없이 그의 소매를 잡았다.

그 순간, 또 한 번의 폭발음이 건물 깊은 곳에서 울렸다. 천장이 갈라지며 석조 덩어리들이 떨어졌다. 뿌연 먼지 사이에서 아이들의 울부짖음이 다시 터져 나왔다.

김 교수는 이를 악물었다. 심장이 찢어질 듯 아팠지만, 그는 유 원장의 말을 따를 수밖에 없었다. 아이들을 두고, 그를 붙잡고 있을 수는 없었다.

"기다려! 반드시 다시 데리러 올게! 약속한다!"

그는 아이 한 명을 품에 안고, 또 다른 두 아이의 손을 잡아 출구 쪽으로 달렸다. 어깨와 등에 떨어지는 파편의 무게를 무시한 채, 단지 아이들의 울음소리를 따라 앞으로 나아갔다.

"조금만 더! 나만 믿고 따라와!"

성당의 출구는 이미 반쯤 무너져 있었고, 잔해가 길을 막고 있었다. 김 교수는 마지막 힘을 짜내어 아이들을 틈새로 밀어내며 몸으로 길을 만들었다. 피가 다리에 흘러내려 바닥에 작은 자국을 남겼지만, 그는 멈추지 않았다.

마침내 바깥 공기가 밀려들어왔다. 차가운 바람과 햇살이 얼굴을 스쳤다. 아이들이 울며 빛 속으로 달려 나갔다.

김 교수는 뒤돌아 성당을 바라보았다. 연기와 불길 속에 여전히 유 원장이 남아 있었다. 붉은 피가 그의 몸 주위를 감싸고 있었고, 흔들리는 손짓은 마지막 인사를 대신하는 듯 보였다.

김 교수의 눈에서 눈물이 흘러내렸다. "유 원장… 반드시 다시… 다시 데리러 갈 거야…."

그러나 곧 굉음이 성당을 삼켰다. 돌기둥이 무너져 내리고, 검은 연기가 하늘로 치솟았다.

아이들을 품에 안은 채 서 있는 김 교수의 가슴은 절망과 분노, 그리고 지켜내야 한다는 마지막 의지로 가득 차 있었다.

사이렌 소리가 밤공기를 갈라놓으며 구급차들이 연이어 도착했다. 환자복 대신 피에 젖은 옷을 입은 사람들이 들것에 실려 들어왔고, 간호사들과 의사들은 쉴 새 없이 뛰어다녔다.

김 교수는 부축을 받으며 아이들을 병원 로비에 앉혔다. 아이들은 여전히 울고 있었고, 먼지와 피로 뒤범벅된 얼굴은 충격으로 굳어 있었다. 그는 아이들의 어깨를 꼭 감싸며 속삭였다.

"괜찮아…. 이제 안전해. 여긴 안전해."

하지만 그의 눈은 이미 다른 곳을 찾고 있었다.

***

응급실 한쪽, 푸른 천으로 덮인 들것 위에 유 원장이 옮겨지고 있었다. 머리에는 거즈가 감겨 있었고, 붉은 피가 끊임없이 배어 나와 흰 천을 적셨다.

"유 원장!" 김 교수는 비틀거리며 달려갔다.

의사 두 명이 급히 수술실로 유 원장을 밀어 넣고 있었다.

"선생님, 안 됩니다. 수술이 시급합니다. 밖에서 기다려 주십시오."

김 교수는 의사의 가슴팍을 붙잡으며 울부짖었다. "살려야 해요! 제발… 살려주세요! 그 사람은… 그 사람은 저한테 가족 같은 사람입니다!"

그러나 의사들의 표정은 무겁고 어두웠다. "두개골 골절과 과다출혈…. 쉽지 않습니다. 최대한 해보겠습니다."

철문이 닫히는 순간, 김 교수는 그 문에 매달려 차갑게 떨리는 숨을 내쉬었다. 온몸의 힘이 빠져나갔고, 다리에 박힌 유리 파편의 통증조차 느껴지지 않았다.

그는 로비 의자에 앉아 머리를 감싸 쥐었다. 손가락 사이로 땀과 눈물이 섞여 흘러내렸다. 그의 귀에는 여전히 성당에서 들리던 아이들의 울음소리, 폭발의 굉음, 그리고 유 원장의 마지막 목소리가 겹쳐 울리고 있었다.

"김 교수… 아이들… 먼저…."

김 교수는 이를 악물었다. "끝까지 지켜낼 거야. 네가 목숨 걸고 지키려 했던 진실… 내가 대신 지켜내겠다."

붉은 불빛이 깜박이는 응급실 앞에서, 그는 다시 한 번 마음속으로 결심했다.

이건 단순한 테러가 아니다. 누군가가 진실을 막기 위해 움직이고 있다. 그리고 그 진실을 끝까지 밝히는 것이, 이제 그의 남은 사명임을.

제4부

진실의 부름

국회 청문회의 증언

폭탄테러사고 후 3년, 대한민국 국회 청문회장.

취재진과 청문인들의 열기에 더해 긴장감마저 감도는 대한민국 국회 회의실 안, 전면에 놓인 증인석에는 중년의 남성이 앉아 있었다. 그는 몇 가닥 잿빛이 섞인 머리를 정리한 채 두 손을 곱게 모은 자세였다.

경찰 출신으로서 국가인권위원회의 자문관 자격으로 나오게 된 그가 바로, 3년 전 '마나도 한인 폭발 테러' 사건의 생존자이며 핵심 인물이었던 마 경감이었다.

플래시가 터지고 기자들의 속삭임이 오간다. 그러나 마 경감은 묵묵히 물을 마신 뒤 맞은편 의장석을 올려다본다. 앞줄에는 다년간 외교안보위원회에서 활동해 온 중진 의원들이 앉아 있었고, 그 뒤로 참관인석에는 3년 전 희생자 유족들, 시민단체, 언론인, 외교관, 국내외 한인회 대표들이 자리했다.

"마경우 증인, 모두 발언 시작해 주십시오."

위원장의 목소리가 들리자, 그는 천천히 마이크 앞으로 몸을 기울였다.

"제가 지금부터 말씀드릴 내용은 다른 어떤 것보다 인간적인 이야기이며, 동시에 국가와 역사, 공동체의 윤리적 책임에 관한 내용입니다."

순간 방 안의 공기가 무거워졌다. 그는 입술을 한 번 다문 뒤, 다시 말을 이었다.

"3년 전 인도네시아 슬라웨시주 마나도의 한 작은 한인 성당과 어학당이 폭파당했습니다. 많은 이들이 다쳤고, 제 친구는 뇌를 다친 채 아직 의식을 회복하지 못하고 요양병원에 누워 있습니다. 그리고 그 중심에는 반드시 드러나야 할 진실이 있습니다."

그는 잠시 숨을 고른 뒤 계속했다.

"그 진실은 삼별초의 마지막 항해, 오랜 망명과 피난의 역사 위에 숨겨졌고, 현대의 일본 극우세력과 한국 내 기득권 세력이 공모한 범죄 아래 덮여 있습니다."

그의 목소리는 또렷했고, 때론 격정적이었으며, 때론 꾹 눌러 삼킨 죄책감을 품고 있었다. 질문이 채 시작되기도 전에, 마 경감의 발언은 이미 누군가에게는 고통스러운 회상, 누군가에게는 정의의 서막이었다.

그는 이어 말했다.

"제 친구 김 교수와 저는 수년간 갈등했습니다. 믿음을 잃기도 했고, 때론 서로 외면하기도 했습니다. 그러나 결국에는 함께 맞섰습니다. 국적도, 피도 다른 조상들의 흔적을 좇아, 우리는 '허위의 역사'에 맞섰습니다."

마 경감의 눈빛은 멀리 허공을 향했다. 그 어느 때보다 '말의 무게'가 느껴지는 순간이었다. 청문회장은 잠시 말이 멈춘 사람을 기다리며 짧은 침묵에 빠졌다.

그 침묵 너머로 사람들은 느낄 수 있었다. 이 이야기는 단순한 폭발 사고의 보고가 아니라, 망각되고 왜곡된 역사에 대한 한 인간의 고통스러운 고백이자 국가를 향한 진실의 외침이라는 것을.

요양병원의 유 원장

 서울 한복판의 계절은 가을이 깊어 가고 있었다. 성북구 외곽의 한 요양병원. 시간은 느긋했고, 창밖 은행잎들 만이 아침햇살에 반짝이며 낙엽 지고 있었다.
 김 교수는 여전히 그 자리를 지키고 있었다. 그의 앞에는 하얀 침대, 그리고 침대 위에 3년째 누워 있는 친구, 유 원장이 숨을 고르고 있었다.
 숨결은 약했고 규칙적이었다. 심장을 대신하는 기계의 작은 리듬이, 병실의 무게를 이따금 덜어주는 유일한 소리였다.
 "유 원장… 여전히 말이 없으니까, 오늘도 내가 혼자 얘기할게."
 김 교수는 조용히 의자에 앉으며 노트북을 펼쳤다. 내려 놓은 가방에는 자신이 직접 정리한 마나도 사건 문서 복사본, 그리고 아사코가 남긴 메모리가 들어 있었다.

"네가 맞았지. 처음부터 이 일은 역사 문제였고, 피의 기록이었어…. 우리 셋은 그걸 너무 늦게 알아버렸던 거야."

김 교수는 이따금 손을 뻗어 유 원장의 손을 감쌌다. 차가운 손등과 따뜻한 뺨 사이의 격차. 생과 사의 간극. 그는 진실과 회복, 그리고 정의를 말하고 싶었지만 마음 한편에서는 매일이 사죄였다.

그때 병실 문이 조용히 열렸다. 마 경감이었다. "여기 있었네."

그러나 둘은 말이 없었다. 이제 말보다 중요한 건, 침묵 그 자체였다. 그 안에 담긴 3년의 고통과 인내, 그리고 망각과 복수의 역사.

"청문회 일정이 잡혔다. 다음 주 금요일. 국감 특별 보고 건인데… 우리한테 증언 하라더라."

김 교수가 입술이 떨리며 흔들리는 소리로 물었다. "그래서?"

마 경감은 유 원장을 바라보며 쓸쓸히 웃었다. "우리 셋이 피하고 싶었던 역사가 결국 돌아왔다는 얘기지. 이제는 말할 때가 됐어."

병실 한 구석, 어두웠던 TV에서 3년 전의 뉴스 영상이 선연히 재생되고 있었다.

[마나도 한인 성당·어학당, 정체불명의 테러로 전소…
최소 5명 사망, 수십 명 부상]

그날의 연기가 다시 병원 복도에 스며드는 듯했다.

마 경감의 선택

 서울 서쪽 하늘, 해가 기울며 창밖 골목길이 귤빛으로 물들고 있었다. 관사 건물 3층, 문 앞에서 한참을 서 있던 마 경감은 천천히 손잡이를 눌렀다.
 살짝 기름 냄새가 밴 집무실 문은 낡은 경첩 소리를 내며 열렸다. 조명을 켜자 오래된 책상, 벽에 핀으로 고정된 지도, 먼지 쌓인 서류함과 군청색 철제 캐비닛이 모습을 드러냈다.
 그곳은 그가 지난 수십 년간 발자취를 남겨온, 그러나 몇 년 동안은 일부러 외면했던 공간이었다. 책상 위 사진틀 속 웃는 얼굴들이 그의 시선을 붙들었다.
 유 원장, 김 교수, 그리고 자신-마나도 해변에서 함께 찍은 그날의 사진이었다. 바람이 세차게 불던 날이었지만, 사진 속 셋의 눈빛은 고요하고 확고했다.
 그 순간, 병원 침대에 누워있던 유 원장의 창백한 얼굴이 떠올랐다. '이건 피해갈 수 없는 숙명이구나'라는 생각이 묵직하게 내려앉았다.

마 경감은 의자에 앉아 무게 있는 숨을 내쉬며 서랍 손잡이를 당겼다. 철제 서랍이 뻑뻑하게 열린 속에서는 노란 봉투와 오래된 파일철이 차곡차곡 쌓여 있었다.

[사건 개요 – 마나도 성당 폭발
어학당 화재피해자 명단, 자금 추적 중간 보고서]

그 아래 검은 봉투 위에 붉은 펜으로 크게 적힌 글씨 '카미카제 상사 X-파일'이 시선을 사로잡았다. 한참을 가만히 내려다보던 그는, 마치 무거운 돌을 드는 듯한 손길로 봉투를 꺼냈다. 마지막으로 집어 든 건, 작은 주머니에 넣어둔 검정색 USB였다.

겉은 낡았지만, 이 작은 금속 조각 안에 담긴 것은 여러 사람들의 피와 땀이라는 생각에 결코 가볍게 다룰 수 없었다.

그는 창가로 다가가 블라인드를 젖히고 바깥을 한 번 훑어봤다. 거리 위 가로등 불빛이 하나둘 켜지고, 바람에 은행잎이 흩날렸다. '뒤로 숨을 수 있다. 하지만… 그건 유 원장과 아사코에게 죄를 짓는 일이지.'

'직위와 명예가 아니라, 사람과 진실을 지켜야 한다'는 생각이 들자 그의 주먹에 서서히 힘이 들어갔다.

그는 책상 위 가족사진을 조심히 내려 서류함 안으로 넣고 그 자리에 마나도 사진을 대신 세웠다. 사진 속의 셋이, 마치 "이번엔 피하지 말라"고 말하는 것 같았다.

휴대폰 화면이 깜박였다.

"청문회 준비자료, 오늘 자정까지 메일로 제출 바랍니다. 증인 상세 정보 등록도 해주셔야…."

핸드폰 너머 담당자가 말했다.

"공식 기록은 '마나도 사건 생존자 겸 정부정보기관 내부 고발 자문위원'으로 올라갑니다, 마 형사님."

마 경감은 짧게 "네" 하고 끊었다. 숨이 살짝 가빴지만, 눈빛은 오히려 또렷해졌다.

그는 곧 전화를 다시 걸었다.

"예, 청문회 준비자료 접수하겠습니다."

전화를 끊은 마 경감은 가만히 책상에 기대 눈을 감았다. 그의 머릿속에는 출세와 명예가 아니라 소중한 친구가 흘린 피, 묻히지 말아야 할 시간의 기록을 '진실'이라는 이름으로 꺼내 놓는다는 일념뿐이었다.

　마 경감은 오래된 서류들과 유 원장의 병실에서 들고 온 작은 USB 하나를 가지고 자정이 될 때까지 컴퓨터 앞에서 씨름했다.

　'이제, 다음 주 모두에게 잊힌 사건이 국회에서 꺼내지면 망각 속으로 흘렀던 진실이 모습을 드러내리라….'

침투와 체포

성당폭탄 테러 후 마나도.

마나도 부두의 폐 격납고는 밤바다의 숨결에 휩싸여 있었다.

녹슨 철판에 스민 바닷물 냄새가 곰팡이와 뒤섞여, 마 경감의 폐 속을 매캐하게 채웠다.

그는 느릿하게 심호흡을 하며 안쪽으로 한 걸음씩 다가갔다. 격납고 내부에는 녹슨 철골에 매달린 할로겐 조명이 불규칙하게 깜빡였다. 마 경감은 낮게 몸을 숙이고 이동했다.

간헐적으로 깜빡이는 조명 사이로 삼별반 간부들의 그림자가 오갔다. 그들의 구호가 철골에 메아리치고 있었다.

그 순간, 어둠 속에서 낯익은 실루엣이 보였다.

토다 다로였다. 아사코를 죽음으로 몰고 간 장본인, 그리고 카미카제와 삼별반의 연결고리.

마 경감은 숨을 죽였다가, 곧바로 철제 통으로 몸을 날리며 권총을 뽑았다.

천장 빔을 향해 쏜 총성이 번쩍이며 울리자, 간부들이 본능적으로 고개를 숙였다. 그 틈을 놓치지 않고 그는 토다에게 돌진했다.

"動くな! 꼼짝 마!" 마 경감의 굵은 외침과 동시에, 토다의 손목을 꺾어 무전기를 바닥에 내동댕이쳤다. 이어지는 헤드 버트(butt), 그리고 팔꿈치로 턱을 가격하자 토다가 비틀거렸다.

주변에서 두 명의 삼별반 경비원이 칼을 빼들었지만, 마 경감은 한 손으로 포획용 밧줄을 풀어 토다의 팔에 감고 동작을 봉쇄했다.

벽의 반동을 이용한 연속 발길질로 경비원들을 쓰러뜨리고, 토다를 질질 끌어 격납고 밖으로 빠져나왔다.

콘크리트 벽, 희미한 나트륨등 하나가 드리운 심문실에 토다의 손목이 은빛 수갑에 채워져 테이블에 묶여 있었다. 마 경감이 천천히 의자에 앉았다.

"아사코 … 왜 죽였지?."

토다는 피식 웃으며 고개를 숙였다. "그 여자는… 스스로 제 발로 불 속에 들어간 거야."

마 경감은 말없이 주머니에서 낡은 군용 칼 한 자루를 꺼냈다. 칼끝이 토다의 뺨을 스쳤다.

피 한 방울이 천천히 흘렀다.

"거짓말 할 시간 없다. 네가 무서워하는 건 고통이 아니라… 네 가족이지?"

손짓 하나에 모니터가 켜졌다. 화면 속에는 나리타 공항에서 대기 중인 소년의 모습, 그리고 '토다 히로시(12세)'라는 자막이 나왔다.

토다의 눈빛이 흔들렸다.

마 경감이 앞으로 숙여 속삭였다. "다시 묻겠다. 왜 아사코를 죽였나? 그리고… 그녀가 너에게 맡긴 것은 무엇이었나?"

침묵이 길게 이어졌다. 결국 토다가 떨리는 목소리로 입을 열었다.

"아사코는 내 PC를 통해 카미카제의 모든 정보를 손에 넣었어. 비자금 포함 글로벌 명단까지…. 거기에는 '그분'조차 어쩔 수 없는…. 그녀는 그걸 싱가포르에서 국제 경찰에 넘기려 했어. 하지만, 내가 막아야 했어… 그게 내 임무이자 책임이었으니까. 삼별초의 유전자 프로젝트를 계속한다는 전제로 거래를 요구했지만 상부에서 받아들여지지 않았어."

마 경감의 얼굴이 싸늘하게 굳었다. "그럼, 마나도 폭발 사건은 왜? 왜 하필 성당과 어학당이었나?"

토다는 한쪽 입술을 비틀며 피식 웃었다.

"그건 단순한 건물이 아니었다. 삼별초 후손들이 모여서 의례를 치르고, 기록을 남기는 상징적인 장소였지. 성당 지하에는 아사코가 모아둔 자료의 사본이 있었고, 어학당은 후손들의 혈통을 이어주는 교육 공간이었다. 거길 무너뜨리면, 진실도 함께 묻힐 거라 생각했다."

마 경감의 진지한 얼굴을 잠시 바라보던 토다가 이윽고 입을 열었다.

"성당? 어학당? 그건 다 껍데기다. 진짜는 바다 밑에 있다. 달이 가장 낮아질 때만 모습을 드러내는 비밀의 섬. 거기야말로 삼별초 후손들의 혈통과 기록이 묻혀 있다. 하지만… 찾는 순간, 넌 그 섬에 묻히게 될 거다."

그 말은 협박이자 고백이었다.

마 경감은 한동안 아무 말 없이 토다를 노려보았다. '섬… 이건 내가 혼자 짊어져야 하는 비밀이다.'

마 경감의 눈빛이 날카롭게 흔들렸다.

토다는 시선을 피하지 않고 낮게 내뱉었다.

"상부의 명령이기도 했지만, 나에겐 더 큰 기회였지. 성공만 하면 난 카미카제 차세대 지도자로 발탁될 수 있었다. 아사코도, 그 마을도, 내 앞길을 막는 장애물일 뿐이었다."

마 경감은 잠시 침묵하다 다시 물었다.

"자료는 지금 어디 있지?"

토다가 힘겹게 눈을 들었다.

"마나도 2번 항구 앞바다… 인도네시아 비밀 자료와 함께 침몰시킨 화물선 속, 방수 금고 안에 있다."

그의 목소리는 이미 절망과 피로로 가라앉아 있었다.

마 경감은 천천히 일어나 수갑에 묶인 토다를 내려다봤다. 내면 깊숙한 목소리가 속삭였다.

'… 이게 도대체 무슨 의미인지 모르겠어. 정말 목숨 걸고 지킬 만한 가치가 있었나? 더 많은 희생이 따르더라도, 끝까지 해내야 한다는 것이 당신들의 뜻이겠지.'

그 순간, 마 경감의 눈빛에 결연한 의지가 번뜩였다. 이제 바다 깊이 감춰진 진실을 끌어올릴 때가 다가오고 있었다.

수중 회수 작전

밤바다는 고요했지만, 그 고요는 오히려 무겁고 불길했다.

달빛이 수면 위에 은가루처럼 흩어졌다가 바람에 흔들려 사라지기를 반복했다.

마 경감은 부두 옆에 마련된 작은 래프트 위에서 산소 게이지를 마지막으로 점검했다. 압력이 떨어지지 않았는지, 호흡기의 밸브는 제대로 잠겼는지.

그의 손길은 빠르면서도 정밀했다. 오래도록 준비해 온 사람만이 지닐 수 있는 치밀한 동작이었다.

"정말 혼자 갈 거야?"

뒤에서 김 교수가 묻자, 마 경감은 짧게 고개를 끄덕였다.

"그래야 해. 이건 정보가 아니라… 빚이니까."

그는 더 이상 말하지 않고 바다 속으로 몸을 던졌다.

찰나의 순간, 차가운 해수가 전신을 감싸며 뼛속까지 파고들었다.

"쿠웅-쿠웅-."

호흡기의 압축 공기 소리가 귀 속에서 메아리쳤다.

빛은 점점 사라지고, 흑암이 그의 눈앞을 삼켜 들어왔다.

20미터, 30미터….

손전등의 좁은 빔이 해저를 훑자, 거대한 그림자가 드러났다.

한쪽으로 기울어 잠긴 화물선. 철판은 붉은 녹과 해초에 덮였고, 유리창은 검게 텅 빈 공허였다.

마 경감은 선미 쪽으로 다가가 화물칸 입구를 찾았다. 무너진 컨테이너와 부서진 목재 상자가 어지럽게 쌓여 있었다.

그리고 그 틈 사이, 토다가 언급했던 것과 같은 금속 방수 금고가 파도에 흔들리고 있었다.

순간, 등 뒤에서 물살이 요동쳤다. 마 경감은 본능적으로 몸을 돌렸다.

손전등 불빛 속에 검은 잠수복의 인영이 다가오고 있었다. 헬멧 속 얼굴이 드러나는 순간, 그의 심장이 크게 흔들렸다.

윤소희. 이미 죽은 줄 알았던 정보분석관. 그녀의 눈빛은 차갑고 단단했다.

손에 쥔 수중 칼날이 번뜩이며 그를 향해 내리꽂혔다.

찰나의 충돌.

마 경감은 왼팔로 칼을 막아내며 몸을 회전시켰다. 기포가 폭발하듯 튀어 올랐고, 금속이 맞부딪히는 둔탁한 울림이 바닷속을 울렸다.

칼끝이 그의 팔을 스치며 선명한 상처가 열렸다. 피가 물속에 번지자, 윤소희의 눈빛은 더욱 매서워졌다.

"이 금고는 카미카제의 것이다. 넌 절대 가져갈 수 없어."

그녀의 눈이 그렇게 말하는 듯했다.

마 경감은 숨을 고르며 반격했다. 그녀의 손목을 비틀어 칼을 빼앗고, 무너진 컨테이너 틈으로 몸을 밀어 넣었다.

윤소희가 뒤쫓아오자, 그는 철제 난간을 잡고 급히 몸을 회전시켜 그녀를 밀쳐냈다.

격렬한 몸싸움 속에서 산소 게이지 바늘은 점점 붉은 경계선에 다가갔다. 경고음이 날카롭게 울렸다.

그러나 마 경감은 포기하지 않았다. 그는 금속 방수 금고를 힘껏 끌어안았다. 차가운 금속의 감촉이 팔에 전해졌다.

"아사코… 네가 목숨을 걸고 남긴 거라면, 내가 기꺼이 내 손으로 지켜내겠다."

그는 마지막 힘을 짜내어 위로 솟구쳤다. 시야가 좁아지고 숨이 타들어가듯 끊어질 듯했지만, 손은 결코 금고를 놓지 않았다.

푸와악!

수면을 뚫고 올라오는 순간, 폐 속으로 찬 공기가 밀려들었다.

마 경감은 거칠게 숨을 몰아쉬며 하늘을 올려다봤다. 달빛이 차갑게 웃고 있었다.

그러나 안도할 틈도 없었다. 멀리서 모터보트의 굵은 엔진음이 바다를 갈라 다가오고 있었다. 어둠 속에 헤드라이트 같은 불빛이 번쩍였다.

마 경감은 금고를 래프트 위로 끌어올리며 중얼거렸다.

"벌써 왔군…"

그의 눈빛은 차갑게 빛났다.

싸움은 아직 끝나지 않았다.

USB의 비밀

해식동굴 안, 파도는 낮게 울리며 바위를 두드리고 있었다.

마 경감은 금고를 열어 USB를 꺼냈다. 방수 케이스에 감싸져 있던 작은 금속 조각이었지만, 그 무게는 온 세상의 비밀처럼 무거웠다.

그는 방수 태블릿을 꺼내 USB를 꽂았다. 화면에 암호 입력창이 떠올랐다.

그 순간, 토다를 심문할 때 그의 입에서 계속 흘러나온 단어가 떠올랐다.

"kamikase…."

마 경감은 잠시 숨을 고르고, 천천히 타이핑했다. 자물쇠처럼 잠겨 있던 화면이 풀리며, 수십 개의 파일이 줄줄이 펼쳐졌.

첫 번째 폴더를 열자, 세계 각국의 고위 인사 이름과 코드명이 화면을 가득 메웠다. 그중 가장 위에는 굵은 글씨로 새겨진 한 줄.

[한국 국방부 차관 – 코드명 '이와토.']

숨이 목구멍에 걸린 듯 막혔다. 그는 화면을 닫을까 망설이다가, 다른 문서들을 빠르게 훑었다. 군수 기업, 정치인, 국제 로비스트, 그리고 카미카제와 연결된 금융 네트워크가 거대한 설계도처럼 얽혀 있었다.

그러나 마지막에 'Hidden'이라는 이름의 암호화 폴더가 눈에 들어왔다. 클릭하는 순간, 지도 이미지가 펼쳐졌다. 마나도 해안에서 멀찍이 떨어진 바다 한가운데, 붉은 X 표시가 찍혀 있었다.

토다의 협박이 귓가에 되살아났다.

"달이 낮아지고 물살이 갈라질 때만 드러나는 바위섬. 그곳이야 말로 진짜 기록과 혈통을 묻어둔 자리다. 하지만 찾는 순간, 너도 그 섬에 묻히게 될 거다."

마 경감은 이를 악물며 화면을 닫았다. 손끝이 심하게 떨리고 있었지만, 곧 마음을 다잡았다.

"이건… 나만 알고 있어야 한다. 김 교수에게는 절대 보여줄 수 없어."

그때 동굴 입구 쪽에서 굵은 엔진음이 울렸다. 모터보트의 빛줄기가 바위 틈 사이로 번쩍이며 안쪽을 훑었다.

"거기 멈춰!"

일본어 고함소리와 함께 카미카제 특공대가 들이닥쳤다.

총성이 울리고 탄환이 암벽에 튕겨 날았다. 마 경감은 몸을 낮추며 권총을 뽑았다.

"하아…." 그의 숨이 짧게 갈라졌다.

세 명이 동굴 안으로 돌진했다.

그는 기습적으로 몸을 날려 적의 총구를 틀어막고, 바위에 처박았다. 또 다른 두 명이 칼을 들고 달려들자, 물살과 기포 속에서 육탄전이 벌어졌다.

칼날이 어깨를 스쳤고, 피가 바닷물에 섞여 흩날렸다. 마 경감은 고통을 참고 손목을 꺾어 적의 무기를 빼앗고, 바위에 내리꽂았다.

숨이 막힐 듯 거친 싸움 끝에 그들은 쓰러졌다. 그러나 바깥에서 또 다른 모터음이 점점 커지고 있었다.

'증원이다!'

마 경감은 서둘러 USB를 방수 케이스에 넣고 가슴에 묶었다. 그리고 좁은 수로 반대편으로 몸을 던졌다.

찬 바닷물이 다시 전신을 감쌌다.

잠시 후, 동굴 반대편 작은 수면 위로 올라왔을 때, 그는 이미 준비해둔 소형 수중 스쿠터에 몸을 실었다.

모터가 켜지며, 그의 몸은 검은 바다 속으로 미끄러져 나갔다.

몇 시간 뒤, 인근 해안가 버려진 창고.

김 교수가 지도를 펼쳐두고 그를 기다리고 있었다.

마 경감이 젖은 잠수복 차림으로 들어오자, 김 교수는 놀란 듯 고개를 들었다. "찾았어?"

"찾았다." 마 경감은 무표정하게 케이스를 열어 USB를 꺼냈다.

그는 '명단' 파일만 열어 김 교수에게 보여주었다.

세계의 권력 네트워크가 적나라하게 드러나자, 김 교수는 숨을 삼켰다.

"이건… 단순한 비밀이 아니야. 전 세계를 조종하는 설계도잖아."

마 경감은 고개를 끄덕였지만, 시선은 굳게 닫혀 있었다.

그는 지도 파일을 열지 않았다. 비밀섬의 단서는, 오직 자신만 알고 있는 어둠 속의 진실로 남겨두었다.

창문 너머로 파도가 낮게 울렸다.

마 경감은 마음속으로 중얼거렸다.

"김 교수, 언젠가 네가 그 섬에 다가가겠지. 하지만 그 날이 두렵다. 난 이미 이 비밀에 사로잡혀 버렸으니까."

제5부

청문회
— 역사와 과학의 증언

개회 – 긴장으로 시작된 날

서울 여의도 국회 본관. 쾌청한 가을 햇살이 의사당 돔 위에 부드럽게 내려앉았지만, 청문회장 앞 복도는 이미 폭풍 전야의 분위기였다.

카메라 삼각대가 줄줄이 늘어서 있고, 해외 방송국 로고가 붙은 마이크들이 서로 자리를 다투고 있었다.

기자들이 휴대폰으로 빠르게 메모를 입력하며, 몇몇은 속삭임보다 낮은 목소리로 "오늘 뭔가 큰 거 터질 거 같아" 라고 중얼거렸다.

복도 한편, 플래시 불빛이 연속으로 터졌다. 누군가 날카롭게 물었다.

"김 교수님, 이번 유전자 증거… 진짜입니까?"

그 짧은 질문에 복도 전체의 시선이 한 남자에게 쏠렸다.

감색 정장을 단정히 입은 채, 약간 깊은 눈빛의 김성훈 교수가 숨을 고르고 있었다.

그의 시야 너머로 국회 경위들이 참관인 명단을 확인하며 '제한구역' 팻말을 옮기는 모습이 보였다.

회의장 문이 열리자 안쪽 공기가 확 바뀌었다. 외교안보위원회와 인권위원회 소속 중진 의원들이 이미 자리를 잡고 있었고, 책상 위에는 회의자료집과 법전, 그리고 빼곡한 질의 메모가 놓여 있었다.

의원들의 표정은 담담해 보였지만, 눈에는 호기심과 경계심이 동시에 번뜩였다.

방청석 맨 앞에는 재일동포 대표와 마나도에서 온 사람들이 앉아 있었다. 그들 옆으로 인권단체 활동가, 언론인, 외교관들이 빽빽하게 자리했고, 조금 떨어진 자리에 놓인 의자에는 3년 전 '마나도 한인 성당 폭발 사건'에서 가족을 잃은 유족들이 앉아 있었다.

그들의 무릎 위에는 액자가 있었고, 그 속에서 환하게 웃는 아이들의 얼굴이 유리 반사 속에 잠시 깜박였다.

의사봉이 단단하게 울렸다.

"오늘 청문회는 마나도 사건의 진실, 그리고 그 역사적 맥락을 규명하기 위함입니다." 위원장의 목소리가 울려 퍼졌다.

그 순간, 방 안의 공기가 무겁게 내려앉았다.

"오늘은 김성훈 교수의 증언을 청취하겠습니다. 이번 사안은 단순한 역사 논쟁이 아니라, 국제 인권과 과학적 증거에 관련된 문제입니다."

말이 끝나자 회의장 맨 뒤에서 가볍게 숨을 삼키는 소리가 들렸다.

위원장의 "진실만을 말할 것을 맹세합니까?"라는 질문에 굳게 "네"라고 답한 김 교수는 숨을 길게 내쉰 뒤 증인석으로 걸어갔다.

탁자 위에 올려놓은 것은 두꺼운 서류철과 한 개의 투명 폴더였다. 폴더 윗면 표지에는 한 줄의 굵은 글씨가 박혀 있었다.

[카미카제 상사 X-파일]

그 순간 방청석 일부가 술렁였다. 수많은 눈과 카메라 렌즈가 그 폴더를 응시했다. 회의장은 고요했지만, 공기 속에는 희미한 진동처럼 팽팽한 긴장이 퍼지고 있었다.

김 교수는 천천히 마이크를 당겨 입을 열었다.

"제가 지금부터 말씀드릴 내용은, 그 어떤 정부 보고서보다 인간적이며, 동시에 국가와 역사, 그리고 공동체의 윤리에 관한 기록입니다."

그의 목소리는 낮았지만 명확했고, 방청석 끝까지 울려 퍼졌다. 그 순간 자리에 있는 모든 사람들은 직감했다.

오늘 이 자리에서 묻혀 있던 시간의 봉인이 풀릴 것임을.

삼별초, 마나도의 혈연

늦가을, 서울에서 출발한 김성훈 교수는 들뜬 가슴과 무거운 마음을 안고 마침내 그곳 마나도에 도착했다.

젊은 시절 공중보건의로 제주도에서 근무했던 적이 있어서인지, 섬으로 가는 비행기가 그에게는 늘 푸근한 느낌을 주었다.

삼별초의 후손들이 살아 숨 쉬는 땅, 바람과 파도 소리가 오래된 기억을 감싸는 그 작은 해안 마을에서 자신에게 주어진 숙제를 해내야 한다는 결의를 다졌다.

마나도 해안가의 햇살은 따사로웠지만, 거리에는 깊은 정적이 감돌았다. 집집마다 지붕 아래 놓인 오래된 목각 장식들, 굳게 닫혀 있지만 시간의 흔적을 담은 문들, 그리고 거리 곳곳에 숨겨진 작은 조각품들이 모두 간직하고 있는 사연이 있는 것 같았다. 김 교수는 그 모든 흔적을 천천히 눈에 담으며 골목길을 걸었다.

그곳 주민들은 처음에는 낯선 이방인에게 경계심을 감추지 못했다. 하지만 김 교수의 입에서 흘러나오는 제주 방언이 퍼지자, 마을 어르신들의 표정이 바뀌기 시작했다.

"혼저 옵서예, 먼 바다 건너온 고향님 아닌교?"

한 할머니가 미소 띤 얼굴로 인사했다. 그 음성은 마치 바다를 건너온 바람처럼 부드럽고 따뜻했다.

김 교수는 깊은 감사의 마음을 담아 조용히 대답했다.

"고향 사람이라 불러 주시니 고맙습니다. 먼 옛날, 우리 조상들이 이 바다를 건너 이곳에 뿌리를 내렸다는 이야기를 듣고 이 길을 왔습니다."

마을 입구에 세워진 낡은 비석에는 희미하게 새겨진 글자가 있었다.

'고려에서 온 전사들, 이곳에 뿌리내리다.'

그 문장 앞에서 김 교수의 심장은 무겁게 뛰었다. 말과 문화, 그리고 혈통으로 이어온 흔적들이 이곳에 살아 있었다.

며칠간 마나도 해안 마을에서 김 교수는 주민들과 함께 생활하며 그들의 이야기를 듣고 관찰했다. 전공 분야는 아니었지만 역사와 문화, 인류학에 대해 열심히 도서를 섭렵한 덕분에 여러 가지를 알아낼 수 있었다.

제사 때마다 치르는 고유한 의례와 제사용 그릇의 배열, 그릇의 문양, 음식 하나하나에 이르기까지 여러모로 고려와 조선의 옛 풍습과 놀라울 만큼 닮은 데가 있었다.

또한 그곳 주민들의 말투 속에 아직까지 남아 있는 어구들이 구수한 제주 방언과 어딘가 닮아 있어, 세월이 흘러도 꺼지지 않는 고유의 정체성이 그들 안에 깊이 박혀 있음을 확인할 수 있었다.

***

"몇 백 년 동안 바다 저편에서 계속된 이야기일 수 있지만, 이 말과 의례를 지키는 것은 단순한 전통을 넘어 집단의 정체성을 지키려는 저항이자 생존의 방식이었겠지요."

김 교수는 청문회장 마이크 앞에서 담담하게 이야기했다.

마을 광장 한 켠에서 열린 제례 장면이 스크린을 가득 채웠다. 고즈넉한 바닷바람 속, 선조들이 물려준 구전 노래가 바람에 흩날렸다.

분할된 반쪽 스크린에는 제주도에서 촬영한 제례 영상이 교차로 비치며 두 장소의 닮음을 생생히 보여주었다.

청문회장 공기는 더욱 진중해졌고 청중석에 앉은 재일동포와 마나도 사람들은 눈시울을 붉혔다.

의원들은 고개를 끄덕이며 깊은 생각에 잠겼다.

국회 청문회 현장에서 삼별초의 후손들이 낯선 땅에서 말을 잃지 않고 풍습을 유지하며 자신들의 뿌리를 지켜왔다는 진실이 드러났다.

김 교수의 목소리는 멈춤 없이 계속되었다.

그 목소리에는 세월에 묻혀 잊힌 이야기들을 다시 세상 앞으로 불러내려는 간절한 의지가 담겨 있었다.

"삼별초의 후손은 단순한 전설이 아닙니다. 유전자 검사 결과, 마나도 주민 일부와 제주, 전남 지역 주민 사이에는 분명한 유전적 연속성이 발견되었습니다."

그 발언으로 청문회장은 조용하지만 묵직한 감동이 가득했다.

몇몇 의원들이 술렁였다.

"그게 무슨 의미입니까? 수백 년 전 고려인의 피가 인도네시아에 남아 있다는 겁니까?"

　김 교수는 고개를 끄덕였다.

　"역사는 피로 증언합니다."

유전자 검사와 과학적 근거

서울 국회 청문회장은 무거운 긴장감이 계속되고 있었다.

김성훈 교수는 깊은 숨을 들이쉬고, 청중과 의원들의 눈을 차례로 마주쳤다.

이제 그가 밝히고자 하는 것은 단순한 주장이 아닌, 수년간의 피땀 어린 연구와 철저한 검증을 거친 과학적 사실이었다.

"2019년부터 현재까지 우리는 제주도, 진도, 류큐, 그리고 인도네시아 마나도를 포함한 네 지역에서 총 213명의 DNA 샘플을 수집했습니다. 이 샘플들은 HLA, 미토콘드리아 DNA, 그리고 Y염색체 등 다양한 유전자 계통을 아우르는 분석 대상이었습니다."

회의장 중앙의 스크린에 정교한 비교 그래프와 DNA 서열 매칭 이미지가 나오자 의원들도 집중했다.

"특히 마나도 후손 집단의 37%에서 보인 'KRY-H7'이라는 특이 유전자 마커(specific genetic marker)는 동아시아 해양 민족 집단 중에서도 극히 일부에서만 나타납니다.

이 마커는 현대 일본 본토 집단에서는 거의 발견되지 않으며, 역사적 기록으로 알려진 고려-원나라 간 인구 교류 시기에 발생한 것으로 추정됩니다."

김 교수가 슬쩍 스크린을 넘기자, 마나도에 현재 살고 있는 특정인물 OO 씨의 DNA 분석 결과가 화면에 나왔다.

"OO 씨의 유전자 프로필은 매우 흥미롭습니다. 그녀는 KRY-H7을 포함해 제주와 류큐 후손들과 98% 이상 일치하는 다중 유전자 서열을 갖고 있습니다. 더욱이 그녀가 소유한 족보에는 '진 씨' 가문명이 등장하는데, 이는 제주도의 사료집과 류큐 고문서, 그리고 마나도 17세기 기록에 모두 나타나는 동일한 가문명입니다."

한 의원이 메모지를 접으며 엄숙하게 물었다.

"이러한 유전자 증거들은 당시 시대적 상황과 역사적 기록과 어떻게 결합됩니까?"

김 교수는 살짝 눈을 감았다 뜨며 답했다.

"이 DNA 마커와 유전자 서열들은 단순한 유전적 흔적을 넘어, 수백 년 전의 민족 이동과 문화 전승의 실체를 가리킵니다. 마나도 주민들이 자신들의 정체성을 '바다를 건넌 조상의 후예'로 여긴다는 점과도 맞물립니다. 유전자는 과거와 현재를 잇는 다리이며, 이 데이터들은 삼별초 후손의 존재를 과학적으로 입증하는 결정적인 증거입니다."

청문회장은 이 말에 묵직한 고요함이 감돌았다.

일부 청중의 눈가에는 눈물이 맺혔고, 연구의 가치를 눈으로 확인한 의원들은 고개를 끄덕였다.

"이는 단순한 혈통 확인이 아닙니다. 역사를 왜곡하려는 세력과의 싸움이며, 말과 문화, 기억을 지키려는 인류 보편의 투쟁이기도 합니다."

김 교수의 목소리는 어느 때보다 단호했다. 그가 증언한 유전자 검사는 삼별초 후손들의 존재가 신화가 아니라, 과학과 기록이 증명하는 현실임을 온전히 드러냈다.

그것이 바로 1차 청문회의 핵심 포인트였다.

회의장 공기가 잠시 고요해졌다. 그러나 그 침묵을 깨듯 한 의원이 마이크를 잡았다.

목소리는 단호했고, 어딘가 날카로웠다. "김 교수님, 말씀하신 KRY-H7이라는 유전자 마커가 삼별초의 후손이라는 직접적인 증거라고 보기는 어렵지 않습니까? 수백 년 동안 혼혈과 이주가 반복된 동남아시아 해양 집단에서, 우연히 유사성이 나타날 가능성도 배제할 수 없지요."

순간, 회의장의 시선이 다시 김 교수에게 쏠렸다. 그는 잠시 눈을 깜박이며 말을 고르려 했으나, 목이 바짝 마르는 걸 느꼈다.

"그… 물론, 말씀하신 대로 유전적 섞임의 가능성은 존재합니다." 김 교수의 음성이 살짝 흔들렸다.

다른 의원이 곧바로 끼어들었다. "그렇다면, 이 연구가 특정 민족 집단을 역사적으로 고정된 실체로 단정하는 것 아니냐는 우려가 있습니다. 자칫 잘못하면 정치적 목적으로 이용될 위험도 크지 않겠습니까?"

몇몇 의원들이 고개를 끄덕였고, 방청석에서도 웅성거림이 번졌다.

김 교수는 서류를 넘기다 손가락 끝이 잠시 덜컥 떨렸다. 스크린 속 DNA 그래프가 순간 흐릿하게 보였다. "저는… 정치적 목적이 아니라 순수하게 과학적 근거를…."

하지만 또 다른 의원이 끊었다. "순수 과학이라면서요? 그런데 왜 특정인의 족보까지 끌어들이는 겁니까? 족보는 위조되기도 하고, 기록의 신뢰성이 떨어질 수 있는데 말입니다."

김 교수의 입술이 굳어졌다. 답을 꺼내려는 순간, 목 안이 잠시 막힌 듯 침묵이 흘렀다.

청문회장의 공기마저 무겁게 내려앉았다.

그는 깊은 숨을 들이쉬었지만, 이 순간만큼은 스스로도 당황을 감추기 어려웠다.

아사코의 죽음

　서울 국회 청문회장, 진실을 밝히려는 김성훈 교수의 목소리가 긴장과 엄숙함 속에서 울려 퍼졌다. 청중과 의원들은 숨을 죽이고 그의 말을 경청했다.

　"아사코 박사는 단순한 연구자가 아니었습니다. 그녀는 인도네시아 미나하산족의 유전형 데이터를 확보하며 일본 극우의 '순혈론'과 정면으로 맞선 용기 있는 과학자였습니다."

　김 교수는 잠시 숨을 고른 뒤, 눈빛을 더욱 단단히 하며 말했다.

　"그녀가 발견한 데이터에 의하면 삼별초 후손의 유전자 분석 결과는 단순한 혈통 관계를 넘어 역사적 의미와 정치적 함의를 담고 있습니다. 특히 일본 내부 극우 진영이 신봉했던 순혈주의가 사실상 와해될 것이고, 따라서 그를 기반으로 한 정당 및 단체의 이론적 근거가 무너질 수 있는 것입니다. 따라서 비밀 극우 조직 '삼별반'은 자신들의 존재 자체를 부정할 수 있는 이 연구를 가만히 둘 수 없었을 것입니다."

이어진 긴 침묵 속에서 김 교수는 속삭이듯 말했다.

"그 조직은 '언어를 지워라'라는 협박 메시지를 그녀에게 보냈고, 아사코는 극심한 압박 속에서도 연구를 멈추지 않았습니다. 그러던 중 열차 사고를 이용한 살해 시도가 있었고, 그녀는 급히 중요한 연구 자료를 싱가포르의 안전한 장소로 전송했습니다."

청중석에서 몇몇이 숨을 삼키는 소리가 들렸다.

"하지만 며칠 후, 독가스 테러 사건이 발생했고 그것이 바로 아사코 박사의 비극적인 죽음으로 이어졌습니다. 이것은 우연이 아니었습니다. 조직적인 은폐 공작과 극우 조직의 공모가 얽힌 치밀한 암살 이였음을 저는 확신합니다."

김 교수의 말이 끝나자, 방청석 한쪽에서 한 유족이 눈물을 닦으며 작게 흐느꼈다.

객석에는 묵직한 침묵이 드리웠고, 많은 이들이 이 진실의 무게를 가슴 깊이 느꼈다.

"아사코 박사의 죽음은 단순한 비극이 아닙니다. 그녀가 지키려 했던 진실, 그 진실의 책임은 이제 우리 모두의 몫입니다. 이 자리에서 반드시 밝혀야 할 우리의 역사이자 정의의 문제입니다."

그 말에 방청석은 가만히 고개를 끄덕였고, 의원들 사이에도 무거운 결의가 퍼졌다.

아사코의 희생은 잊히지 않을 것이며, 그 진실은 끝내 세상의 빛을 볼 것임을 모두가 느낄 수 있었다.

양삼성 가문의 증거

서울 국회 청문회장.

김성훈 교수는 위원들의 질문에 맞춰 '양삼성' 가문의 혈통과 현재 후손들로 연결되는 부분까지 명확하고 확실하게 보여주었다.

김 교수는 손에 든 족보의 복사본을 화면에 띄우며 설명을 시작했다.

"'양삼성'이 속한 가문은 19세기말 부터 확인되는 혈통입니다. 이 족보는 마나도 리나 씨 집안에서 전해 내려온 것으로 시조는 진씨로, 한글과 한자가 혼용된 독특한 형식으로 되어 있습니다."

화면에는 가계도의 마지막 페이지가 클로즈업되어 보였다. '양삼성'이라는 이름 밑으로 조선 말기 제주도의 필체로 적힌 결혼과 출생 기록들이 세밀하게 자리하고 있었다.

"이 기록은 조선 말기 제주도 문헌, 류큐 고문서, 그리고 20세기 마나도 지역 기록과 정확히 일치합니다. 현지 고문서와 민간에 전승되어 온 족보 간의 상호 검증이 이루어졌고, 그 진위는 방사성동위원소 연대 분석을 통해 위조 가능성을 완전히 배제한 상태입니다."

청중석에 앉은 마나도 후손과 재일동포 대표들은 눈길을 떼지 못했고, 일부는 눈물을 글썽였다.

김 교수는 이어서 유전자 검사 결과를 제시했다.

"리나 씨 본인의 DNA는 족보상의 '양삼성' 혈통과 완벽히 일치하며, 청문회에서 제가 제시한 KRY-H7 유전자 마커를 포함해, 마나도, 제주, 류큐 집단과 분명히 연결됩니다."

그는 잠시 숨을 고른 후, 단호히 말했다.

"즉, '양삼성', '진'씨 가문은 단순한 하나의 가문이 아니라, 현재 살아 숨 쉬는 혈통이며, 그들은 자신들의 뿌리를 인식하고 있습니다. 이 가문 혈통이 현재에도 존재함을 입증하는 것은 삼별초 후손의 연속성과 정체성을 과학적·역사적으로 명확히 확인하는 핵심 증거입니다."

의원들은 깊은 숙연함과 함께 고개를 끄덕였고, 방청석에 앉은 이들은 가슴 벅찬 감정을 억누르지 못했다.

이날 증언을 통해 '양삼성'은 과거와 현재를 잇는 다리가 되었고, 현재의 혈통과 여러 곳을 항해했던 조상들을 연결해주는 살아 있는 증거가 되었다.

  오랜 시간 밝혀지지 않았던 역사의 진실이 '양삼성' 이라는 열쇠를 통해 열린 셈이다.

반박과 결연

순간, 회의장 공기가 매섭게 변했다.

야당 의원 한 명이 등을 의자에 기대고 있다가, 천천히 몸을 앞으로 기울였다. 양 손끝이 탁자에 닿는 소리마저 또렷하게 들렸다. 그가 마이크 버튼을 눌렀다.

"김 교수, 이 모든 자료가 사실이라면 일본 정부의 강력한 반발은 불가피합니다. 게다가 자료 조작설도 충분히 제기될 수 있습니다."

말이 떨어지자, 방청석 여기저기서 숨죽인 웅성거림이 일었다.

카메라 플래시가 한 번 번쩍했지만, 이내 기자들의 손가락마저 키보드 위에서 멈춘 듯 고요했다.

김 교수는 잠시 시선을 아래로 떨어뜨렸다가, 서서히 고개를 들었다. 그의 표정엔 망설임이 아닌, 단단히 다져진 결의가 배어 있었다.

"그래서 저는 모든 DNA 원본 데이터와 분석 과정을 국제 공동 연구기관 네 곳에 사본으로 전달했습니다. 유네스코 산하 언어보존센터에도 동일한 사본이 안전하게 전달되어 있습니다. 누구라도 요청하면 과학적으로 검증할 수 있습니다."

그의 목소리는 흔들림 없었지만, 그 안에 깃든 단호함이 회의장 천장까지 울려 퍼지는 듯했다.

잠시, 완벽한 침묵이 청문회장을 삼켰다.

이윽고 방청석 일부에서 작은 박수가 터졌다. 처음엔 몇 명뿐이었으나, 곧 울음 섞인 함성처럼 박수 소리가 커져갔.

여성 한 명은 눈가를 훔치며 일어나 박수를 보냈고, 그 옆의 마나도 청년은 두 손을 머리 위로 들어 올려 흔들었다. 그 장면에, 다른 이들도 자리에서 일어나 함께 손뼉을 쳤다.

위원장은 의사봉을 들어 단단히 책상을 두드렸다.

"방청석, 질서 유지 바랍니다. 계속 진행하겠습니다."

하지만 이미 공기의 온도는 바뀌어 있었다. 의석 위에 놓인 종이 서류들이 에어컨 바람 대신, 사람들의 숨결과 감정으로 미묘하게 흔들렸다.

한 극우 성향 의원이 목소리를 높였다. "이건 허구입니다! 음모론일 뿐이오. 역사와 과학을 혼동하지 마시오!"

그 순간, 김 교수가 다시 마이크를 움켜쥐고 일어섰다.

"허구라면 왜 내 친구가 3년째 병실에서 눈을 뜨지 못하는 겁니까? 왜 아사코가 죽어야 했습니까? 이건 역사 논쟁이 아니라, 피와 진실의 문제입니다!"

청문회장은 숨죽인 정적에 휩싸였다

그 순간 김 교수는 느꼈다.

이 싸움은 더 이상 혼자의 것이 아니다. 오늘 이 자리가, 그동안 외롭게 모아온 증거와 기록들이 드디어 세상의 무게와 맞서고 있음을 모든 사람에게 각인시키는 자리라는 걸.

그의 옆에는 두꺼운 서류철, USB, 그리고 작은 깃발 문양이 인쇄된 한 장의 사진이 놓여 있었다. 마치 우려 섞인 질문이 있으리라는 것을 예상한 듯, 과학적 근거와 삼별초의 항쟁 의지가 살아 있는 것처럼.

마무리 진술 – 복수 아닌 복원

청문회는 아직 끝나지 않았다.

긴 시간의 질의응답이 끝나고, 위원장이 고개를 끄덕이며 마지막 발언을 권했다.

모두의 시선이 증인석에 선 김성훈 교수에게 모였다.

그는 한동안 두 손을 가만히 맞잡고, 방청석을 찬찬히 둘러봤다. 재일동포 노인의 깊게 팬 눈가, 마나도에서 온 젊은 청년의 굳게 다문 입술, 그리고 유족석의 사진 속 환하게 웃고 있는 아이들까지. 그 모든 얼굴이, 지금 그의 목소리를 기다리고 있었다.

김 교수는 천천히 일어나 깊게 숨을 들이켰다.

목소리는 낮았지만, 각 단어마다 묵직한 힘이 실려 있었다.

"역사는 기록에만 존재하지 않습니다. 피로 이어지고, 언어와 풍습으로 살아남습니다. 삼별초의 후손은 지금도 이 땅과 바다 건너에 존재합니다. 그들의 목소리를 지우는 건… 역사를 두 번 지우는 일입니다."

순간, 회의장 공기가 무겁게 가라앉았다.

그는 고개를 숙였다가 들어, 의원들과 방청객 모두의 눈을 똑바로 응시했다.

"우리가 선택해야 할 것은 복수가 아닙니다. 복원입니다. 훼손된 기억과 잊힌 언어, 그리고 잿더미가 된 마을 아이들의 웃음을 반드시 되살려야 합니다."

말이 끝나자, 잠시 정적이 흘렀다.

누군가의 손끝이 책상 위를 조심스레 두드렸고, 이윽고 방청석 한구석에서 박수가 시작됐다.

그 소리는 점점 번져나가, 잠시 전까지 차갑게 얼어있던 공간을 따뜻하게 감싸기 시작했다.

의원석에서도 몇몇이 자리에서 일어나 기립 박수를 쳤다.

위원장은 굳은 표정 속에 억눌린 감정을 숨기지 못한 채, 의사봉을 들어 단단히 내려쳤다.

"이 증언과 제시된 자료 모두 기록에 남기겠습니다. 그리고… 후속 조치를 반드시 논의하겠습니다."

김 교수는 깊게 고개를 숙였다.

박수 소리가 여전히 울리는 가운데, 김 교수가 마지막으로 입을 열었다.

"역사는 반복됩니다. 그러나 우리는 더 이상 의미 없는 반복을 허락할 수 없습니다. 삼별초가 남긴 뿌리는 지금도 살아 있습니다. 그 진실을 덮으려는 자들이 있더라도, 언젠가는 반드시 드러날 것입니다."

그의 눈빛은 단호했다.

청문회장의 어딘 가에서 오래된 바람이 스쳤다.

마치 700년 전 삼별초 병사들의 숨결이 아직도 국회 회의실을 맴도는 듯했다.

제6부

그림자와 실존

자금 흐름과 내부 고발자

다음 날, 국회 청문회장.

가을 햇살이 커튼 틈을 뚫고 들어와 회의실 바닥에 사선의 그림자를 드리우고 있었다.

증인석에 앉은 마 경감은 넥타이가 목을 조르는 듯 답답했다.

마이크 위로 울려 퍼지는 의원의 목소리가 공기를 갈랐다.

"마 경감. 이번 사건의 자금 세탁 경로와 그 배후를 구체적으로 말씀해 주십시오. 그리고… 내부 고발자가 실제로 존재합니까?"

마 경감은 잠시 물을 들이켠 뒤, 시선을 정면에 두었다. 그러나 그의 뇌리에는 지난 수년간 파헤쳤던 장면들이 파노라마처럼 되살아나고 있었다.

***

벽면에 빼곡히 늘어선 모니터들.

서늘한 청색 불빛이 차갑게 흔들리며, 중앙 화면에는 거대한 세계 지도가 떠 있었다.

지도 위에는 붉은 선들이 거미줄처럼 얽혀 있었고, 가느다란 선 하나하나는 불법 송금과 차명 계좌의 흔적을 의미했다.

서울에서 시작된 선은 곧장 마나도에 점을 찍었다. 그리고 거기서 다시 싱가포르, 제네바, 케이맨 군도, 사이프러스 등 전 세계 조세회피처로 뻗어 나갔다.

교차 지점마다 익명의 코드명이 표시됐는데, 그 중 몇 개는 인터폴 내부에서도 '접근 불가'로 분류된 등급이었다.

또 다른 화면에는 스위스의 한 은행 금고실 영상이 재생되고 있었다.

두꺼운 철문이 열리자, 흰 장갑을 낀 직원이 한국인 단체의 고위 간부에게 두툼한 서류 봉투를 건넸다.

봉투 안에는 비밀계좌 증서와 거래명세서, 그리고 익명의 안전 금고 번호가 적힌 문서가 들어 있었다.

그 한 장 한 장이 곧 수백만 달러와 직결되는, 거래의 심장이었다.

며칠 뒤, 같은 봉투는 전혀 다른 손에 쥐어졌다.

비 내리는 서울의 한 뒷골목.

후드와 방수 재킷으로 몸을 감싼 남자가 그림자처럼 나타나 봉투를 움켜쥐고 있었다. 그는 주위를 한 차례 훑은 뒤, 아무 표정 없는 얼굴로 골목 모퉁이를 돌아섰다.

그곳에는 이미 대기 중인 다른 남자가 있었다. 인터폴 잠입 요원이었다. 잠입 요원의 손길은 신중했고, 봉투를 받는 순간 그의 시선은 묵직하게 말을 대신했다.

잠시 후, 그 봉투는 다시 조심스럽게 마 경감의 손에 옮겨졌다.

그 누구도 입을 열지 않았지만, 모두가 알고 있었다.

"이 붉은 선 위의 모든 것은, 누군가에게는 생명이고, 누군가에게는 사형선고다."

그리고 그 거미줄의 중심이 어디에 있는지 마 경감은 이미 직감하고 있었다.

***

회의실 공기는 점점 무거워졌다.

의원석에서 또 다른 의원이 마이크를 켰다. "마 경감, 지금 말씀하신 자금 흐름은 단순한 개인의 범죄를 넘어 국가적 범죄입니다. 그런데 그 정보를 입수할 수 있었던 경로… 내부 고발자의 존재는 사실입니까?"

카메라 셔터 소리가 연이어 터졌다.

방청석에 앉아 있던 기자들이 일제히 몸을 앞으로 기울였다.

TV 생중계 자막에는 굵은 글씨가 떠올랐다.

[속보] 마 경감, '내부 고발자 존재 여부' 곤란한 표정

마 경감은 목젖이 천천히 움직이는 게 그대로 드러날 만큼 긴장해 있었다. 손가락 끝이 미세하게 떨렸지만, 표정만은 굳게 유지했다. "의원님, 제가 말씀드릴 수 있는 건…."

그의 목소리는 낮고 차분했지만, 순간 멈추었다. 그 짧은 침묵이 오히려 더 큰 파문을 불러왔다.

여당 의원석에서 누군가가 날카롭게 끼어들었다. "국민은 알 권리가 있습니다. 마 경감, 그 고발자가 누구인지, 어디서 활동했는지 밝혀야 합니다. 그렇지 않으면 지금 말씀하신 증거의 신빙성 자체가 흔들립니다."

회의장은 순간 술렁였다.

방청석에서 작은 웅성거림이 퍼졌고, 기자들은 더 격렬하게 키보드를 두드렸다.

마 경감은 눈을 감고 잠시 숨을 고르더니, 다시 천천히 입을 열었다. "… 내부 고발자의 안전은 저와 국가가 함께 지켜야 할 문제입니다. 제가 지금 그 신원을 밝히는 건 곧… 사형선고를 내리는 것과 다름없습니다."

순간, 회의실 공기가 싸늘하게 얼어붙었다.

의원들의 눈빛이 엇갈렸고, 카메라 플래시는 더 빠른 속도로 번쩍였다.

마 경감은 고개를 들었다. 굳게 다문 입술 뒤로, 그의 눈빛에는 두려움과 결의가 동시에 번뜩였다.

방청석 맨 뒤쪽, 김 교수는 두 손을 무릎 위에 포개고 있었다.

형광등 불빛 아래서 마 경감의 얼굴은 낯빛이 창백했지만, 눈빛만큼은 흔들리지 않았다.

김 교수는 속으로 중얼거렸다. "저건 단순한 증언이 아니야. 그는 지금, 살아 있는 사람 하나를 지키기 위해 국회 전체와 맞서고 있는 거지."

앞줄 기자들의 노트북 자판 소리가 끊임없이 울렸고, 셔터 소리가 회의장을 가득 메웠다.

김 교수는 그 소리가 마치 총성처럼 날카롭게 느껴졌다.

그의 시선은 다시 증인석을 향했다.

마 경감의 손끝은 여전히 떨리고 있었지만, 목소리는 흔들리지 않았다. "… 내부 고발자는 이미 모든 것을 걸었습니다. 저는 그를 밝힐 수 없습니다. 그것이 저의 책임이자, 그 사람의 유언 같은 부탁이기도 합니다."

회의장은 다시 술렁였다.

일부 의원들은 고개를 끄덕였지만, 다른 의원들은 불만스러운 얼굴로 속삭였다.

김 교수는 주먹을 가볍게 쥐었다.

아사코의 얼굴이 떠올랐다. 그리고 허경욱의 이름, 그 피맺힌 진실.

'진실을 말하는 순간, 누군가는 구원받지만 또 다른 누군가는 파멸한다. 마 경감도 그 경계 위에 서 있구나….'

그는 자신도 모르게 깊은 숨을 내쉬었다.

그리고 마음속으로 속삭였다. "견뎌라. 지금은 청문회지만, 곧 역사의 증언이 될 테니까."

홍콩의 검은 가방

홍콩 센트럴 밤의 스카이라인은 수천 개의 불빛으로 번쩍였다.

빗방울이 네온사인을 스치며 도심 빌딩 유리창에 불규칙한 반사를 만들었다.

국제금융센터(ICC) 주변은 늦은 시간에도 고급 세단과 검은 밴이 오가며 분주했다.

한 고급 호텔 로비, 대리석 바닥에 샹들리에 불빛이 반사되어 은빛 무늬를 그려내고 있었다.

소파에 홀로 앉아 있던 중년 남자가 시계를 흘끗 보았다. 그는 검은색 가죽 서류가방을 다리 한쪽 옆에 세워두었다.

잠시 뒤, 맞은편에서 짙은 회색 수트를 입은 젊은 남자가 다가왔다. 서로 말 한마디 없이 소매가 스칠 때, 발밑으로 미세한 신호가 오갔다. 그리고 다음 순간 가죽 가방이 낮은 테이블 밑에서 은밀하게 건네졌다.

받아든 젊은 남자는 표정 하나 바꾸지 않은 채 가방 손잡이를 움켜쥐고 자리에서 일어났다. 곧바로 승강기로 향하면서도, 뒤를 절대 돌아보지 않았다. 하지만 그의 등 뒤, 로비 구석의 한 남자가 신문지 아래로 무전기를 가렸다.

마 경감이었다. 그는 귀에 거의 붙인 듯한 소형 이어피스로 속삭였다.

"목표물 승강기 진입. 24층 방향. 이동 시작."

해외 공조 수사팀 두 명이 즉시 호텔 복도를 가로질러 움직였다. CCTV 모니터 속 표적은 무심히 엘리베이터에서 내려 복도 끝에 있는 VIP 전용 회의실로 사라졌다.

방음 처리된 두꺼운 문이 닫히자, 표적은 가방을 테이블 위로 올렸다. 가방 잠금 장치가 '찰칵' 하고 풀리며, 내부 서류와 검은색 하드드라이브가 모습을 드러냈다.

그의 손놀림은 서두르지 않았지만, 숨겨둔 초조함이 미묘하게 묻어났다. 서류 위에는 'BNP 프라이빗 뱅크(스위스 지점)' 로고가 찍혀 있었다.

하드드라이브 옆에는 은색 금고 열쇠와 함께, 정체를 알 수 없는 비밀계좌 번호가 적힌 문서가 놓여 있었다.

그 문서가 서류봉투 안으로 사라지자, 곧장 휴대폰 진동이 방을 울렸다. 표적은 짧게 듣고는 '곧 도착한다'는 중국어 한마디를 남겼다.

그 시각, 마 경감은 맞은편 건물 옥상에서 망원렌즈로 그 장면을 포착하고 있었다.

옆에 있던 홍콩 경찰 정보과 요원이 낮게 중얼거렸다.

"계좌가 연결되면, 바로 케이맨 군도와 파나마까지 흘러갑니다. 이건 국제 세탁망이 확실해요."

마 경감은 눈을 가늘게 뜨며 응시했다. 가방 안에 든 건 단순한 금융 문서가 아니었다. 그것은 삼별반과 해외 정·재계 거물들을 이어주는 자금의 혈관 그 자체였다.

어디선가 엘리베이터 도착음이 울리고, 문이 열렸다. 새로운 표적이 다시 모습을 드러내자, 마 경감이 목소리를 낮췄다.

"모든 팀, 이동 준비. 가방이 호텔 밖으로 나간다."

잠시 후, 비 내리는 네온빛 거리에서 표적은 접이식 우산을 쓰고 인파 속으로 걸어갔다. 그의 왼손에 여전히 검은 가죽 가방과 함께.

그 뒤, 거리를 가득 채운 사람들 속에서 마 경감의 그림자가 부드럽게 따라붙었다.

머지않아, 이 가방은 국제 수사망의 중심으로 들어가 거대한 거미줄을 완성할 붉은 선 중 하나가 될 것이었다.

내부 밀첩 - 그림자 고발

　서울의 한겨울 자정 무렵 국가기관 청사의 한 층은 이미 모든 불이 꺼지고, 긴 복도 끝에서 청소도구 카트가 천천히 움직이고 있었다.
　빗방울에 젖은 유리창 너머로 희미한 가로등 불빛이 깜박였다.
　카트를 미는 사내는 허리를 약간 굽힌 채, 회색 청소원 제복과 낡은 모자를 쓰고 있었다. 얼굴은 거의 보이지 않았다.
　그는 익숙하게 모퉁이를 돌아 '보안구역 - 출입금지'라는 붉은 표지판이 붙은 문 앞에 멈췄다.
　포켓에서 꺼낸 열쇠 하나가 조용히 '딸깍' 소리를 냈다.
　문이 열리자 차갑고 건조한 공기와 함께 수십 대의 서버가 낮게 "윙" 하고 돌아가는 소리가 귀를 간지럽혔다.
　그는 방 안으로 들어서서 주변을 한 번 훑은 뒤, 청소도구 카트에서 걸레 대신 얇은 노트북을 꺼냈다.

전원 버튼을 누르자 푸른 불빛이 그의 굳은 얼굴을 스쳤다.

서버 로그인 화면에 빠르게 손가락이 움직이더니 곧 디렉토리 안에서 하나의 이름이 떠올랐다.

[TOP SECRET - 삼별반 작전 기획안]

파일 옆에는 연도와 부서명, '접속 권한: 장성급 이상'이라는 경고문이 깜박였다.

그는 주저 없이 USB 포트를 열고, 작고 검은 메모리를 꽂았다. 복사 진행률 바가 0%에서 100%까지 올라가는 동안 그는 숨소리마저 죽였다.

서버실 문 너머로 보안 요원의 발자국이 스쳐 지나갔다.

[진행률 100%]

그는 USB를 뽑아 얇은 방수포에 감싸고, 다시 낡은 종이봉투에 넣었다. 봉투 겉면에는 어디서 본 듯한 막대기 모양의 무늬가 그려져 있었다.

내부 교신망에서만 쓰는 '전달 완료' 사인.

그는 물 한 방울 튀지 않은 듯 서버실을 나와 카트를 밀고 복도를 걸었다. 청소원 제복과 무표정한 걸음은 그를 완벽히 은폐해주었다.

몇 시간 뒤, 서울 중심가 안쪽 한 골목의 오래된 찻집.

호롱불 빛에 반쯤 잠긴 작은 테이블 위로 종이봉투 하나가 밀려왔다. 반대편에 앉은 사내의 손이 그것을 받아 들었다.

그는 바로 마 경감이었다.

봉투의 무게는 가벼웠지만, 그 속에 담긴 정보는 폭발물처럼 무시무시한 것이었다.

마 경감은 곁눈질로 종이봉투 안의 USB를 확인한 뒤, 아무 말 없이 고개를 끄덕였다.

창밖으로 흩날리는 눈발이, 두 사람 사이에 흐르는 이 짧고도 무거운 거래를 완벽히 가려주고 있었다.

이제, 거미줄의 한 축이 완성되었다.

비가 내리던 서울의 밤 골목 양편의 가로등 불빛이 빗물에 번져 금빛 띠처럼 번쩍였다. 하수구에서는 김이 올라왔고, 비에 젖은 시멘트 냄새가 묵직하게 퍼져 있었다.

가장 어두운 삼거리에 낡은 우비를 뒤집어쓴 남자가 나타났다. 그는 걸음을 멈출 때마다 고개를 세 번쯤 돌려 뒤를 확인했다.

어깨는 비에 젖어 무겁게 처졌고, 가슴 안쪽에선 불규칙한 숨소리가 거칠게 터져나왔다.

가로등 불빛 아래 그가 움켜쥔 것은 오래된 서류가방 하나.

손잡이 부분은 세월에 닳아 반질거렸고, 가방 옆선에는 누군가 서둘러 꿰맨 흔적이 남아 있었다.

우비를 걸친 그는 조심스레 골목 모퉁이에 다가갔다. 거기에는 담배 연기를 길게 내뿜으며 서 있는 한 남자가 있었다. 바로 마 경감.

잠시 서로의 시선이 마주쳤다. 그 짧은 침묵 안에 수많은 말들이 오갔다.

남자가 무겁게 가방을 건넸다. "누군가는… 이걸 세상 밖으로 내보내야 합니다."

목소리는 쉰 기침처럼 갈라졌고, 손끝은 떨리고 있었다.

마 경감이 고개를 살짝 끄덕이며 가방을 열었다. 내부에는 이름과 계좌번호가 빽빽하게 적힌 명단, 해외 은닉계좌 거래 내역 복사본, 그리고 한 장의 쪽지가 들어 있었다.

"우린 이제 표적이 될 겁니다."

빗방울이 가방 안 문서를 스치고 떨어졌다.

멀리서 자동차 타이어가 빗속을 가르는 소리가 다가왔다. 두 사람 모두 동시에 고개를 돌렸다. 검은 승용차 한 대가 골목 초입에 멈춰 섰다.

남자는 황급히 뒤로 물러섰다.

"전… 여기까지입니다."

그 말과 함께 그는 반대 방향 골목으로 몸을 숨겼고, 비 안개 속에서 곧 그림자마저 사라졌다.

마 경감은 가방을 단단히 닫아 우산 안쪽으로 챙겼다.

그의 귀에는 점점 커져 오는 엔진음 대신, 방금 전 사라진 사내의 마지막 눈빛이 맴돌았다. 두려움과 각오가 섞인, 그러나 결코 빈말이 아닌 눈빛.

잠시 뒤, 그는 천천히 고개를 숙여 가방 손잡이를 한 번 더 조였다. '이제, 이 명단은 우리와 함께 싸워야 한다.'

국회 청문회 2차 증언

마 경감은 굳어진 목을 천천히 들어 의원들을 바라봤다.

심장이 조여들 만큼 긴장됐지만, 그의 목소리는 오히려 담담하게 울려 퍼졌다. 회의실 안은 마 경감의 발언으로 한껏 팽팽해졌다.

"자금은 다층 위장 법인과 비밀계좌를 통해 세탁됐습니다. 정치권, 재계, 교민사회까지, 그물처럼 얽혀 있었습니다. 그 중 일부 고리, 아직도 끊어지지 않았습니다."

마 경감은 잠시 숨을 골랐다.

"내부 고발자가 없었다면, 이 연결망과 '삼별반' 조직의 진상은 오늘까지 나오지 못했을 겁니다. 그들의 용기가, 이 싸움을 여기까지 끌고 왔습니다."

쥐 죽은 듯한 정적이 회의실을 덮었다.

한쪽 방청석 뒤에서 김 교수가 고개를 깊이 숙였다.

몇몇 의원들은 눈을 감거나 무겁게 고개를 끄덕였다.

마 경감은 손바닥 위에 USB 세 개를 올려놓았다.

목소리가 떨렸지만, 결의는 단단했다. "이 자료들은… 제가 그분의 이름 대신 세상에 내놓는 겁니다."

회의록엔 '액자 속 고발자의 그림자'라는 구절이 새겨졌다.

그 순간, 한 극우 성향 국회의원이 마이크를 움켜쥐었다. 흔들림 없는 냉소와 권위가 섞였다. "마 경감, 당신의 자료는 불법적인 경로로 수집된 것 아닌가요? 이제 경찰 신분도 아닌데 어떻게 저런 자료들에 접근할 수가 있습니까? 증거 능력 자체가 없는 겁니다."

마 경감은 입술을 깨물었다.

의원은 서류를 넘기며 쏟아냈다. "이 내부고발자, 실명과 신원을 증명할 수 있습니까? 출처 미상의 USB가 증거가 될 수 있겠습니까? 더욱 의심스러운 것은 카미카제와 당신의 관계에 대한 의혹입니다. 이미 수차례 보도되었는데 그에 대한 정확한 반박이 왜 없는 겁니까? 마 경감 당신이 그쪽에서 자금을 받았다는 제보도 있어요"

술렁이는 방청석에선 날카로운 시선이 오가고, 마 경감의 등골에 차가운 땀이 흘렀다.

의원은 자금세탁 내역표를 들어 흔들었다.

"여기 은행 트랜잭션 기록. '2023년 4월 12일, S홀딩스 → T코머스, 12,350,000달러', '4월 15일, T코머스 → H트레이딩, 8,900,000달러'. 이 송금 내역 중 어느 부분이 범죄입니까? 이 거래는 모두 표준 무역금융 서류, L/C 개설 내역, 세관 신고내역까지 완비됐습니다. 무역 거래금액이 과장되었다는 객관적 산출 기준, 제시할 수 있습니까? 단지 금액이 크고 반복됐다는 이유만으로 자금세탁 단정은 억측이죠."

의원은 USB 내부파일 한 장을 화면에 띄웠다.

"이 '삼별반 조직원 명단', 사건 당시 이미 경찰 조사에서 '허위 기재 의혹'으로 결과 미상 처리됐습니다. 카미카제 상사와 그 조직 임원 간 통화기록, 캡처본뿐이네요. 직접 녹음이나 서면 증거 있습니까? 당신 주장대로라면, 이 자료들, 모두 법적 증거가 될 수 없어요. 수사과정에서 이미 배제되었고, 경찰에서도 인정하지 않은 파일입니다."

갑작스러운 심문과 반박에, 마 경감의 손끝이 떨렸다. 오랜 고통과 싸움, 그 모든 기억이 머릿속을 뒤흔들었다.

"저는… 현장에서 진짜를 봤습니다. 파일과 자료… 제 동료는 이걸 추적하다가 저 세상 사람이 되었고, 저의 친구도 죽을 위기를 겨우 넘겼습니다. 당신들은 자리에 앉아 숫자만 보는군요! 자료 속, 거래 하나하나에, 사람의 인생이 담겨 있습니다! 목숨 걸고 추적한 자료와 증거입니다."

그의 목소리가 갈라졌다. 눈동자엔 붉은 분노와 혼란이 어렸다. "지금 여기서 법과 절차만 따져서 진실을 덮을 겁니까? 이 USB 안에는 적어도 누군가 목숨을 걸고 남긴 진짜 고백이 있습니다!"

하지만 회의실은 점점 싸늘했고, 의원의 되받는 말에 그는 더이상 말문을 열지 못했다.

마 경감의 손이 움켜쥐고 있던 USB가 테이블 위에서 굳게 흔들렸다.

회의장에 퍼지는 쓴 웃음과 침묵, 그리고 정적….

그날 청문회는 증거에 대한 의문과 불신의 골이 깊게 드러난 채 쓸쓸히 막을 내렸다.

파문과 보복

청문회가 끝나고 불과 몇 시간 뒤, 주요 방송사 뉴스 헤드라인이 한 목소리로 외쳤다.

[속보] 마나도 폭발 사건 – 정재계 고위층 연루 정황 폭로.
[단독] 국방부 차관 포함, 국제 비밀 네트워크 명단 공개.
[인터폴 "내부 고발자, 신변 보호 전 세계 요청"]

국회 앞 출입문을 나서는 마 경감 앞에 수십 개의 마이크와 카메라가 몰려들었다.
"일본 측으로부터 수사를 무마하는 조건으로 불법자금 받으신 적 있습니까?"
"명단에 있는 인사들 실명이 맞습니까?"
"신변에 위협이 있었다는데, 괜찮으십니까?"

취재진의 질문이 파도처럼 몰렸지만, 그는 짧게 답했다.
"진실은 이미 밖으로 나왔습니다. 되돌릴 수 없습니다."

"그림자가 다시 움직였군." 마 경감은 고개를 떨구며 조용히 속삭였다. "우리가 건드린 건 단순한 테러 세력이 아니라, 역사를 조작해온 그림자야."

* * *

청문회 이틀 전 새벽, 마 경감의 휴대폰에 익명의 발신자가 문자를 보냈다.

- 조준을 마쳤습니다. 제 몫은 여기까지입니다.

사진 한 장이 첨부되어 있었다.
작은 항구의 낡은 보트 옆, 모자를 푹 눌러쓴 채 등을 돌린 한 남자가 바다 쪽으로만 시선을 둔 채, 조용히 떠날 채비를 하고 있었다.
그날 밤, 그 정보원은 행방불명되었다.

인터폴조차도 이후 그의 출국 기록이나 신원을 찾지 못했다.

* * *

명단 속 첫 페이지에 적힌 이름들이 공개되자, 정치인뿐 아니라 한국, 인도네시아 국민들 모두 적잖은 충격에 휩싸였다.

몇몇 의원은 "가짜 뉴스"라며 강하게 반발했고, 재계 인사들은 공격적인 법적 대응을 예고했다.

그리고 한편에서는 다른 움직임이 시작되고 있었다.

국회 모처, 밀폐된 회의실에 정장 차림의 남자들이 모여 있었다.

"그 놈, 조만간 조용히 하게 해야지."

"증거를 완전히 없앨 방법도 준비하죠."

청문회 당일 밤, 마 경감은 집무실 불을 켠 채 서류들을 정리하고 있었다.

창밖 골목 가로등 불빛 너머, 검은 승용차 한 대가 몇 시간 째 같은 자리에 서 있었다.

휴대폰 메시지가 울렸다.

발신자 미상.

- 증인님, 오늘 발언 인상 깊었습니다. 몸조심 하셔야…

마 경감은 창문을 닫고 불을 껐다.
방 안에 남은 건 차가운 공기와, '내부 고발자'의 사라진 목소리가 남긴 여운뿐이었다.

실종 전야

청문회가 끝난 지 사흘.

서울의 밤거리는 겉으로는 평온했지만, 마 경감의 주변은 이미 전쟁터였다.

하루에도 수십 번씩 걸려오는 인터뷰 요청과 방송 출연 제안, 그 사이사이에 섞여 들어오는 발신자 불명의 전화와 메시지.

- 당신이 들고 있는 건 위험하다.
- USB를 넘기면 안전할 수 있다.

마 경감은 그런 연락을 모두 무시한 채, 간신히 집무실에 틀어박혀 있었다.

책상 위에는 청문회 때 제출한 1·2차 자료의 사본과 함께, 아직 공개하지 않은 비밀 폴더가 펼쳐져 있었다.

그 안에는 특수 암호가 걸린 추가 명단이 들어 있었다. 심지어 첫 번째 명단보다 더 거물급, 더 치명적인 이름들이 적혀 있었다.

밤 11시 40분, 복도에서 미세한 발자국 소리가 났다.

문틈 아래로 스치는 그림자.

마 경감은 권총의 안전장치를 풀고 의자에 앉아 귀를 기울였다.

"똑, 똑!"

문을 두드리는 소리.

그는 대답 대신 조용히 조명 스위치를 내렸다.

"누구십니까?"

"… 경감님, 저예요. 자료… 혼자 갖고 계시면 위험합니다."

낯익은 목소리였다.

청문회장에서 한두 번 스친 적 있는, 국정원의 전직 분석관. 그녀의 손에는 흰 봉투가 들려 있었지만, 얼굴은 긴장으로 굳어 있었다. "내일 새벽, 실행될 겁니다. 당신을 제거하는 거예요. …그래서 오늘이 '넘기는' 마지막 기회입니다."

마 경감은 그녀를 똑바로 보며 고개를 저었다. "이건 내가 끝까지 가져갈 거요."

분석관은 잠시 눈을 감더니, 봉투를 책상 위에 올려놓고 서둘러 나갔다.

그 봉투 안에는 짧은 쪽지 한 장만 들어 있었다.

"해질녘에 그 사람을 따라가지 말라."

밤 1시가 넘어서 김 교수에게서 전화가 왔다.

"마 경감, 요 며칠 뭔가 이상해. 낮에 병원 앞에도 낯선 사람들이 서성이고. 조심해야 할 것 같아."

"괜찮아. 나보다 김 교수나 안전 챙기세요. 난 아직 할 일이 있어." 그는 일부러 가벼운 목소리를 냈지만, 시선은 창밖 골목으로 향해 있었다.

가로등 불빛 아래, 검은 세단 한 대가 엔진도 끄지 않고 서 있었다.

그날 새벽 CCTV 화면 속 마 경감은 평소처럼 서류가방을 들고 집무실을 나왔다. 길 건너편에서 한 남자가 다가왔고, 순식간에 옆에 선 흰 밴의 문이 열렸다.

몇 초 뒤, 마 경감과 남자는 그림자 속으로 사라졌다. 밴은 소리 없이 골목을 빠져나가 버렸다.

아침 뉴스에는 그의 실종이 짧게 보도되었다.

[속보] 마나도 폭발 사건 핵심 증인 마 경감 잠적.

경찰은 "자발적 잠적"이라 발표했지만, 김 교수는 곧바로 직감했다. "그가 사라진 게 아니라, 사라지게 만든 거다."

마 경감의 빈 자리는 곧 김 교수가 선택해야 할 새로운 길을 예고하고 있었다.

그 길의 끝에는 삼별초의 후손들과 마나도의 재건이 기다리고 있었다.

남겨진 부탁

서울 초겨울의 바람은 유난히도 매서웠다.
회색 빛 하늘 아래, 김 교수의 연구실 불빛만이 희미하게 거리를 비추고 있었다.
시계가 자정에 가까워질수록, 실내는 커피 향 대신 불안과 초조의 기운이 짙게 깔렸다.

마 경감과 연락이 끊긴 지 열흘째.
그동안 김 교수는 수십 통의 전화를 걸었고, 국제 연락망을 총동원해 그의 행방을 추적했다.
일본 현지 연락처, 인도네시아의 옛 취재원, 재일동포 커뮤니티까지 그 어디에서도 마 경감의 그림자는 잡히지 않았다. 마치 누군가 치밀하게 그의 흔적을 지워버린 듯했다.
책상 위에는 '삼별반' 관련 도표와 사진들이 어지럽게 펼쳐 있었다.

지도 위에 표시한 붉은 점선들은 미완성의 퍼즐 조각처럼 끊겨 있었고, 노트 옆에는 식어버린 커피가 그대로 남아 있었다.

모니터 화면에는 '메시지 없음'이 계속 떠 있었으나, 김 교수는 습관처럼 새로고침 버튼을 눌렀다.

그때 한쪽 귀에서 찡한 이명 같은 느낌을 받으며 자연스럽게 모니터에 있는 개인 이메일을 열어보았다.

[발신인: m-kyung@securemail.jp / 제목: 부탁]

심장이 한 박자 크게 뛰고, 김 교수의 손끝이 경련처럼 떨렸다.

마우스를 움켜쥐고 클릭하는 그 짧은 찰나마저 숨이 막히는 듯했다.

메일 창이 열리자 익숙한 문장이 눈에 들어왔다.

투박하고 간결한, 그러나 평소와 다르게 누그러진 어투였다.

김 교수, 조카에게 맡겨둔 투자금을 한때는 배신으로 모두 잃을 뻔했다. 그러나 끝내 그를 압박해 다시 회수했다. 혹시 내가 무슨 일을 당하면, 이 돈을 마나도 재건을 위해 써 주길 바란다. 2백만 달러다. 아래에 계좌 번호와 비밀번호, 그리고 공인인증서 파일을 첨부한다. 네 판단을 믿는다.

단 다섯 줄, 그러나 그 안에는 너무나 많은 의미가 담겨 있었다.

김 교수는 모니터를 보는데 시야가 흐릿해져 활자들이 물에 번진 듯 일렁였다. 심장에서 무겁게 뛰는 박동이 귀에 울렸고, 손바닥은 땀으로 젖었다.

"마 경감… 대체 어디 있는 거야…." 그의 목소리는 거의 들리지 않을 정도로 떨렸고, 이내 입술이 얼어붙은 것처럼 움직이지 않았다.

컴퓨터 앞 의자에 등을 거의 던지듯 기대고 앉아, 그는 양손으로 얼굴을 감쌌다.

가슴 속에 쌓여 있던 고집스러운 의지가 무너져 내리며, 뜨겁고 짠 눈물이 손가락 사이로 흘렀다.

실종이라는 단어는 이상하리만큼 조용했다. 그러나 그 조용함 속에는, 언제 돌아올지 알 수 없는 사람을 기다려야 하는 긴 고통과 결국은 돌아오지 못할 수도 있다는 잔혹한 예감이 함께 도사리고 있었다.

연구실 창밖에서는 가로등 불빛이 낡은 골목을 희미하게 덮고 있었다. 하지만 김 교수의 눈에는 그 어둠이, 지금 마 경감이 있을지도 모를 곳의 공기와 겹쳐 보였다.

깊고, 차갑고, 손을 뻗어도 닿을 수 없는 공간.

그는 자신도 모르게 키보드를 두드렸다.

'마 경감, 이 메일 봤으면, 어디든 연락해. 제발.'

하지만 전송 버튼을 누르지 못했다.

마 경감이 사라진 후 그의 부재로 고민이 늘면서 김 교수는 깨달아가고 있었다. 이제 오롯이 혼자 남게 된 현재, 앞으로의 싸움에서 '모든 선택'을 다시 구성해야 한다는 것을.

모니터 앞에 굳어 앉은 채, 김 교수는 한참이나 화면 속 문장을 바라보고 있었다.

짧은 다섯 줄. 그러나 그 문장들은 활자 이상의 무게를 지니고 있었다. 마치 눈앞에 마 경감이 앉아 낮은 목소리로 직접 말하는 것 같았다.

그는 그 내용을 몇 번이고 반복해서 읽었다.

그럴수록 눈앞이 뿌옇게 번지고, 활자가 잔물결처럼 일렁였다.

손끝은 차갑게 식었고, 온몸의 무게가 의자 등받이에 깊이 가라앉았다.

"마 경감… 이게 무슨 소리야, 나 혼자 어떻게 하라는 거야…"

귓가에까지 차오르는 심장 박동 소리 사이로, 마 경감 특유의 담담한 어투로 이 문장을 읽어주는 듯한 환청이 들렸다.

그는 조용히 모니터에서 눈을 떼고, 메일 속 계좌번호와 비밀번호를 노트 한 페이지에 옮겨 적었다.

한 자 한 자를 옮길 때마다, 마치 그가 떠날 준비를 이미 끝냈다는 냉정한 결심에 손끝이 떨렸다.

잠시 후, 김 교수는 고개를 들었다.

마나도 재건이라…. 그것은 둘이 오랫동안 계획했던 일이었다.

그러나 지금은, 눈앞에 놓인 더 절박한 선택이 있었다.

'실종된, 어딘가에 잡혀 있을지 모르는 마 경감을 구하는 것.'

그는 노트북을 돌려서 해외 송금 시스템에 접속했다.

계좌를 확인하니, 거짓말처럼 정확히 2,000,000 USD가 적혀 있었다. 화면 속 숫자는 차가운 재산 목록이 아니라, 시간을 사는 마지막 손잡이처럼 보였다.

"미안하다, 마 경감… 이 돈, 먼저 너를 찾는 데 쓰겠다."

결심이 굳어지자, 움직임은 빨라졌다.

'이건 어쩔 수 없는 선택이다. 더 늦기 전에 마 경감을 구해내야 한다.'

그날 밤, 그는 한숨도 잘 수 없었다. 뒤척이다 깨어나서 중요 파일들을 외장 하드로 옮기면서 그 파일들을 암호화하여 쉽게 열 수 없도록 만들어 두었지만 흥분된 마음은 가라앉지 않았다.

창밖에는 비가 내리고 있었다.

그는 유리창에 이마를 기댄 채, 새벽빛과 함께 스스로의 결심을 되뇌었다.

"약속대로, 마나도로 간다. 마 경감을 찾지 못한다면, 내가 마 경감의 뜻까지 이어야지."

그 말은 혼잣말이었지만, 어쩌면 먼 곳에서 이 메일을 보낸 사람에게 닿기를 바라는 메시지이기도 했다.

구출을 위한 도박

비 내리는 서울 외곽 후미진 이면도로 부근, 시각은 저녁 11시 40분을 가리키고 있었다.

김 교수는 운전석에 앉아 양손을 차갑게 식은 핸들위에 얹은 채 창밖을 응시했다. 프런트 유리 위로 빗방울이 수없이 부서지며 가로등 불빛을 번지게 만들었다. 마치 오래된 필름이 찢어지듯, 그의 시야는 번쩍였다 끊기기를 반복했다.

차 안은 숨소리 외에는 고요했으나, 그의 머릿속은 폭풍처럼 요동치고 있었다. '마 경감을 구해야 한다.'

그 말은 오늘 하루만 몇십 번을 스스로 되뇌었는지 모른다. 하지만 그 뒤를 따라붙는 다른 목소리도 있었다. '혹시, 이 모든 게 함정이라면? USB만 빼앗고 마 경감을 버리는 거라면?'

시작은 저쪽이었다.

카미카제 상사 쪽 인물이라는 '중간 브로커'가 메일을 보내왔다. 거래 조건은 마 경감을 안전하게 돌려 보내줄 테니, 댓가로 백만 달러와 아사코가 남긴 USB와 자료를 넘기라는 것이었다. 더 이상 이 일에 관여하지 않겠다는 각서도 요구하였다.

이것이 진심인지, 아니면 정교하게 설계된 함정인지는 알 수 없었다. 그러나 김 교수는 결국 프린터에서 각서 같은 종이를 뽑아 서명했고, 백만 달러가 든 가방과 USB를 준비했다.

이 선택이 옳을지 확신이 없었지만 마 경감을 구해야 한다, 늦기 전에 행동해야 한다는 생각이 그의 머릿속을 지배했다.

하지만 지금, 목적지 몇 분 전. 그의 가슴은 쏟아지는 빗방울처럼 요동치고 있었다.

심장은 속도를 높였고, 뒷덜미가 서서히 차가워졌다.

"마 경감이… 정말 살아 있는 걸까?"

그 의문이 굳은 덩어리처럼 가슴속에 내려앉았.

낡은 창고 단지 골목 안 가로등이 꺼진 회색 건물 앞에 차를 세운 순간, 어둠 속에서 두 개의 그림자가 미끄러져 나왔다.

그들은 검은 모자를 눌러쓰고 있었고, 코트 소매 아래서 번지는 빗물의 흐름조차 군더더기 없이 떨어졌다.

익숙한 움직임. 훈련된 사람들의 몸짓이었다.

"돈은?" 짧고 단정한 한국어. 하지만 어딘가 거슬리는 억양, 일본어 특유의 발음이 그 끝에 묻어났다.

김 교수는 조수석 문을 열어, 가방을 꺼내 차가운 빗속으로 건넸다.

금속 지퍼가 열리자, 포장된 묶음 사이에서 달러 지폐의 잉크 냄새가 스며 나왔다. 그 위에, 그는 아사코가 남긴 USB를 올려놓았다.

"조건은 아시죠. 마 경감을 풀어주고… 그는 반드시 무사해야 합니다."

그림자 중 한 사람이 가방 속을 들여다보며 짧게 고개를 끄덕였다. 그 끄덕임은 표정 없는 돌덩어리 같았다.

명확한 보증은 없었지만, 김 교수는 그 짧은 동작에 실낱 같은 희망을 걸었다. 하지만 동시에, 그 희망이 얼마나 허망한 것인지도 알고 있었다.

"그 사람은… 지금 어디에 있죠?"

조심스럽지만 분명한 목소리였다. 대답을 기대했지만, 되돌아온 것은 폭우가 골목을 때리는 소리뿐이었다.

두 사내는 짐을 챙겨 뒷골목의 어둠 속으로 사라졌고, 잠시 후 회색 건물의 철문이 '덜컥' 하고 잠겼다.

그 순간, 김 교수의 가슴속에서 무언가 작은 희망의 불씨 같은 것이 꺼졌다.

그는 다시 차 안으로 들어와 시트를 젖혔다. 엔진은 꺼져 있었지만, 귓속에서 들리는 심장 박동과 불안은 여전히 요란했다.

스마트폰 화면만이 유일한 빛이었다. 시계는 12시를 넘고 있었고, 그는 몇 번이고 메신저 창을 열어보았다.

메시지는 들어와 있지 않았다. 화면은 밝아졌다가 꺼지고, 다시 밝아졌다가 꺼졌다. 그 사이 시간만 무심히 흘렀다.

1시가 가까워지자, 김 교수는 차 문을 열고 빗속으로 잠시 걸어 나갔다. 냉랭한 습기와 비가 그의 옷과 머리카락을 빠르게 적셨지만, 무슨 생각인지 발걸음을 멈추지 못했다.

그 어둠 저편 어딘 가에 혹시 마 경감이 있을지, 아니면 이미 더 이상 구할 수 없는 곳으로 사라졌는지 그는 알 수 없었다.

'혹시, 내가 잘못한 건 아닐까?'

'돈과 USB만 넘기고, 아무것도 지켜내지 못한 건 아닐까?'

심장이 답을 주지 못하자, 목구멍 안쪽이 서서히 조여 왔다.

그는 차로 돌아와 조수석을 흘끗 바라봤다. 거기엔 가방 대신 이제 비어 있는 자리밖에 없었다. 그리고 무언가를 잃었다는 감각이 고요하게, 그러나 확실하게, 그의 안을 파고들었다.

창밖에는 여전히 비가 내렸다.

그는 이마를 유리창에 기댄 채 무력함에 치를 떨었다. 차 문을 닫는 순간 온 세상이 더 좁아지고 운전석마저 쪼그라든 느낌이 들었다.

엔진은 여전히 꺼져 있었고, 차 내부는 비 냄새와 그의 젖은 옷에서 올라오는 습기만이 가득했다.

김 교수는 양손으로 얼굴을 감쌌다.

'내가… 바보였지. 이건 구출이 아니라, 그저 목숨 값을 먼저 바친 꼴 아닌가.'

그는 USB를 떠올렸다. 아사코가 몸을 던져 빼돌린 마지막 조각. 손끝에 아직 그 차가운 금속 촉감이 남아 있는 듯했지만, 그것은 이제 눈앞에서 사라져버렸다.

그 순간, 숨이 막혀왔다.

'한 번쯤, 정말 한 번만이라도 그 건물 문을 열고 들어갔어야 하는 건 아닐까?'

'조직원 같은 그 사내들 뒤를 쫓아가서 그 놈들의 목덜미를 붙잡았어야 하는 건 아닐까?'

그러나… 그는 움직이지 못했다.

'혹시 마 경감이 건물 안에 있다면 위험해진다'는 얄팍한 합리화가 발목을 잡았다. 그리고 그 합리화는 지금, 부메랑이 되어 그의 가슴을 후려쳤다. 심장이 텅 빈 공간에 내던져진 듯, 허공에 매달린 채로 뛰고 있었다.

스마트폰을 손에 쥐고 있었다. 화면을 켜면 혹시 메시지가 와 있을지도 모른다는 기대가, 다시 켜보면 아무것도 없을 거라는 두려움과 뒤섞였다. 그래서 그는 그저 손안의 무게만 확인하는 데 그쳤다.

"… 그냥… 도망간 거라면?"

목구멍 안쪽이 타 들어갔다. 연락도, 보증도, 위치 정보도 없는 구출 작전.

애초부터 성립할 수 없었던 거래였을지도 몰랐다.

그걸 그는 알고 있었고, 알면서도 선택했다. 그게 마 경감을 살린다고 믿었으니까.

비가 점점 잦아들고 있었다. 그러나 김 교수의 머릿속 폭우는 그칠 기미가 없었다.

그는 이제 알았다. 이 순간부터, 마 경감이 살아있다는 증거를 찾아내는 일이 앞으로의 유일한 과제가 될 것임을. 그리고 그 증거가 없다는 사실만이, 끝내 그를 부서뜨릴 것임을.

그는 앞 유리에 비친 자신의 얼굴을 보았다. 초췌하고, 눈 밑이

푸르게 패인 얼굴. 이 얼굴을 마지막으로 본다면⋯ 마 경감은 어떤 생각을 할까?

그 순간, 설명할 수 없는 수치심이 몰려와 등을 굽혔다.

"마 경감⋯ 미안하네." 그는 입술을 깨물었다.

다시는 오늘과 같은 거래를 하지 않겠다고 스스로에게 맹세했지만 그 맹세조차 한낱 변명에 불과할 수 있다는 사실을 이미 알고 있었다.

차 안의 공기 속에서, 김 교수는 완전히 고립되어 있었다. 그리고 그 고립 속에서 흐트러진 자신을 서서히 일으켜 세웠다.

"남은 절반은⋯ 약속대로 마나도로 간다. 마 경감을 찾지 못한다면⋯ 내가 그 뜻을 이어야지."

그 말은 혼잣말이었지만, 어쩌면 먼 곳, 혹은 이미 닿을 수 없는 어둠 속에 있는 마 경감에게 보내는 마지막 메시지였다.

언젠가 그가 돌아온다면 그곳에서 다시 만날 수 있다는 희망을 꼭 붙잡은 채 차의 시동을 걸었다.

마나도의 바다는 아직 멀리 있었지만, 이제 그곳이 유일한 목적지가 되었다.

제7부

마나도
— 새로운 시작

마나도 도착 - 바람의 입구

마닐라를 경유한 경비행기는 낮은 구름층을 뚫고 서서히 하강하고 있었다. 창밖으로는 초록빛 등고선처럼 굽이진 해안선이 에메랄드빛 바다와 맞닿아 이어졌다. 바다 위에 뿌려놓은 듯 흩어진 작은 섬들에는 하얀 포말과 붉은 지붕의 집들이 점점이 박혀 있었다.

하강 경고등이 켜지자 엔진음이 낮아지고, 기내에는 바닷바람이 스며든 듯한 비릿한 공기가 번졌다. 활주로에 바퀴가 닿는 순간, 미세한 충격과 함께 김 교수의 심장이 세차게 울렸.

서울을 떠날 때 가졌던 결심이 다시금 또렷해졌다.

'이제, 여기서부터다.'

공항을 나서자, 열대의 공기가 숨을 파고들었다.

태양은 머리 위에서 뜨겁게 내리꽂혔고, 공항 앞 노점에서는 잘 익은 파인애플과 망고 향이 섞여 흘러나왔다.

김 교수는 짊어진 배낭과 함께 택시 뒷좌석에 몸을 맡겼다.

운전사는 해안도로를 따라 차를 몰았고, 창밖으로는 야자수 그늘 아래 쉬고 있는 어부들과 해변을 달리는 아이들의 웃음소리가 스쳐갔다.

두 시간 후, 그는 어느 마을 외곽의 작은 부두에 도착했다.

곶을 돌아 나오는 순간, 탁 트인 바다와 함께 '바라웅'이라는 간판이 눈에 들어왔다. 낡은 원목에 새겨진 글자는 바람과 햇볕에 벗겨져 있었지만 그 안에 긴 세월이 묻어 있었다.

부두 끝에서 그는 잠시 걸음을 멈췄다.

모래사장 한편에는 바짝 마른 나무배들이 거꾸로 세워져 있었고, 해안가를 따라 낮은 초가와 함석지붕 집들이 옹기종기 붙어 있었다.

멀리서는 구리빛 피부의 소년이 조개껍질을 꿰어 목걸이를 만들고 있었고, 한 여인이 머리에 물동이를 인 채 천천히 걸어가고 있었다.

이곳에서는 시간마저 느리게 흐르는 듯했다.

마을 입구, 작은 나무 기둥 앞에 세워진 석비가 시선을 사로잡았다. 풍화로 문양이 닳아 있었지만, 표면 아래로 희미하게 새겨진 글씨가 빛을 받았다.

"고려에서 온 자, 이곳에 뿌리내리다."

그 글자를 보는 순간 김 교수의 가슴이 벅차 올랐다.
수년간 서적과 자료 사진 속에서만 보던 그 문장이 지금 그의 손끝에 닿고 있었다.
마을 안쪽 골목을 걸으며 그는 인사를 건넸다.
"혼저 옵서예…."
자연스레 흘러나온 제주 방언에, 구부정한 허리의 할머니가 발걸음을 멈췄다.
그녀의 눈이 놀람으로 크게 떠졌다. "그 말… 우리 할머니가 쓰던 말이에요." 목소리가 미세하게 떨렸다.
김 교수는 깊이 고개를 숙였다. "먼 바다를 건너왔습니다. 당신들의 이야기를 들으러 왔습니다."
할머니는 그를 한참 들여다보더니 바닷바람이 드는 골목 끝을 가리켰다. "그럼… 리나를 먼저 찾아가세요. 우리 이야기는 그 아이가 지키고 있답니다."

햇빛이 좁은 골목 사이로 길게 스며들었다.

그 빛의 끝에 아직 만나지 못한 '리나'가 서 있을 것이다.

김 교수는 가슴 깊이 숨을 들이마시며 잊힌 역사의 중심을 향해 발걸음을 옮겼다.

기억과 증거의 결합

좁은 골목 끝 햇빛이 열쇠처럼 비스듬히 쏟아져 내리는 곳에 한 여인이 서 있었다. 짙은 갈색 피부와 바닷바람에 물든 머리칼, 그리고 바다빛을 닮은 깊은 눈동자.

김 교수는 직감적으로 알았다. '이 사람이… 리나구나.'

그녀는 그를 말없이 바라보다 천천히 걸음을 옮겼다. 발끝이 모래먼지와 조개껍질 부스러기를 건드리며 바스락 소리를 냈다.

"당신이… 김 교수님 입니까?" 부드럽지만 단단한 목소리였다.

"네. 당신이… 리나 씨?"

그녀는 고개를 끄덕였다. 그리고 잠시 숨을 고르더니 물었다. "아사코를 아십니까?"

그 한 마디에, 김 교수의 가슴이 움찔했다. '아사코.'

그의 기억 속에서 유전자 데이터와 함께 사라져간 친구의 이름이 마나도의 바닷바람 속에 다시 불러지고 있었다.

"예. 우리는 함께 당신들의 이야기를 기록하려 했습니다."

리나는 잠시 눈을 감았다가 그를 가까운 곳에 있는 성당 안으로 안내했다. 낡은 목제 문을 지나자, 허공에 오래된 나무 냄새와 촛불의 그을음 향이 섞여 있었다.

벽에는 바다를 건너는 흰옷 무사들의 그림과 붉은 깃발 속의 검은 별 문양이 걸려 있었다.

김 교수는 숨을 삼켰다. 그 문양은 삼별초의 상징과 일치했다.

"이 그림은 대대로 물려받은 거예요. 우리 조상이 바다를 건너왔을 때부터 있던 것이라고 합니다."

김 교수는 떨리는 손으로 그 문양을 가리켰다.

"역사가… 여기에 살아 있군."

리나의 손끝이 천천히 그림의 물결 부분을 쓸었다.

"예전에는 그저 이야기라고 생각했는데… 아사코 씨가 와서, 이것이 기록이자 증거라는 걸 알려주었어요."

김 교수가 조심스레 배낭을 열었다. 그 안에서 휴대용 유전자 분석기가 모습을 드러냈다.

"제가 여기 온 이유는 이 그림과 이야기, 그리고… 당신의 몸속에 흐르는 피를 과학으로 입증하기 위해서 입니다."

리나는 잠시 그를 바라보다, 미소 아닌 미소를 지었다.

"그렇군요. 제가 그 이야기를 해드릴 테니, 선생님은 그걸 세상에 보이게 해주세요."

그녀의 머리에서 채취한 모발 한 올이 분석기에 들어가자, 기기 화면에 서서히 수치와 도표가 나타나기 시작했다.

KRY-H7-김 교수가 몇 년간 추적해온, 동아시아 해양민족 소수 집단에게만 나타나는 유전자 마커가 선명하게 찍혔다.

그 순간, 그의 눈 안에서 멀리 떨어져 있던 '데이터'와 이 마을 사람들이 지켜온 '혈연'이 맞물려 하나로 합쳐진 것이다.

"이제, 기록 속 이야기와 당신들의 살아 있는 증언이 서로를 증명하게 됐습니다."

김 교수의 목소리가 낮게 울렸다.

리나는 고개를 끄덕이며 창밖의 바다를 바라봤다.

"우리의 말과 노래, 의식, 그리고 교수님이 찾은 그 수치까지… 모두가 삼별초가 여기로 왔다는 증거네요."

바깥에서는 바람이 불어 성당 기둥에 걸린 작은 종이 맑게 울렸다.

그 소리는 마치 과거에서 현재로 이어져 온 약속이 현실이 되는 순간을 축복하는 듯했다.

공동체 유물과 기록, 바다를 건넌 기억들

성당에서 나와, 리나는 김 교수를 마을 중앙으로 안내했다.

광장 한가운데에는 오래된 돗자리가 펼쳐졌고, 그 위로 두 개의 궤짝이 옮겨졌다.

"끼끽-"

뚜껑이 열리자, 쇠녹 냄새와 바닷바람이 섞여 퍼졌다.

리나가 조심스럽게 꺼낸 것은 부식된 철제 갑옷과 청동 단검 한 자루였다.

김 교수는 배낭에서 꺼낸 휴대용 XRF(형광분광분석기)를 궤짝 옆에 설치했다.

"이건 단순히 보는 것만으로는 부족합니다. 성분을 확인해 보죠."

기기가 금속 표면을 스치자, 곧 화면에 데이터가 나타났다.

[구리 88%, 주석 10%, 기타 희귀 금속 2%.]

김 교수는 숨을 고르며 말했다. "고려 후기, 남해 지역에서 출토된 청동 무기와 동일한 합금 비율입니다. 단순한 모조품이 아니에요."

원로들이 놀란 눈빛을 주고받았다.

그 다음은 종이 다발이었다. 빛바랜 한글과 한자가 섞인 족보였다.

김 교수는 장갑을 끼고 조심스럽게 한 장을 꺼내, 작은 샘플을 잘라내어 포터블 연대측정 장치에 넣었다.

"리나 씨, 이건 방사성 탄소 연대측정기입니다. 종이가 언제 만들어졌는지 확인할 수 있어요."

잠시 후 결과가 출력되었다.

[14세기 후반~15세기 초 범위.]

즉, 고려가 멸망하고 조선이 막 세워질 무렵의 기록이었다.

리나는 숨을 삼켰다. "우리 조상들이 직접 쓴 게 맞군요…."

김 교수는 곧장 스캐너로 족보를 디지털화하며 메모를 덧붙였다.

"이건 단순한 가계도가 아닙니다. 당시 문자의 모습을 보여주는 1차 자료이기도 합니다. 문헌학적 가치가 큽니다."

광장 한편에서는 카메라가 원로들의 구술을 담고 있었다.

"우리 조상은 칼과 북을 가져왔다. 전쟁에서 지고, 바다를 건넜다."

"결혼식 노래와 장례 의식은 고려 땅에서 전해진 그대로입니다."

그 증언들이 유물 분석 데이터와 겹쳐지자, 김 교수는 가슴 깊이 전율을 느꼈다.

"유물의 재료, 족보의 연대, 그리고 여러분의 기억… 이제 이 모든 것이 서로를 입증합니다."

바람이 광장을 스치며 작은 종을 흔들었고, 사람들의 눈빛 속에는 오래된 자부심이 되살아나고 있었다.

김 교수는 광장에 모인 사람들 앞에서 노트북을 연결했다.

유물 분석 데이터와 족보 스캔본, 그리고 치아 DNA 결과가 하나의 화면으로 겹쳐졌다.

첫 번째 화면에는 청동 단검의 합금 비율이 떴다.

"구리와 주석의 비율이 고려 후기 무기와 일치합니다. 이건 단순한 장식품이 아니라 전장에서 쓰인 무기입니다."

두 번째 화면에는 족보의 탄소 연대 측정 결과가 나타났다.

"이 종이는 14세기, 삼별초의 후손이 바다 건너 정착했을 시기와 정확히 맞아 떨어집니다."

마지막 화면에선 치아 DNA 그래프가 선명히 빛났다.

"KRY-H7 유전자 마커. 고려 무덤에서 발견된 패턴과 동일합니다. 바로 여러분의 몸속에서 지금도 이어지고 있죠."

광장에 정적이 흘렀다.

리나는 작은 목소리로 물었다. "교수님, 그러면… 우리 마을이 정말…."

김 교수는 고개를 끄덕이며 차분히 답했다. "네. 여러분은 전설의 후손이 아니라, 역사 그 자체입니다."

순간, 원로들의 눈가가 젖었고 젊은이들의 손에 든 카메라가 떨렸다.

누군가 박수를 치자, 파도 소리와 함께 광장 전체가 잔잔한 환호로 물들었다.

김 교수는 화면을 닫으며 속으로 중얼거렸다. "아사코, 마 경감… 내가 드디어 증명했네. 기억과 과학이 일치함을…."

두 해의 성당 생활 – 기억과 과학의 만남

마 경감이 떠난 뒤, 김 교수는 마나도의 성당에 머물며 연구를 이어갔다.

그가 이곳에서 보낸 시간은 단 2년이었지만, 그 안에 담긴 기록과 증명은 수 세기를 건너온 무게와 같았다.

낮에는 원로들을 찾아다니며 구술을 기록했다.

"우리 조상은 칼과 북을 가지고 바다를 건넜다."
"아이들 자장가와 결혼식 노래는 고려에서 배운 것을 그대로 전한 것이다."

마을 광장에서 이어지는 목소리 하나하나는 파도처럼 겹겹이 쌓여, 김 교수의 노트 속에 역사로 새겨졌.

밤에는 연구실로 바뀐 성당의 작은 방에서 과학적 작업이 이어졌다. 주민들이 기증한 유치와 어금니, 그리고 고대 유적에서 발굴된 치아 화석이 현미경 아래에 놓였다.

형광등 불빛 속, 치아 조직에서 추출된 DNA가 화면에 수치로 나타났다.

KRY-H7.

삼별초 유골에서 확인된 것과 동일한 희귀 유전자 마커가 선명하게 찍혔다.

다음 날, 광장에서는 또 다른 의식이 열렸다.

궤짝 속에서 나온 청동 단검, 고려 문양이 새겨진 갑옷 조각, 그리고 빛바랜 족보 문서가 사람들 앞에 펼쳐졌다.

아이들은 휴대폰으로 기록했고, 청년들은 카메라로 인터뷰를 찍었다.

과학의 데이터와 공동체의 기억, 그리고 손으로 만질 수 있는 유물이 한 자리에 모였다.

김 교수는 치아 분석 결과와 족보 사본을 나란히 펼쳐 보이며 말했다.

"여러분의 말과 노래, 이 땅에 남은 유물, 그리고 여러분의 몸속에 흐르는 피가… 서로를 증명합니다. 이것은 전설이 아니라 역사입니다."

바람이 불어 성당 종이 울렸고, 사람들의 눈빛은 서로에게 전해졌다.

리나는 옆에서 속삭였다. "이제는 우리가 희미하게 알던 이야기가, 세상에 자랑이 되겠네요."

그 순간 김 교수는 깨달았다. 2년 동안의 연구와 기록이 끝이 아니라, 이제 세계를 향해 나아갈 항해의 시작이라는 것을.

싱가포르 국제학술대회 발표 – 진실의 날

싱가포르 마리나 베이 국제 컨벤션 센터의 거대한 유리 파사드 너머로 푸른 바다와 부둣가의 하얀 요트들이 반짝였다.

학술 대회 발표장 안의 공기는 에어컨보다 더욱 냉랭한 긴장감으로 가득했다. 객석의 3분의 2는 이미 언론, 학자, 인권단체 관계자들로 채워졌고, 남은 자리는 각국 대사관 관계자와 NGO 활동가들이 채웠다.

단상의 마이크 옆에는 'International Conference on Anthropology & Human Migration'라는 현수막과 세 개의 대형 스크린이 걸려 있었다.

왼쪽 스크린에는 '김성훈 / 법의학 교수 / 특강 발표 : 삼별초와 마나도 후손'이라는 자막이 떠 있었다.

김 교수는 발표 자료가 담긴 USB를 들고 무대 옆 대기석에서 숨을 골랐다.

그의 손끝이 약간 떨리고 있었지만, 눈빛은 단단했다.

첫 줄에 앉은 리나가 그녀 특유의 차분한 표정으로 고개를 살짝 끄덕이며 '괜찮아요'라는 무언의 신호를 보냈다.

사회자가 말했다.

"다음은 특별 발표입니다. 한국에서 오신 김성훈 교수님, 단상 위로 모시겠습니다."

조명이 그를 비췄다. 김 교수는 천천히 단상으로 걸어갔다. 발걸음마다 심장이 가슴팍을 두드리는 소리가 울린 듯했다.

"오늘 저는 700여 년을 넘나드는 항해 이야기를 전하려 합니다. 그리고 결코 잊혀서는 안 될, 피로 기록된 진실입니다."

스크린에는 먼저 마나도 해변의 영상이 재생됐다.

아이들이 조개껍질을 줍고, 노부부가 그물을 손질하는 모습, 그리고 성당 종탑 위 갈매기들이 바다를 선회하는 장면. 발표장 안에 있던 방금 전까지의 속삭임들이 가라앉았다.

"1273년, 제주 항파두리성에서 삼별초는 패망했다고 알려져 있습니다. 그러나 그들의 역사는 끝나지 않았습니다. 일부는 류큐로 가서 왕국의 신하가 되었고, 또 다른 일부는 더 남쪽으로 항해하여 마나도라 불린 섬에 정착했습니다. 마나도의 후손들은 단순한 난민이 아니었습니다. 그들은 삼별초의 마지막 생존자입니다. 바다를 건넜고, 그 곳에서 뿌리를 내렸습니다. 그 뿌리는 언어에, 노래에, DNA에 고스란히 남아 있습니다."

대형 스크린에 고대 지도와 항로가 비쳐졌다. 강화도에서 진도, 제주를 거쳐 흩어진 두 갈래의 화살표가 남쪽 바다로 뻗어 있었다.

이어지는 슬라이드, 오키나와 초기 문서 속 "이방 무사 집단' 기록과, 마나도에서 발견된 목간(木簡)의 사진이 나란히 나타났다.

김 교수는 오래된 사본을 들어 보이며 천천히 읽었다.

"우리는 두 갈래의 길을 걸었다. 하나는 류큐의 신하로, 하나는 바다 너머 왕국의 주인으로. 그러나 피는 하나였고, 언젠가 다시 만날 것이다."

순간, 발표장은 정적에 잠겼다.

스크린에 뚜렷이 나타났던 두 갈래 화살표와 함께 김 교수의 낭랑한 음성이 청중들을 휘어 잡았다.

다음 슬라이드, 유전자 계통도와 비교 차트가 나타났다.

한쪽에는 제주도·진도 유전자 표본, 다른 쪽에는 마나도, 오키나와 사람들의 유전자 표본이 나란히 놓였다.

큰 글씨를 클릭하면 유전자 표본이 확대되면서 비교할 수 있는 부분을 보여주었고, 제주도, 진도 표본과 마나도, 오키나와 표본의 유사한 부분을 하이라이트로 표시했다.

"이 표본은 아사코 박사가 생전에 채취한 것과 제가 지난 2년간 수집, 기록한 것입니다. 두 집단의 DNA는 놀라울 정도로 일치했습니다."

회의장 여기저기서 펜 소리가 바쁘게 움직였다. 외신 기자들은 일어서서 사진을 찍었고, 일본 대표단 쪽 자리에서는 작은 술렁임이 일었다.

리나는 눈가에 번진 눈물을 손끝으로 닦으며 작게 속삭였다.

"… 드디어, 진실이 드러나는군요."

"… 마나도의 후손들은 단순한 난민이 아니었습니다. 그들은 고려 말 삼별초의 마지막 생존자였습니다."

삼별초 이야기

싱가포르 국제컨벤션센터의 대형 발표장.

수백 개의 좌석이 숨을 죽인 채 정적에 잠겨 있었다. 무대 위, 김 교수가 손짓하자 거대한 스크린이 어둠 속에서 깨어났다. 조명이 낮아지며, 화면 위로 13세기 고려의 장면이 서서히 드러났다.

＊＊＊

〈1270년 강화도〉

겨울의 바람이 궁궐의 대전 문틈을 스치며 낮게 울었다. 등불의 불꽃은 거세게 흔들렸고, 차가운 공기는 사람들의 숨결마저 얼어붙게 만들었다.

고려의 조정은 몽골 사신들 앞에서 무너져 내리고 있었다.

왕은 옥좌 위에 앉아 있었으나, 그 얼굴은 두려움에 바래고 창백했다. 그는 눈길을 들지 못한 채, 떨리는 목소리로 명을 내렸다.

"강화를 맺고, 수도를 환도한다."

짧은 한 문장이 대전 안의 공기를 갈라놓았다. 대신들은 서로 눈빛을 주고 받았지만 누구도 말하지 않았다. 장수들의 눈빛은 피처럼 붉어졌고, 손끝은 칼자루를 움켜쥔 채 떨렸다.

젊은 장수 진귀철은 이를 악물며 앞으로 나섰다. 그의 목소리는 낮았으나 울림은 강했다.

"폐하, 이는 나라를 팔아 넘기는 길입니다."

그의 말에 장내는 더욱 싸늘해 졌다. 왕은 고개를 숙인 채 낮게 중얼거렸다.

"더는 피를 흘릴 수 없다…."

그 순간, 진귀철의 가슴속에 번개가 치듯 분노가 일었다. 그는 알았다. 왕은 더 이상 고려의 방패가 될 수 없음을.

궁궐 밖, 삼별초의 병사들이 바람에 휘날리는 먼지 속에 무기를 움켜쥔 채 서 있었다. 그들의 눈빛은 명령을 기다리는 것이 아니라, 스스로의 길을 정하려는 불꽃이었다. 하늘 위로 천둥이 울리고, 먹구름이 몰려왔다.

진귀철은 그 먹구름을 올려다보았다. 무너져 내리는 조정 속에서도 꺼지지 않는 길이 있었다.

그는 굴복 대신 저항을 선택했다.

***

영상 속에서 울려 퍼진 그 목소리가 발표장 안에도 메아리 쳤다. 객석은 숨을 삼킨 듯 정적에 잠겼다.

김 교수의 차분한 목소리가 이어졌다.

"1270년, 고려는 굴욕적인 협정을 맺었습니다. 그러나 일부는 굴복 대신 저항을 택했습니다. 그들이 바로 삼별초였습니다."

몇몇 학자들이 고개를 끄덕이며 노트를 펼쳤다.

스크린은 다시 어두워졌다가, 곧 무너져 내리는 성벽과 치솟는 불길을 비췄다.

***

〈1271년, 진도성 전투〉

진도성의 하늘은 잿빛으로 가라앉아 있었다. 매서운 겨울 바람이 성벽 위를 가르며 병사들의 얼굴에 소금을 뿌리듯 파고들었다.

몽골과 고려 연합군의 함성은 천둥처럼 울려 퍼졌고, 북소리와 말발굽 소리는 파도처럼 밀려왔다.

성벽 위에서 진귀철은 화살을 움켜쥔 손에 힘을 주었다. 손끝은 차갑게 얼었지만, 눈빛은 더욱 뜨겁게 불타올랐다.

그는 적의 선두를 향해 활시위를 당겼다. 첫 화살이 날아가 기병 하나가 말 위에서 쓰러졌지만, 곧 또 다른 그림자가 그 자리를 메웠다. 적의 물결은 끊임없이 이어졌다.

성문 앞에 충차가 다가왔다. 둔탁한 충격이 돌 벽을 울릴 때마다 먼지가 비처럼 쏟아졌다. 성문은 신음하듯 삐걱거렸고, 병사들의 어깨는 무거워졌다. 그러나 진귀철은 외쳤다.

"끝까지 버텨라! 우리의 화살 하나하나가 역사가 된다!"

불화살이 날아가 적의 진영을 불태웠으나, 몽골군의 물결은 더 거세졌다. 성문이 마침내 무너져 내리는 순간, 병사들의 비명과 함성이 뒤섞였다.

돌과 불길, 그리고 피가 성 안을 삼켰다. 진귀철은 피투성이 병사들을 이끌고 좁은 골목을 달려 바닷가로 향했다. 바다는 거친 파도로 그들을 맞이했다. 항구에 정박한 마지막 배가 희망처럼 기다리고 있었다. 병사들은 부러진 손으로도 노를 붙잡았다.

"살아남아라!" 진귀철은 절규하듯 외쳤다. "살아남은 자가 역사를 증언한다!"

그의 목소리는 파도에 실려 멀리 번져갔다. 진도성은 불길 속에 무너졌으나, 그 외침은 꺼지지 않았다. 오히려 바다가 받아 안아 증언으로 간직하듯, 격렬한 물결은 성벽을 때리며 울부짖었다.

***

배가 파도를 가르며 어둠 속으로 나아가자, 발표장 안에 있던 UN 관계자의 손끝이 떨렸다.

관중 속에서 누군가 무심결에 주먹을 움켜쥐었다. UN 관계자는 안경 너머로 화면을 응시하며 숨을 고르지 못했다.

김 교수가 목소리를 낮췄다.

"그들의 저항은 단순한 전투가 아니었습니다. 살아남아 진실을 증언하려는, 역사의 맹세였습니다."

영상은 제주성으로 전환되었다.

***

〈1272년, 제주성〉

사신이 성문 앞에서 항복을 권한다. 그러나 진귀철은 바다를 바라보며 단호히 말한다.

"조국은 무너질 수 있다. 그러나 진실은 무너지지 않는다."

* * *

그 대사가 화면을 넘어 발표장에 울려 퍼지자, 청중 속 몇몇은 눈을 감았다. 마음 깊숙이 파고드는 울림이었다.

김 교수는 천천히 고개를 끄덕이며 덧붙였다.

"이 말은 시대를 초월합니다. 권력은 나라를 무너뜨릴 수 있지만, 진실은 꺾을 수 없습니다."

* * *

제주성의 하늘은 잿빛 구름으로 덮여 있었다. 소금기 섞인 바람이 성벽을 스치며 병사들의 얼굴을 베어냈다. 멀리서부터 북소리와 말발굽 소리가 파도처럼 몰려와 성 안의 가슴을 흔들었다.

성문 앞에서는 항복을 권하는 목소리가 울려 퍼졌다.

"백성을 지키려면 굴복 외엔 길이 없다"는 사신의 말은 차갑게 메아리 쳤다.

그러나 성 위에 선 진귀철은 눈을 바다로 고정했다. 그의 눈빛은 잿빛 하늘을 가르듯 단호했다.

"조국은 무너질 수 있다. 그러나 진실은 무너지지 않는다."

그의 목소리는 전율처럼 병사들의 가슴에 스며들었다. 그들은 말없이 활을 움켜쥐고, 서로의 어깨에 등을 기댔다.

해가 기울 무렵, 성문은 충차의 망치질에 무너져 내렸다. 붉은 불길이 치솟으며 성 안으로 번졌다. 병사들의 비명과 함성이 뒤섞였지만, 진귀철의 발걸음은 한 치도 흔들리지 않았다.

"바다로 가자!" 그의 외침이 불길을 가르며 터져 나왔다.

병사들은 서로를 부축하며 항구로 달렸다. 거친 바닷바람이 그들의 뺨을 때렸지만, 파도는 동시에 새로운 길을 열고 있었다.

마지막 배들이 어둠 속에 준비되어 있었다. 병사들이 하나둘씩 탑승하자, 진귀철은 배의 이물에 서서 다시 한번 외쳤다.

"살아남은 자가 우리의 역사를 증언하리라! 바다가 우리의 증인이 될 것이다!"

깃발은 불길에 타오르며 하늘로 흩날렸고, 성은 잿더미로 무너져 내렸다. 그러나 어둠 속으로 나아가는 배들의 물결은 희망의 맥박처럼 고동쳤다. 바다는 파도마다 요란히 부서지며 그들의 맹세를 기억하는 듯 웅장히 울려 퍼졌다.

* * *

〈1273년, 마라도와 그 바다〉

1273년의 바다는 잔혹했다. 겨울 바람은 쇠칼처럼 매섭게 몰아쳤고, 검은 파도는 마치 거대한 괴물의 입처럼 배를 집어삼키려 했다.

항구에서 떠나는 이별의 장면은 처참했다. 아내들은 동아줄에 매달린 채 눈물로 남편들의 손을 놓지 않으려 했고, 아이들은 팔을 뻗어 울부짖었다.

그러나 배는 냉혹하게 밀려나갔고, 그 손길은 허공 속에서 흩어졌다.

배 위의 병사들은 차마 뒤를 돌아보지 못했다. 울음과 절규는 바람에 실려 멀어졌고, 앞에는 끝없는 어둠의 바다만이 펼쳐졌다.

진귀철은 갑판 위에서 칼을 깊게 꽂았다. 나무판자를 울리는 그 쇳소리는 맹세처럼 울려 퍼졌다.

"고려는 무너졌다. 그러나 진실은 남아야 한다. 언젠가, 누군가 이 진실을 다시 꺼내리라."

병사들은 무거운 침묵 속에서 그 말을 가슴에 새겼다. 바다는 무정하게 그들을 흔들었지만, 동시에 그 맹세를 증언으로 받아들인 듯 깊게 출렁였다.

찢겨 나간 깃발 조각들이 바람에 휘날려 파도 위에 흩어졌다. 그것은 패배의 흔적이면서도, 꺼지지 않는 불씨였다.

밤이 깊어 지자 구름이 달빛을 삼켰고, 파도는 마치 거대한 무덤의 뚜껑처럼 배를 뒤덮었다. 그러나 진귀철은 눈을 감지 않았다. 그의 시선은 검은 수평선을 꿰뚫고 있었다.

설령 이 바다에서 쓰러진다 해도, 살아남은 자는 반드시 역사를 증언하리라. 바다가 그 증언의 증인이 되어 줄 것임을, 그는 믿었다.

* * *

화면 하단에 글자가 떠올랐다.

[마라도 + 나도 = 마나도]

발표장에 작은 웅성거림이 일었다. 기자들이 허겁지겁 키보드를 두드렸고, 인류학자들은 서로의 얼굴을 바라보았다.
김 교수는 미소를 머금고 말했다.
"그들은 서로를 받아들였습니다. 그리고 새로운 공동체를 만들어냈지요. 그곳의 이름은 마나도였습니다."

* * *

⟨1273년, 마나도의 발견⟩

끝없는 풍랑 속에서 살아남은 배는 마침내 새벽의 바다를 헤치고 나아갔다. 돛은 찢어지고 노는 부러져 있었지만, 병사들의 눈빛에는 마지막 불씨가 살아 있었다. 안개가 걷히자, 초록빛 섬이 수평선 위로 떠올랐다.
사람들이 모래사장에 쓰러졌을 때, 고려 장수 진귀철은 두 손으로 흙을 움켜쥐며 속삭였다.
"여기가 이제 우리의 고향이다."

그때 숲 속에서 낯선 사람들이 모습을 드러냈다. 창을 든 젊은 이들 사이에서 한 여인이 조심스럽게 걸어 나왔다.

그녀의 이름은 '이사나도'였다. 그녀의 눈빛은 바다처럼 깊고 단단했다. 언어는 달랐으나, 마음은 서로를 이해했다.

진귀철은 무기를 내려놓고 두 손을 벌려 보였고, 이사나도 역시 같은 제스처로 화답했다.

며칠 후, 고려의 망명민들과 섬의 원주민들은 함께 돌담을 쌓았다. 흩어진 이름들을 이어 붙이듯, 하나하나 올려놓은 돌 위에 새로운 이름을 만들었다.

"우리는 제주도의 마라도에서 출발해 여기 도착했다. 그리고 이곳에 우리를 맞이한 이는 이사나도. 그러니, 이 섬을 마나도라 부르자."

모두의 목소리가 바람을 타고 울려 퍼졌다. 아이들은 모래 위에서 뛰어다니며 그 이름을 부르고, 노인들은 파도를 향해 외쳤다.

바다는 출렁이며 그들의 결정을 받아들이는 듯 요동쳤다.

그날 밤, 모닥불 곁에서 고려의 노래와 원주민의 노래가 어우러졌다. 서로 다른 가락이었으나, 끝내 한 곡으로 섞였다. 불빛은 두 문화가 하나가 되었음을 증언했고, 파도는 그 화음을 잔잔히 받아 적었다.

* * *

스크린은 다시 붉은 불길과 칼날의 반짝임으로 물들었다.

* * *

〈1293년, 자바섬의 전쟁과 마나도의 영주〉

1293년, 원나라의 함대가 자바섬을 뒤덮었다. 쿠빌라이 칸은 싱하사리 왕국의 모욕을 잊지 않았고, 약 2만의 군세를 보냈다. 자바섬은 내분으로 찢겨 있었고, 라덴 위자야는 몽골군과 손잡아 경쟁자를 무너뜨리려 했다. 섬은 혼돈에 빠졌고, 피와 불길이 사방에 번졌다.

그때, 바다를 건너온 고려 장수 진귀철과 마나도의 전사들이 전장에 도착했다. 그는 이미 몽골의 잔혹함을 잘 알고 있었다.

"우리는 이 땅을 두 번째 고려로 만들고자 온 것이 아니다. 바다가 증언하듯, 자유롭게 살아남기 위함이다."

그의 말에 자바의 병사들이 고개를 들었다.

처음에는 서로를 의심하던 위자야와 진귀철이었다. 그러나 몽골군의 압도적인 기세 앞에서 두 사람은 손을 맞잡았다.

위자야의 자바 기병대와 진귀철의 마나도 병사들은 늪, 바다를 무대로 한 전술을 펼쳤다. 몽골군은 수적 우세에도 불구하고 지형에 갇혀 고전하기 시작했다. 진귀철은 몽골군이 말이 움직이기 힘든 수상전에 약하다는 걸 이미 오랜 경험으로 알고 있었다.

결정적인 순간, 진귀철은 바다에서 기습 상륙을 감행했고, 위자야는 육지에서 돌격했다.

두 군대가 협공하자 몽골군의 전열이 무너졌다. 불길이 몽골의 진영을 삼켰고, 파도는 퇴각하는 적을 집어삼켰다.

패배한 원나라 군대는 결국 자바섬을 떠날 수밖에 없었다.

승리 후, 위자야는 자바섬에 마자파히트 왕국을 세우며 군주로 추대되었다. 진귀철에게는 또 다른 길이 열렸다.

바다를 건너온 고려의 후예와 마나도의 사람들은 함께 새로운 터전을 세웠고, 사람들은 그를 "마나도의 영주"라 불렀다.

진귀철은 마나도에서 진씨 가문의 시조가 되었다.

진귀철은 칼이 아닌 약속으로 섬을 다스렸다. 그는 아이들에게 말했다.

"우리가 함께 살아 남았듯, 너희도 역사를 증언하라. 바다가 우리의 증인이 되어줄 것이다."

그의 곁에는 언제나 이사나도가 있었고, 마나도는 그렇게 바람과 파도의 나라로 성장해갔다.

* * *

발표장 여기저기서 억눌린 감탄사가 흘러나왔다. 누군가는 손등으로 눈가를 훔쳤다.

김 교수는 조용히 설명을 이었다.

"그 승리 후, 위자야는 자바의 군주가 되었고, 진귀철은 마나도의 영주로 불리게 되었습니다. 그는 칼이 아닌 약속으로 섬을 다스렸습니다."

마지막 영상은 한적한 바닷가였다.

* * *

아이들이 모래사장에서 뛰어다니며 웃음을 터뜨리고, 노년의 진귀철은 학당의 마루에 앉아 아이들에게 옛 이야기를 들려주고 있었다.

"살아남은 자가 역사를 증언한다."

〈마나도의 황금 시절〉

바닷바람은 여전히 섬을 감싸고 있었지만, 전쟁의 그림자는 이미 멀리 사라지고 있었다. 성가신 함성도, 불길의 냄새도 더는 남아 있지 않았다.

대신 해변에는 아이들의 웃음소리와 새들의 지저귐이 울려 퍼졌다.

진귀철과 이사나도는 나란히 돌담에 앉아 아이들이 모래사장에서 뛰노는 모습을 바라보았다. 아이들은 바다에 작은 배를 띄우며 환호했고, 서로의 노랫소리를 이어받아 장난스레 춤을 추었다. 두 사람의 눈에는 눈부신 햇살보다 더 따스한 빛이 어려 있었다.

"귀철, 우리가 지켜낸 건 단순히 땅이 아니었어요."

"그래, 나도. 저 아이들의 웃음이야말로 우리가 이곳에서 이룬 기적이지."

마나도는 전쟁 후 달라졌다. 노예제는 폐지되었고, 누구도 강제로 속박당하지 않았다. 땅은 공동체에 의해 나눠졌고, 바다는 모두의 삶을 지탱하는 은혜로 여겨졌다.

농업은 체계적으로 발전하여 섬 곳곳에 풍요를 안겼고, 학당에서는 아이들이 글과 문화를 배우며 자랐다.

법은 짧고 간결했지만, 그 속엔 공동체의 신뢰가 담겨 있었다. 병든 이는 돌보아야 하고, 배고픈 이는 먼저 먹여야 한다는 원칙은 섬의 누구도 어기지 않았다.

궁은 고려풍으로 화려하지 않았지만 우아했고, 대신 학교와 곡식 창고가 가장 높은 언덕에 세워졌다.

노년의 진귀철은 더 이상 전장의 장수가 아니었다.

그는 학당의 마루에 앉아 아이들과 함께 파도를 바라보며 옛 이야기를 들려주었다. 이사나도는 곁에서 아이들의 손을 잡고 미소를 지었다.

그들의 세월은 바람처럼 흘렀으나, 웃음과 희망은 여전히 남아 있었다.

"살아남은 자가 역사를 증언한다."

진귀철은 늘 같은 말을 남겼다. 그러나 이젠 그 말이 무거운 맹세가 아니라, 아이들의 노래와 함께 흘러가는 따스한 이야기로 들렸다.

바다는 여전히 증인이었고, 마나도는 이제 전쟁터가 아니라 평화와 복지의 땅으로 기억되었다. 아이들의 웃음소리는 파도와 어우러져, 역사가 끝없이 이어지고 있음을 알렸다.

* * *

이 영상을 본 발표장은 적막에 잠겼다. 그리고 김 교수는 차분히 설명을 이었다.

"그들의 뿌리는 단절되지 않았습니다. 언어, 노래, 그리고 DNA에 고스란히 남아 있습니다. 양삼성은 진씨 가문을 부흥시킨 분이고 허경욱은 아사코의 할아버지로 추정됩니다."

그는 잠시 숨을 골랐다가 다음 슬라이드를 열었다.

화면에는 카미카제 극우단체의 조직도와 주요 인물 얼굴 사진들이 차례로 떴다.

말없이 넘긴 다음 슬라이드에는 '아사코 박사 사망 사건'의 현장 사진과 수사 경과, 각각의 연결고리를 나타내는 굵은 선이 뚜렷이 보였다.

"아사코 박사는 이 자료를 세상에 내놓으려 했습니다. 그러나 그 직전 그녀는 비극적인 죽음을 맞았고, 사건은 단순 사고로 종결됐습니다. 하지만 저와 제 친구 마 경감은 수년간 그녀가 남긴 USB 속에서 일본 극우세력과 정계·재계, 그리고 국제 자금 네트워크의 연결 증거를 찾아 냈습니다."

숨이 막히는 듯한 정적이 흘렀다. 누군가 작게 숨을 들이마시는 소리가 들렸다.

"이 죽음은 결코 우연이 아니었습니다. 역사를 지우려는 자들과 그 역사를 지키려는 자들의 싸움이었습니다."

사회자의 표정이 굳어 있었고 몇몇 외국 언론 기자들은 이미 긴급 송고를 하는 듯 노트북 자판을 두드렸다.

UN 인권위 소속의 한 관계자가 동석한 자리에서 조용히 박수를 치기 시작했고 곧 여기저기서 박수 소리가 번져 나갔다.

김 교수는 허리를 굽혀 인사했다. 그러나 그의 시선은 여전히 한 자리를 향했다. 첫 줄, 리나 옆에 비어 있는 의자.

'마 경감… 자네가 있었다면. 우리가 함께 이 자리에 섰을 텐데.'

"이 발표가 위협을 불러올 수도 있다는 걸 압니다. 그렇지만 침묵은 더 큰 폭력을 부릅니다. 저는 그 위협과 맞서기로 했습니다. 마나도의 아이들이 자신의 뿌리를 자랑스러워 할 수 있도록… 그리고 앞으로의 역사가 다시는 지워지지 않도록."

환호와 박수가 장내를 메웠다. 그러나 김 교수의 표정 속에는 작은 미소와 함께 오래된 슬픔이 스며 있었다.

발표가 끝난 뒤, 그는 무대 옆에서 리나와 짧게 포옹을 나눴다. 리나는 눈가가 젖어 있었지만 입꼬리를 올리며 말했다. "이제 시작이에요, 그렇죠?"

"그래. 이제 진짜 시작이야."

기자들의 플래시가 다시 터졌고, 바다 너머로 저녁 햇살이 회의장 유리벽을 붉게 물들였다.

마치 오랜 세월 억눌린 진실이 그 빛에 의해 조금은 자유로워진 듯했다.

제8부

진실의 입구

싱가포르의 충격

싱가포르 국제컨퍼런스 센터의 대형 로비.

김 교수가 발표를 마치고 회의장을 빠져나오자, 수많은 악수 요청이 이어졌다.

곳곳에서 마이크와 카메라가 따라붙었고, 플래시가 여전히 간헐적으로 터졌다.

그때 군중 사이에서 한 남자가 천천히 걸어 나왔다.

중절모를 눌러쓴 검은 셔츠 차림에 회색 수트를 걸친 중년 남성. 왼쪽 뺨에는 오래된 흉터가 희미하게 드러나 있었다.

"김 교수님…. 오랜만입니다."

낯설지만 잊을 수 없는 얼굴, 변호사 료타였다. 그의 눈빛엔 묘한 결심이 서려 있었다.

"시간이 너무 오래 걸렸군요. 하지만 이제 저도 진실을 밝히고 싶습니다." 료타의 목소리는 낮았지만 단호했다.

두 사람은 호텔 카페 한쪽 구석에 마주 앉았다. 일본인으로 싱가폴에서 인권 변호사로 활동하던 그는 과거 아사코의 친구이자 법률자문을 맡으며 그녀의 연구와 행보를 함께 지켜본 인물이었다.

잠시 후, 료타는 주머니에서 낡은 HSBC 은행 로고가 새겨진 열쇠 더미와 서류 몇 장을 꺼냈다.

"이건… 아사코 사건 이후, 제가 목숨 걸고 빼낸 기록입니다. 카미카제 상사의 비밀 회계 장부, '삼별반' 내부 암살 작전 보고서… 그리고 그녀를 일본에서 살해하려고 준비한 사람들의 이름이 담겨 있습니다."

김 교수는 순간 숨이 멎는 듯했다.

서류에는 '마나도 파괴 작전'이라는 글자가 굵게 반복되어 있었고, 하단에는 "목표 인물: Asako"라는 활자가 선명히 적혀 있었다.

료타는 눈을 감았다가, 조용히 아사코와 함께한 마지막 밤을 이야기하기 시작했다.

아사코의 마지막 밤

법률 대리인이던 료타는 어둡고 조용한 사무실 한쪽에서 아사코와 마주 앉아 있었다.

"아사코, 카미카제 상사의 비밀을 파헤치는 건 너무 위험합니다. 그들은 단순한 기업이 아니라, 권력과 정보를 손에 쥔 거대한 세력입니다. 당신뿐 아니라 주변 사람들까지도 위험에 빠질 수 있어요."

아사코는 잠시 눈을 감고 깊은 한숨을 내쉬었다. 떨리는 손으로 머리카락을 쓸어올리며 조용히 대답했다.

"료타, 난 이미 여러 번 죽을 뻔 했어요. 이제는 살아 있다는 것에 감사할 따름입니다. 남은 인생을 걸고라도, 그들의 어둠을 세상에 드러내야 합니다. 그 죄는 반드시 밝혀져야 해요."

료타의 얼굴에 슬픔이 스며들었다. 그는 고개를 끄덕이며 책상 위 문서를 가만히 살폈다.

"안전이 최우선입니다. 이 자료는 한 곳에 두면 위험합니다. 나

뒤 보관하고, 일부는 은행에 맡겨야 합니다. 사본은 싱가포르 경찰에 제출합시다. 설령 우리가 희생당하더라도, 정보만큼은 사라지지 않도록."

문서에는 카미카제 상사의 비밀 회계, 비자금 내역, 해외 자금 세탁, 삼별반 조직도, 국제 연결망 명단이 세세히 기록되어 있었다. 한 장 한 장에 무거운 진실과 책임이 담겨 있었다.

"원본은 제가 은행에 나누어 보관하겠습니다. 그리고 내일 경찰에 제출할 사본은… 혹시 모르니 세부 내용은 허위로 꾸며야 합니다."

료타의 목소리는 단호했지만, 눈가에는 불길한 예감이 번지고 있었다.

아사코는 고개를 끄덕이며 서류를 정리했다. 그리고 메모를 남겼다.

… 이 글을 보고 있다면 저는 이미 세상에 없겠지요. 이건 당신과 내가 모은 조각, 그리고 토다로부터 빼내온 자료를 합친 것입니다. 진실을 원한다면 끝까지 가야 합니다….

메모를 접으며 그녀는 조용히 말했다.

"시간이 얼마나 걸리더라도 김 교수가 안전해진 날, 은행에 보관중인 원본을 반드시 넘겨주세요. 그 전까지는 절대로… 절대로 위험에 빠지게 해선 안 됩니다. 그리고 USB비밀번호는 김 교수 생일입니다."

다음 날, 아사코는 호텔 로비에서 갑작스러운 불안 발작과 호흡곤란에 휘말렸다. 마스크로 얼굴을 가리고 있었지만, 독가스의 기운이 그녀의 폐를 옥죄어왔다.

급히 병원으로 이송되던 순간, 료타는 전날 나눈 대화를 떠올렸다. 그녀가 목숨을 걸고 결심했던 싸움이 떠올라 가슴이 메어왔다.

병실에서 차갑게 식어가는 아사코의 손을 잡은 료타는 눈물을 흘리며 속삭였다.

"아사코… 네가 왜 이 길을 선택했는지 알아. 하지만 이렇게 가는 건 너무 가혹해… 네가 남긴 진실은 결코 죽지 않을 거야."

잠시 뒤, 라디오 뉴스 속보가 울려 퍼졌다.

[아사코 교수, 오늘 새벽 싱가포르 호텔 로비에서 사린 가스 중독으로 사망….]

료타는 얼굴을 감싸 쥐며 떨리는 손으로 휴대폰을 꽉 쥐었다. 공포가 온몸을 감쌌다. 자신이 지켜야 할 진실은 너무 무겁고, 두려움은 이미 그림자처럼 뒤를 따르고 있었다.

"이대로 있다간 나도 죽는다…."

그의 뒷모습은 점점 작아졌다. 결국 그는 도망쳤다.

아사코가 홀로 맞섰던 전선은 그렇게 텅 빈 채 남겨졌다.

***

"그러면… 우리가 가지고 있던 USB와 서류는 모두 가짜였단 말입니까?"

김 교수가 허무한 표정으로 물었다.

"예. 우리가 일부 조작한 서류입니다. 원본은 은행에 있습니다."

료타가 아사코의 친필 메모를 전해 주며 말했다.

그 순간, 김 교수는 말을 잇지 못했다. 그토록 마 경감이 추적했던 자료가 모두 가짜였다니.

"토다 집안이 아사코를 죽여가며 막으려 한 이유가 도대체 무엇입니까?"

　김 교수의 목소리는 떨리고 있었다.

　료타는 잠시 눈을 감고, 아사코가 얘기한 기억 속 비밀의 밤을 떠올렸다.

기억 속 비밀의 밤

도쿄의 겨울밤. 토다 가문의 낡은 저택 서재.

토다 사무로의 눈빛은 과거와 무거운 비밀을 응시하고 있었다.

"평화헌법과 자위대만으로는 나라를 지킬 수 없다…."

그의 손에는 비밀 군사조직의 현황과 자금 흐름, 무기 거래 내역이 적힌 문서가 들려 있었다.

문이 열리고 아들 토다 다로가 조심스레 들어왔다.

"아버지, 이제 그만두셔야 합니다. 평화와 법을 지키는 것이 우리의 길 아닙니까?"

사무로는 아들을 똑바로 바라보며 단호히 말했다.

"자위대만으론 부족하다. 우리는 그림자 속에서 움직여야 한다. 힘이 없다면 일본은 다시 외세에 무너질 것이다."

그는 낡은 사진첩을 펼쳤다. 검은 군복을 입은 남자들이 찍힌 사진이 나왔다.

"이 조직은 우리의 칼이자 방패다. 우리는 불법과 합법의 경계를 넘어 일본의 부흥을 꿈꾼다. 극우 정치인들과 기업들이 지원하고 있다."

아들은 고개를 저었다.

"하지만 그 과정에서 희생되는 무고한 사람들은 어디로 갑니까? 생명의 존엄과 역사의 무게를 감당할 수 있겠습니까?"

사무로의 눈빛은 차가웠다.

"가문의 명예와 국가의 미래 앞에서 개인의 감정은 사치다. 결단하지 못하면 모든 게 무너진다."

토다 사무로는 분노에 떨며 말했다

"그 누구도 모른다… 일본이 패전 후 철수하던 그 혼란 속에서 허경욱이 남겨진 무기와 군수품을 어떻게 훔쳐냈는지…! 그리고 그 더러운 혈통이, 아사코의 집안… 양삼성 가문과 연결돼 있다는 사실도…!"

사무로는 잠시 침묵하다, 숨을 몰아 쉬고 천천히 속삭였다.

"내가 인도네시아에서 저질렀던 일…. 양삼성 가문에 대한 복수와 학살, 자산 약탈… 그 모든 진실이 드러난다면 나는 끝장이다. 아사코…. 그 여자는 그 모든 걸 알고 있어."

사무로는 차갑게 굳은 얼굴로 과거의 기억을 좇았다.

"그 날, 마나도 항구는 불길과 함께 비명으로 덮였지…"

* * *

그날은 태평양전쟁의 끝자락이었다.

일본은 패전의 무거운 현실 앞에 무릎을 꿇었다. 토다 사무로는 퇴각하는 병사들과 함께 쓸쓸한 항구를 바라보았다.

폭격으로 휩싸인 거리, 불타는 하늘 아래에서 함선이 도착하기를 기다렸다. 부대의 사기가 점점 꺾여갔고, 고된 여정에 몸과 마음이 지쳐갔다.

그는 숨을 깊게 들이켰다.

함선이 올 때까지의 기다림은 고요했으나, 허경욱이 이끄는 독립군의 습격은 예고 없이 들이닥쳤다. 아군의 절반은 무기와 전리품을 빼앗긴 채 무참히 쓰러졌다.

복수를 다짐한 토다 사무로는 수소문 끝에 허경욱과 혈연 관계라는 양삼성 가문을 찾아갔다.

그들은 허경욱의 동맹 부대로 구성되었으며, 토다 사무로의 또 다른 원한이 맺힌 응징의 대상이었다.

밤은 잔혹하게 깊었고, 집안사람들과 동맹군은 피로 물들었다.

총과 칼이 빛났고, 절규가 울려 퍼졌다. 남성은 모두 쓰러졌고, 여인들은 모욕당하며 비명조차 삼켜야 했다. 재산은 무참히 약탈되었다.

    토다 사무로의 눈은 분노로 물들었지만, 그의 마음은 싸늘했다.

* * *

    "허경욱은… 이 참상을 마을 어귀에서 보고 무모하게 공격을 감행했지. 자존심과 복수심에 불타 무리한 전투를.. 결국 자신과 독립군의 목숨을 위태롭게 만들었고, 끝내 포로가 되어 내 앞에 나타났다."

    토다 사무로는 그가 생포되어 결박된 모습을 떠올렸다.

    허경욱은 무지막지한 눈빛으로 저항했지만, 무기를 빼앗기고 결국 총살당했다.

    "그가 무모한 싸움에서 무너진 것이 우리의 가장 큰 승리였다."

    그는 사진첩을 덮으며, 저 깊은 어둠 속 그날의 참상을 끝없이 떠올렸다.

    그는 아들의 손을 꼭 잡으며 말했다.

"이 무거운 짐을 너에게 넘긴다. 반드시 우리의 비밀과 명예를 지켜라. 결코 흔들리지 마라."

그 밤, 아버지와 아들의 운명과 야망이 어둠 속에 조용히 자리 잡았다.

그 순간, 문 틈 사이에서 누군가가 숨죽이며 듣고 있었다. 아사코였다. 그녀의 두 눈은 분노로 번쩍였다. 손은 떨렸고, 가슴은 뜨거운 복수심으로 가득 찼다.

"할아버지의 죽음… 이 모든 비밀과 학살의 진실… 이제 내가 반드시 복수하겠다."

아사코는 속으로 수천 번 되뇌이며, 떨리는 두 손을 꽉 쥐었다.

창밖 도쿄의 불빛이, 그녀 눈 속의 열망처럼 강렬히 빛났다.

기자회견장

그날 오후, 김 교수는 컨퍼런스 센터 기자회견장에 섰다.

순간 수많은 플래시가 터지고, 카메라 셔터 소리가 파도처럼 밀려왔다.

"아사코 박사가 연구한 유전자의 비밀은 단순한 과학적 발견이 아니었습니다. 그것은 인류사 속 소수 집단의 생존을 증명하는 힘이자, 특정 세력이 독점한다면 무기가 될 수 있는 것이었습니다."

한 기자가 손을 들었다.

"아사코 박사의 죽음이 '마나도 파괴 작전'과 관련 있습니까?"

김 교수는 단호히 고개를 끄덕였다.

"네. 아사코는 그들의 음모를 폭로하려 했습니다. 연구가 진전될수록 위협은 거세졌고, 결국 그녀는 목숨을 잃었습니다."

회견장은 숨조차 삼킨 듯 정적에 잠겼다.

"그녀는 죽기 전 모든 증거와 자료를 싱가포르 은행 금고에 보관했습니다. 결국 그들은 그녀를 영원히 침묵시키려 한 겁니다."

또 다른 질문이 이어졌다.

"카미카제 상사가 비밀 군사조직을 지원했다는 게 사실입니까?"

"예. 첩보, 암살, 무기 밀매, 해외 불법 금융, 정치 로비까지 얽힌 거대 조직이었습니다."

"그렇다면 또다른 일본 패권을 위한 복합적인 음모였다는 건가요?"

"토다 사무로는 해외 주요 국가에 영향력을 확대하고, 일본의 정치·경제 패권을 회복하려 했습니다. 삼별초 후손 연구와 역사를 왜곡하고 은폐하는 것 역시 그들의 활동 일부였습니다."

김 교수는 마지막으로 목소리를 가다듬었다.

"오늘부로 모든 증거와 자료, 그리고 제 진술은 국제인권재판소와 유네스코, 그리고 전 세계 언론에 공개될 것입니다. 아사코 박사의 죽음은 결코 사고가 아니었습니다. 이 기자회견이 그 진실을 밝히는 첫걸음입니다."

그 순간, 그는 청중 속에 있던 료타와 눈이 마주쳤다.

말은 없었지만, 두 사람은 이미 같은 진실을 공유하고 있었다.

카미카제의 몰락

싱가포르 국제학술대회가 끝난 직후, 김 교수의 발표는 거대한 파문을 일으켰다.

프레젠테이션 화면에 남아 있던 삼별초 깃발과 데이터 그래프는 전 세계 매체의 헤드라인이 되었다.

유럽과 미주, 아시아의 인권단체들은 일본 정부를 향해 잇달아 성명을 발표했다.

[문화 말살에 대한 국가적 책임을 묻겠다.]
[역사 왜곡을 즉각 중단하라.]

같은 시각, 일본 국내는 더욱 격렬하게 들끓었다.
저녁 뉴스 톱 화면에는 굵은 자막이 번쩍였다.

[카미카제와 삼별반 조직, 검찰 전면 수사]

SNS와 댓글창은 불타는 듯 요동쳤다.

"이게 나라냐."
"정치인들도 조사하라."
"피해자들에게 당장 사과하라."

거리 시위는 삽시간에 번져갔다.
야스쿠니 신사 앞에서 '역사 왜곡 규탄'이라는 팻말을 든 시민들이 구호를 외쳤고, 도쿄 시청 앞 도로에서는 대학생들이 점거 시위를 벌이며 연설과 함성을 이어갔다.

발표가 있은 지 보름 후, 일본 검찰청 기자실.
플래시 세례 속에 검찰 대변인이 마이크 앞으로 나왔다.
"카미카제 상사 수장 토다 사무로와 자위대 산하 비밀조직 '삼별반' 핵심 간부 여섯 명을 구속했습니다. 혐의는 국가 기록 조작, 불법 비자금 운용, 국제 문화재 절도 및 은폐 공모입니다."
곧이어 건물 출입구로 수갑이 채워진 토다 사무로가 끌려 나왔다. 검은 양복 속의 어깨가 굳게 붙들려 있었지만, 기자들의 고성과 플래시에 맞서 짧게 외쳤다.

"모두 모함이다! 진실은 법정에서…."

그러나 그의 목소리는, 수년간 그가 조종해온 비밀조직이 하루 아침에 무너져 내리는 함성 속에 묻혀버렸다.

한편, 자위대 비밀기지 인근의 밀실.

'삼별반' 조직원 몇 명이 테이블에 모여 있었다.

신문과 태블릿 화면 속에는 토다 사무로의 체포 장면이 반복되고 있었다.

젊은 대원이 이를 악문 채 낮게 말했다.

"우리를 이렇게 버린다고? 정부도 언젠간 우리 없이는 돌아가지 못할 텐데…."

분노와 공포가 뒤섞인 침묵 속에서, 한 시대의 종말이 기정사실로 굳어지고 있었다.

국제 재판과 문화유산의 귀환

봄, 네덜란드 헤이그.

국제형사재판소 앞 광장은 인파와 취재진, NGO 활동가들의 깃발로 뒤덮였다. 빗방울이 간간이 흩날렸지만, 사람들의 눈빛은 결코 흔들리지 않았다.

법정 안 피고석에는 토다 사무로와 전직 삼별반 간부들이 앉아 있었다. 흐릿한 조명 아래 그들의 표정에는 피로와 불신, 그리고 패배의 그림자가 드리워져 있었다.

검찰 측은 차례로 증거를 내놓았다.

불법 비자금 해외 송금 기록, 파괴된 마나도 성당의 잔해 사진, 강제로 반출된 유물 목록. 그리고 마지막 스크린에는 리나의 마을에서 촬영한 아이들의 웃음과 족보 영상이 펼쳐졌다.

증인석에 선 김 교수가 법정을 가로질러 시선을 옮겼다.

"이건 단순한 절도 사건이 아닙니다. 언어와 문화를 지우려 한 범죄입니다. 그 기억을 지키려 했던 아사코 박사와 마나도 사람들의 희생을… 오늘 우리는 다시 세상에 기록합니다."

배석 판사가 고개를 끄덕이며 판결문을 읽어 내려갔다.

"피고 토다 사무로 및 공범 전원에게 유죄를 선고합니다. 징역 25년형에 처하며, 범죄로 획득한 모든 문화재와 기록 자료는 원소유 공동체에 즉시 반환할 것을 명합니다."

방청석 곳곳에서 박수와 울음이 터져 나왔다.

리나는 얼굴을 감싸 쥔 채 어깨를 떨었고, 옆자리 원로는 두 손을 하늘로 높이 올렸다.

며칠 후, 마나도 항구.

화물선 갑판에서 커다란 나무 상자가 크레인에 매달려 내려왔다.

'문화유산 반환 - 국제형사재판소/유네스코 공동'이라는 봉인이 빛을 받으며 흔들렸다.

광장에서 상자가 열리자, 세월의 먼지를 털고 돌아온 북과 칼, 목각 깃발, 빼앗겼던 족보가 모습을 드러냈다.

리나가 족보를 펼치는 순간, 햇살이 페이지 위를 덮으며 진씨 가문 '양삼성'이라는 글자가 금빛으로 빛났다.

김 교수는 숨을 고르며 조용히 말했다.

"당신들의 기억이… 이제는 세상의 기록이 됐습니다."

그날 밤, 마을 광장에 복원된 북소리가 울려 퍼졌다.

아이들은 노래를 부르고, 어른들은 춤을 추었으며, 바닷바람은 그 모든 소리를 싣고 멀리 퍼져 나갔다.

마을 한가운데 새로 세운 비석에는 이렇게 새겨져 있었다.

"삼별초의 후손들이여, 영원하리라."

제9부

희생과 귀향

기적의 소식

싱가포르 컨퍼런스가 끝난 지 두 달 후, 김 교수의 일상은 다시 조용해졌다. 그러나 그 고요함은 성취감에서 오는 평온이 아니라 여전히 남아 있는 공허함이었다.

그는 발표 때의 박수 소리를 수십 번 떠올렸지만 채워지지 않은 빈자리가 그 기억을 늘 쓸쓸하게 만들었다.

그날 오후, 마나도의 성당에서 아이들에게 글을 가르치고 있던 중 휴대폰이 울렸다. 발신지는 '서울 - 요양 병원'.

예기치 못한 번호였다.

의사의 목소리였다. "김성훈 선생님 맞으시죠? … 유 원장님이 의식을 회복하셨습니다."

순간, 손에 들고 있던 분필이 바닥으로 떨어졌다.

심장이 한 박자 늦게 뛴 듯 멎었다가 다시 두근거리기 시작했다.

다음 날 새벽, 첫 비행기로 인천에 내린 그는 곧바로 병원으로 향했다.

서울 거리는 겨울비로 젖어 있었고, 가로수 잎사귀 끝에는 투명한 물방울이 맺혀 생동감을 더하고 있었다.

병원 로비 문을 밀자 특유의 소독약 냄새와 난방기 바람이 그를 감쌌다.

입구 왼쪽 등받이 의자에 구부정히 앉아 있는 한 남자가 있었다. 낡은 회색 코트, 약간 굽은 어깨, 두 손은 주머니 깊숙이 찔러 넣은 채였다.

그 얼굴-수척하고 수염이 거칠게 자란, 그러나 결코 잊을 수 없는 눈빛.

재회

"마 경감…."

목소리가 떨리며 흘러나왔다.

그 남자가 천천히 고개를 들었다. 한쪽 입꼬리가 미약하게 올라갔다. 잠시 말이 없었다.

그러다 둘은 거의 동시에 걸음을 옮겼고, 그다음 순간 서로를 부둥켜안았다. 차가운 코트 천 사이로 전해지는 체온, 그 온기가 몇 년의 세월과 침묵을 녹여내고 있었다.

김 교수의 눈가가 뜨겁게 젖었고, 마 경감의 숨결도 거칠어졌다.

"… 살아 있었군."

"그래, 그리고… 돌아왔다."

김 교수는 더 이상 아무것도 묻지 않았다. 단지 살아서 자신 앞에 서 있는 마 경감이 있다는 것만으로 감사했다.

그들은 함께 10층 병실로 향했다.

문을 밀자 부드러운 햇빛이 창으로 스며들어 침대 위를 비추고 있었다. 수많은 기계음 대신 오랜만에 들리는 사람의 호흡 소리가 방 안을 채웠다.

유 원장은 베개에 기대 앉아 있었다.

피곤한 기색이 역력했지만 눈동자는 예전처럼 맑았다.

"… 둘이, 또 싸우진 않았지?"

농담 반, 진담 반의 말에 세 사람 모두 웃음을 터뜨렸다.

그 웃음은 쌓인 오해와 분노, 상실감마저 녹여내는 힘을 가지고 있었다.

잠시 뒤 조용히 서로의 손을 맞잡았다.

아무 말이 오가지 않아도 알 수 있었다. 이제 셋은 다시 같은 길을 걸을 수 있다는 것을.

창밖에는 겨울비가 그치고 흐린 구름 사이로 햇살 한 줄기가 병원 마당 위로 쏟아지고 있었다.

그 빛은 마치 오래 기다린 신호처럼 새로운 항로를 비추고 있었다.

마나도로의 귀향

가을, 인천공항.

맑은 하늘 아래 활주로를 달리는 여객기의 엔진음이 점점 커졌다. 마 경감, 김 교수, 유 원장 세 사람은 나란히 탑승구로 향했다. 각자의 표정에는 피곤함과 묘한 설렘이 동시에 묻어 있었다.

유 원장이 창밖을 보며 말했다. "이 길을… 다시 가게 될 줄은 몰랐군."

마 경감이 미소로 화답했다. "이번엔 싸우러 가는 게 아니라, 지켜주러 가는 거야."

김 교수도 덧붙였다. "그리고… 기록하러 가는 거고."

비행기는 구름 위로 솟아올랐고, 창 너머로 하얀 운해가 이어졌다. 세 사람의 시선은 같은 방향, 마나도의 푸른 바다를 향하고 있었다.

도착 직전, 창가 자리의 김 교수가 바다 위에 점점 커지는 마나도의 섬들을 가리켰다.

햇빛 속에 반짝이는 산호초와 백사장이 한눈에 보였다.

착륙 후 세 사람이 비행기에서 내리자 이국적인 열대의 공기와 바닷바람이 동시에 달려왔다.

부두에는 리나를 비롯한 마을 사람들이 모여 있었다.

아이들은 꽃목걸이를 들고 뛰어왔고, 어르신들은 손을 흔들었다. 성당 종탑에서 환영의 종소리가 길게 울려 퍼졌다.

리나는 눈시울이 붉어진 채 말했다. "돌아오셨군요… 드디어."

세 사람은 번갈아 가며 그녀를 끌어안았다.

마을 끝 해안에는 바다를 바라보는 나란한 세 채의 목조 주택이 지어져 있었다.

코코넛 나무 그늘 아래 각 집 앞에는 작은 정원이 있었고, 마당 한 켠에는 마을 아이들이 심어둔 꽃이 피어 있었다.

"이렇게 맞아 주시니… 과분하네요." 마 경감이 리나에게 말했다.

"당연한 겁니다. 이 마을은 이제 우리 모두의 고향이니까요."

마 경감은 성당 옆 작은 공터를 훈련장으로 만들었다. 마을의 젊은이들에게 자기방어술과 역사 이야기를 함께 전했다.

"힘만 키워서는 안 된다. 왜 지켜야 하는지도 알아야 한다."

유 원장은 마을 진료소를 열었다.

소박한 공간이었지만, 건강이 허락하는 범위에서 성심껏 환자들을 돌보았다.

김 교수는 성당의 한 공간을 임시 교실로 바꿔, 아이들에게 역사와 기록의 가치를 가르쳤다.

"이건 단순한 과거 이야기가 아니라, 너희가 어떤 사람인지 알려주는 것이란다."

허경욱의 진실

김 교수는 손에 꼭 쥔 작은 종이를 천천히 펼쳤다.

싱가포르에서 료타 변호사로부터 건네 받은 아사코의 친필 메모였다. 종이는 여러 번 접혔다 펴진 흔적 옆 가장자리가 닳아 있었고, 글씨는 급히 쓰인 듯 날카롭게 흘러내려 있었다.

그의 손끝이 떨렸다. 그 글씨는 너무나도 익숙했다. 이제는 부를 수 없는 이름, 끝내 지켜주지 못한 이름이 떠올랐다.

마지막 순간에 이 글을 읽는다면, 저는 이미 세상에 없겠지요.
나와 당신이 모은 조각, 그리고 토다로부터 빼낸 자료를 합친 겁니다.
도망치지 말고, 진실을 원한다면 끝까지 가야 합니다.
지금 이 메모를 접어 세로로 보세요.
도어의 비밀번호는 김 교수님의 생일입니다.

짧은 문장이었지만, 어딘가 어색했고 의도된 기운이 스며 있었다. "세로로 보라"는 지시가 눈길을 붙잡았다.

김 교수는 연필을 꺼내 각 문장의 첫 글자를 따라 적었다.

마 / 나 / 도 / 지 / 도.

그 순간, 가슴이 철렁 내려앉았다.

아사코는 죽음을 예감하면서도 끝내 '마나도 지도'라는 단어를 남긴 것이다. 그 단어는 번개처럼 그의 가슴을 꿰뚫었다.

숨이 막히고, 심장은 덜컥 내려앉았다. 손끝의 종이가 무겁게 느껴졌고, 온몸의 피가 거꾸로 흘러내리는 듯했다.

아사코의 얼굴이 떠올랐다.

수척했지만 결코 굽히지 않았던 눈빛, 비밀을 좇으며 목숨까지 건 여인의 마지막 미소.

"아사코….."

그는 알았다. 이건 단순한 메모가 아니다. 아사코가 목숨을 걸고 남긴 마지막 유언이자 길잡이….

그 길의 끝에는 평생 찾아 헤맸으나 감히 닿지 못했던 비밀의 장소가 마나도 어딘가에 숨겨져 있으리라….

김 교수는 곧장 성당 집무실로 향했다.

텅 빈 책상 위, 먼지가 내려앉은 컴퓨터와 오래된 USB 하나가 놓여 있었다. 검은색 케이스는 흠집투성이였고, 모서리는 금이 가 반쯤 벌어져 있었다.

"이건… 제가 끝내 다 밝히지 못한 진실입니다. 김 교수님, 꼭 당신 손으로 열어야 합니다."

아사코의 목소리가 귓가를 맴돌았다.

그의 손이 USB 위에 얹혔다. 그 안에는 아사코의 목숨과 교환된 비밀이 잠들어 있었다.

그는 천천히 전원을 켰다. 마우스를 움직여 잠긴 폴더 하나를 열었다.

[1945_Island_Secret.jpg]

클릭하자 비밀번호 입력창이 떠올랐다.

아사코의 메모가 떠올랐다.

도어의 비밀번호는 김 교수님의 생일입니다.

손끝이 떨렸다. 그는 깊게 숨을 내쉬고 생일 0502를 입력했다.

'슈익.'

잠금이 풀리며 화면이 바뀌었다.

모니터에는 오래된 지도 이미지와 누렇게 바랜 편지 한 장이 각각 펼쳐졌다.

편지 제목은 '어느 일본군 장교의 일기와 항로도'였다.

1945년 8월 17일, 마나도 해역.

오늘, 우리는 정체 모를 동굴을 발견했다. 해안선에서 멀지 않은 바위 절벽 속에, 썰물일 때만 드러나는 작은 틈새였다. 몇몇 부하들이 들어갔다가 곧 뛰쳐나왔다. 안에는 차갑고 축축한 공기와, 사람 손으로 깎아낸 듯한 석문이 있었다고 한다.

나는 직접 들어가 보기로 했다. 손전등 불빛 속에 벽에는 이상한 문양이 보였다. 일본의 것도, 남방 원주민의 것도 아니었다. 오히려 고려 시대 도안과 유사하다는 보고를 들은 적이 있다. 그 말이 사실이라면… 믿기 어려운 일이다.

더 깊숙이 들어가자, 돌 제단 위에 녹슨 청동검과 낡은 목간이 놓여 있었다. 목간에는 알 수 없는 한자가 새겨져 있었으나, 몇 글자는 분명히 '高麗'라는 글자였다.

나는 이 사실을 상부에 보고했지만, 지휘관은 얼굴을 굳히며 명령했다.

'즉시 봉인하라. 전쟁의 승패와는 무관하다. 그곳에서 본 것은 아무에게도 말하지 마라.'

돌아오는 길, 부하들에게 상자 몇 개를 실어 오게 했다. 안에는 금괴와 오래된 화폐, 그리고 정체불명의 지도 조각이 들어 있었다.

오늘 밤, 나는 잠을 이룰 수 없다. 그 섬은 단순한 은닉처가 아니었다, 희생을 요구하는 저주의 땅이었다.

마치 수백 년 전부터 누군가가 이곳에서 우리를 기다린 듯한 기분이었다.

— 대위 사카이 하루오

이어 김 교수의 시선은 지도 위로 향했다.

지도의 청록빛 바다 위로 검은 선이 길게 이어졌다.

진도에서 제주, 류큐 열도를 따라 남하한 뒤, 인도네시아 마나도에 도달하는 항로였다.

"항로도…."

김 교수의 목소리가 갈라졌다.

그 선은 단순한 항해 노선이 아니었다. 가지처럼 뻗은 지선마다 하나의 이름이 새겨져 있었다. 모두 陳으로 시작하는 이름들이었다.

陳守, 陳信, 陳道… 그리고 이어지는 또 다른 이름들.

김 교수의 눈빛이 차갑게 번뜩였다.

"삼별초… 진씨 가문."

고려가 멸망한 뒤에도 살아남아 바다를 건너 이어진 피의 기록. 그 족보는 항로와 함께 이 지도 속에 숨겨져 있었다.

그리고 항로의 끝자락, 낯선 이름 하나가 눈에 들어왔다.

'許景郁 – 허경욱.'

김 교수의 심장이 철렁 내려앉았다.

"허경욱…?"

그 이름 옆에는 붉은 잉크로 굵게 새겨진 글귀가 있었다.

"양삼성의 사위."

숨이 막혔다. 의자는 덜컥 소리를 내며 뒤로 밀려났고, 그의 손에서 마우스가 떨어졌다. 화면 속 족보는 흔들리며 위아래로 스크롤되었다.

아사코의 집안, 양삼성 가문.

그녀가 왜 그토록 집요하게 이 문제를 파헤쳤는지, 이제야 비로소 알 수 있었다.

"아사코… 네가 짊어져야 했던 무게가 이런 거였구나."

세 친구의 마지막 항해

지도는 다시 그를 부르고 있었다.

마나도 근처, 이름조차 없는 작은 섬 위에 붉은 점 하나가 찍혀 있었다. 그곳은 항로의 마지막 지점이자, 족보의 종착지였다. 붉은 점은 핏방울처럼 화면 위에서 또렷하게 빛났다.

김 교수는 모니터 앞에서 한동안 꼼짝할 수 없었다. 눈은 점점 모니터 속으로 빨려 들어갔고, 마침내 속삭였다.

"… 거기에 모든 답이 있었구나."

성당 사람들에게 다가간 김 교수의 물음이 회중을 얼어붙게 했다.

"그 섬은 뭐라 불립니까?"

사람들의 얼굴이 일제히 하얗게 굳었다. 낯빛이 순식간에 바래고, 눈빛만 오갔을 뿐 누구도 입을 열지 않았다.

마침내 가장 나이 많은 노인이 떨리는 목소리를 냈다.

"그곳은… 산 자가 발을 디딜 곳이 아니오."

"무슨 뜻입니까?"

노인은 길게 한숨을 내쉬며 말을 이었다.

"우린 그 섬을 이름으로 부르지 않습니다. 그저 '달의 길'이라 하지요. 보름과 그믐, 단 두 번만 물길이 열립니다. 그것도 반나절. 때를 놓치면 바다가 섬을 집어삼키고, 들어간 자는 다시 돌아오지 못합니다."

옆에 있던 젊은 어부가 목소리를 낮췄다.

"안개가 내려앉으면 나침반도 별도 소용없습니다. 길은 오직 달빛이 닿는 곳에만 드러납니다. 우리 중 감히 다녀온 이는 없습니다. 들어가면… 죽은 자로 치지요."

공기 자체가 얼어붙었다. 그 섬은 단순한 공간이 아니라, 살아 있는 금기였다.

노인은 먼 바다 너머를 바라보며 옛 이야기를 꺼냈다.

"양삼성 가문이 그 섬을 차지했을 때, 동굴을 봉인하며 피의 제사를 드렸다고 합니다. 그리고 후손들에게 경고를 남겼지요. '이곳을 건드리는 자, 바다가 집어삼킬 것이다.' 우린 그 말을 농담으로조차 입에 올리지 않습니다. 아이들에게조차 '달의 길'은 가지 말라고 속삭일 뿐."

말이 끝나자, 마을은 침묵에 잠겼다. 그 침묵은 공포 그 자체였다.

김 교수는 낮게 중얼거렸다. "아사코가 남긴 길… 결국 여기로 이어졌군. 이 섬을 지나야만 진실에 닿을 수 있어."

유 원장은 창백한 얼굴로 오래 침묵하다가 천천히 고개를 끄덕였다.

김 교수는 주먹을 움켜쥐며 이를 악물었다. "죽음의 땅이라도 상관없네. 우린 끝까지 가야 하잖나."

"… 그렇다면 보름날을 기다리자." 마 경감의 목소리는 흔들리며 말했다.

보름달이 바다 위에 걸린 밤, 세 사람은 작은 배에 몸을 실었다.

달빛은 수면 위에 은빛 다리를 깔아 두었지만, 바다는 고요하지 않았다. 멀리서 들려오는 소용돌이의 굉음은 바다 밑 괴물이 숨 쉬는 듯 울려 퍼졌다.

노를 움켜쥔 마 경감이 이를 악물었다. "지금 아니면 못 들어간다! 물때가 바뀌면 통째로 휩쓸려 나온다!"

순간, 배가 소용돌이에 휘말렸다. 김 교수와 유 원장은 양쪽에서 몸을 붙잡고 간신히 균형을 잡았다. 거대한 파도가 등을 떠밀어 몰아쳤고, 얼음 같은 바람이 살을 에었다.

섬에 가까워지자 바위 같은 파도가 다시 한 번 등 뒤로 솟구쳤다. 그러나 모래밭에 발을 딛는 순간, 바다는 믿기지 않게 고요해졌다. 마치 누군가 일부러 길을 열어 준 듯.

"우리에게 주어진 시간은 반나절뿐." 유 원장의 목소리는 낮고 단호했다. "달빛이 사라지면 다시는 돌아올 수 없다고 했어."

숲은 기묘할 만큼 조용했다. 바람조차 숨을 죽였고, 덩굴은 길을 막듯 얽혀 있었다. 안개는 유령처럼 내려앉아 시야를 삼켰고, 나침반 바늘은 미친 듯 떨며 방향을 잃었다.

"길이 없어…." 김 교수의 목소리에는 절망이 묻어났다.

그 순간, 유 원장이 하늘을 가리켰다. "아니. 길은 여기 있어."

구름 사이로 달빛이 쏟아졌다.

안개 속 땅 위에 은빛 줄기가 길게 드리워졌다. 바다 위로 놓인 다리가 숲 속으로 이어지는 듯.

"달빛이… 길을 만들고 있어." 김 교수의 눈이 떨렸다.

그들은 조심스레 달빛 위를 밟았다. 빛이 닿은 흙은 단단했지만, 조금만 벗어나면 늪이 발목을 삼켰다.

김 교수의 발이 어둠 속으로 빠져드는 순간, 마 경감이 잽싸게 끌어내지 않았다면 그대로 삼켜졌을 것이다.

"절대 빛에서 벗어나면 안 돼!"

마 경감의 목소리는 칼날처럼 숲을 갈랐다. 안개는 점점 짙어지고, 구름은 달을 삼킬 듯 뒤덮었다. 길은 나타났다 사라졌다를 반복했고, 세 사람의 심장은 미친 듯 뛰었다.

그러나 달빛이 열릴 때마다, 그들은 한 발 더 내디뎠다. 은빛 길은 조금씩, 그러나 분명히 그들을 이끌었다.

마침내 숲의 끝자락, 현지인조차 감히 발을 디디지 못한 섬의 심장부에 도달했을 때, 그들을 맞이한 것은 어둠보다 깊은 침묵이었다.

봉인의 문

안개가 걷히자, 바위산의 한쪽을 도려낸 듯한 석문이 모습을 드러냈다. 달빛이 스치자 석문 중앙의 세 겹 원형 문양과 점 무리가 선명해졌다.

김 교수는 숨을 삼키며 손끝으로 그 점들을 더듬었다.

"이건… 별자리군. '천상열차분야지도'와 같아."

왼편 위쪽의 일곱 점은 북두칠성, 그 옆의 세 점은 삼태성, 그리고 하단에는 견우성과 직녀가 은하수를 사이에 두고 마주 보고 있었다.

보름달이 석문을 스치자, 박힌 수정 조각들이 빛을 굴절시켰다. 첫 번째 원에서 나온 빛줄기는 북두칠성을 향했고, 두 번째 원은 삼태성을, 세 번째 원은 은하수를 따라 견우성과 직녀 사이에 겹쳐졌다.

세 광점이 완벽히 일치하는 순간! 석문 전체가 낮게 울리기 시작했다.

"쿵! 쿵!"

바위가 낮게 울렸다. 대지가 심장을 되찾은 듯 떨렸다.

석문은 깊은 신음을 토해내며 서서히 갈라졌다. 틈새로 짠 내와 곰팡이, 오래된 피비린내가 몰려나왔다. 동굴의 어둠은 마치 살아 있는 심장처럼 고동쳤다.

김 교수의 눈빛이 떨렸다.

"삼별초… 그들은 단순한 망명자가 아니라, 별과 달, 조류를 아는 항해자이자 천문학자였군. 이 지식을 모르는 현지인들은 결코 들어올 수 없었을 거야."

유 원장이 고개를 끄덕였다.

"그래서 이 섬은 오랫동안 금기의 땅으로 전해졌구나. 달빛과 별자리, 물때를 동시에 읽을 수 있는 자만이 문을 열 수 있었으니까."

그때, 석문 입구 위에 희미한 글귀가 드러났다.

三之時(삼지시), 길이 열리나니.

三十有三分(삼십유삼분), 문이 닫히리라.

三十有三息(삼십유삼식), 사람의 숨으로 잠시 다시 열리리라.

김 교수는 낮게 해석했다.

"섬의 시간… 3시간 허락, 석문 안에서 33분… 그리고 마지막 33초…33초는 뭐지?" 김 교수가 고개를 갸우뚱했다.

마 경감은 씁쓸하게 혼자 말했다.

"섬의 시간과 별자리… 33초가 그 의미인가…?"

세 사람은 서로 눈빛을 나눈 뒤, 동시에 어둠 속으로 발을 들여놓았다.

삼별초가 남긴 비밀의 시간이 그들을 기다리고 있었다.

안쪽은 마치 고대의 심장이 오랫동안 멈춰 있다가, 이제야 다시 뛰려는 듯 고요하고 무겁게 울려 퍼지고 있었다.

세 사람이 천천히 걸음을 옮기자, 불빛 속에 서서히 형체들이 모습을 드러냈다.

벽에는 녹슨 창과 칼이 빽빽이 세워져 있었다. 군복 조각은 이미 누렇게 바스라졌으나, 그 천 위에는 여전히 삼별초의 문양이 희미하게 남아 있었다.

"이건… 진짜다." 김 교수의 목소리가 떨렸다. "삼별초가 마지막 항해에서 사용했던 무기와 군복들…."

그는 떨리는 손끝으로 닳아버린 깃발 한 조각을 쓰다듬었다.

비록 먼지에 찌들었지만, 그 위에는 陳氏(진씨) 가문의 이름이 선명히 새겨져 있었다.

옆에는 고려 청자가 정갈히 놓여 있었다. 비취 빛 유약은 세월에도 꺾이지 않고 은은히 빛나고 있었다.

마 경감은 숨을 죽이며 말했다.

"이건… 단순한 전설이 아니었어. 그들의 삶과 피가 그대로 여기에 잠들어 있군."

벽의 한쪽에는 길게 새겨진 기록이 있었다.

김교수의 등불 불빛이 거친 바위 벽을 스쳤다. 그 순간, 검게 그을린 흔적 사이로 붉고 검은 글씨들이 하나둘 드러났다.

"陳守, 陳信, 陳道…."

끝없이 이어지는 이름들. 삼별초 진씨 가문의 족보가 종이 위가 아니라 동굴의 벽면 전체에 새겨져 있었다.

마치 후손들에게 남기기 위해 바위에 피와 안료를 섞어 새겨 넣은 듯, 글씨마다 세월의 균열이 깊게 패여 있었지만 여전히 또렷했다.

김 교수의 눈은 점점 마지막 줄로 끌려갔다. 그리고 마침내 익숙한 이름을 발견하고 몸이 굳었다.

許景郁 – 허경욱.

그 옆에는 다른 글자와는 달리 굵고 선명한 붉은 글씨가 새겨져 있었다.

"양삼성의 사위."

김 교수의 숨이 막혔다. 등불이 그의 손에서 흔들리며 바위 벽 위 글자들을 기묘한 그림자로 일렁이게 했다. 동굴 전체가 마치 숨 쉬는 듯, 700년의 한맺힌 목소리를 내뿜는 듯했다.

그는 떨리는 목소리로 속삭였다.

"아사코… 네가 끝내 찾으려 했던 실체가 바로 이거였구나."

그러나 동굴은 거기서 끝나지 않았다. 더 깊숙한 곳에서 전혀 다른 빛이 반짝이고 있었다. 등불 빛이 닿자, 금빛과 은빛이 동굴 벽을 강렬히 반사했다. 금괴가 산처럼 쌓여 있었고, 그 옆에는 은괴와 보석 상자가 흩어져 있었다. 붉은 루비가 촘촘히 박힌 왕관, 금박으로 덮인 불상, 이국의 상아 조각상까지.

그리고 그 사이에는 일본군의 표식이 새겨진 낡은 상자들이 줄지어 놓여 있었다.

유 원장이 놀란 숨을 삼켰다.

"이건… 고려의 성스러운 유산이 아니라… 약탈의 흔적이야."

김 교수는 눈을 치켜 떴다.

"… 두 세계가 같은 동굴 안에 공존하고 있어. 삼별초의 성스러운 유산과, 일본군이 훔쳐온 전리품이."

그때, 금괴 더미 위에 낡은 금속 상자가 하나 놓여 있었다. 녹슨 자물쇠 위로 바닷물 자국이 얼룩져 있었고, 뚜껑에는 한 줄의 글귀가 새겨져 있었다.

戶田三郞 - 1945년, 마나도 전리품 보관.

순간, 세 사람 모두가 숨을 멈췄다.
토다 사무로.
아사코가 마지막까지 쫓던 이름.
마 경감이 이를 악물며 중얼거렸다.
"결국… 이 섬은 단순한 성지가 아니야. 이건 삼별초의 무덤이자, 일본군의 금고였던 거야."

동굴의 공기는 더욱 무겁게 가라앉았다. 등불은 바람도 없는데 흔들렸고, 어둠은 살아 있는 듯 출렁거렸다.

세 사람은 말없이 서로를 바라보았다. 그리고 그 순간 모두가 느꼈다. 이 섬은 단순한 땅이 아니라 과거의 영광과 저주가 동시에 봉인된, 살아 있는 심장이었다.

토다 사무로의 문서

동굴의 숨결은 오래된 책의 냄새처럼 눅눅했다.

물방울이 천장에서 떨어져 암반을 두드릴 때마다, 시간의 티끌이 튀어 올랐다.

세 사람은 등불을 높이고 더 깊은 방으로 들어섰다. 방 한가운데, 세월이 굳은 상자 하나가 버티고 있었다.

김 교수는 손끝으로 녹슨 자물쇠를 더듬었다. 쉽게 열릴 리 없다고 생각했지만, 상자는 오래전 젖은 흙과 바닷물을 견디며 이미 속까지 삭아 있었다. 철이 부스러지는 소리를 남기며, 자물쇠는 손아귀에서 허망하게 부서졌다.

뚜껑을 젖히자 눅눅한 곰팡이 냄새와 함께 바스락거리는 종이 다발이 드러났다.

군용 문서철로 묶인 장들은 누렇게 바랬지만, 잉크의 선은 기묘하게 또렷했다. 김 교수는 장갑 낀 손으로 가장 위의 장을 조심스레 펼쳤다. 붉은 잉크의 첫 줄이 그의 시야를 찔렀다.

許景郁 – 총살.
끝까지 무릎 꿇지 않았다. 마지막 순간 웃으며 나를 저주했다.

김 교수의 손끝이 떨렸다.
"허경욱…."
눈가가 뜨거워졌다. 그는 이를 악물고 다음 장으로 넘겼다. 또렷한 필체가 잔혹한 문장을 이어 갔다.

양삼성 – 무릎을 꿇고 목숨을 구걸했다. 대가로 내 전리품을 대대로 보관케 한다. 배반하면 멸문, 지키면 하수인. 그것이 그들의 운명이다.

마 경감의 눈빛이 번뜩였다.
"역시… 그 가문은 협력자가 아니라 인질이었던 거야. 굴욕 속에 살아남았을 뿐이지."
세 번째 장.
김 교수는 호흡을 가다듬고 글을 따라갔다.

昭和二十年(1945) 8월. 우리 제국은 무릎 꿇었다.

그러나 일본은 끝나지 않는다.

이 금고는 우리의 칼이자 방패다.

일본은 다시 일어선다. 우리는 그 씨앗을 심었다.

그 문장을 읽는 순간, 동굴의 어둠이 마치 영상처럼 살아 움직였다.

***

1945년 여름, 패전 직후의 마나도 항구.

연합군 폭격의 화염이 하늘을 물들이고, 병사들은 패잔병처럼 흩어졌다.

검은 군복의 토다 사무로가 항구 끝에 서 있었다. 그의 뒤로 트럭 행렬이 금괴와 무기, 불상, 상자를 실어 날랐다.

"저 섬이다. 저곳에 묻어라. 후세가 다시 꺼내 쓸 날이 올 것이다."

그의 목소리가 메아리처럼 동굴 벽을 타고 겹쳐 울렸다.

환영은 갑자기 바뀌어 포박된 허경욱이 나타났다.

쓰러진 동료들의 시신 위로 그는 곧게 서 있었다. 총부리가 가슴을 겨눴다.

"무릎을 꿇어라!" 토다의 외침.

허경욱의 입가에 서늘한 미소가 떠올랐다.

"역사는 너희를 심판할 것이다."

쾅- 총성이 동굴의 침묵을 찢었다.

* * *

그 울림이 지금 여기에까지 닿은 듯, 세 사람은 동시에 눈을 감았다.

문서는 마지막 장으로 이어졌다.

양삼성은 살아남았다. 그러나 그의 후손은 나와 내 가문의 하수인이다. 이 동굴은 그들의 감옥이자 우리의 보물창고다. 영광은 숨겨지고, 굴욕은 대대로 이어질 것이다.

김 교수는 문서를 덮으며 한 손으로 얼굴을 감쌌다.

"아사코… 네가 밝히려 했던 진실이 이거였구나."

바람 한 점 없는 동굴에서 등불이 크게 흔들렸다. 숨까지 무겁게 내려앉는 기운 속에서, 마 경감이 이를 갈았다.

"이건 영광이 아니라 저주의 족쇄야. 진실이 드러나면 후손들은 낙인 속에서 살아야 할 거다."

유 원장은 눈을 감고 낮게 말했다.

"… 아사코가 남긴 건 단순한 자료가 아니었네. 드러낼지 봉인할지 선택의 기로였어."

방의 외진 벽면에는 석문 입구 위에서 보았던 글귀들이 다시 보였다. 마치 경고 문구 같았고, 미래를 향한 불길한 예고처럼 느껴졌다.

三之時(삼지시)

三十有三分(삼십유삼분)

三十有三息(삼십유삼식)

달과 별과 물의 기(氣)가 합하면 문은 三時(3시간) 열린다.

入者(입자)는 三十有三分(33분) 머무르라. 그 뒤엔 바다가 돌을 밀어 닫는다.

김 교수는 덮어 두었던 문서를 움켜쥐고 스캐너에 밀어 넣으며 숨을 삼켰다.

"삼별초의 '삼'이 단순한 상징이 아니라, 시간의 법칙이었군. 항해와 천문의 합성공식…."

마 경감은 문서 마지막 장의 끝 줄을 더듬었다.

허경욱의 이름, 옆에 엷게 번진 붉은 획. 그리고 공백처럼 남은 칸.

"우리가 들고 나갈 건, 훔친 황금이 아니라 말의 무게지."

그의 목소리는 낮았지만 단단했다.

유 원장이 손목시계를 슬쩍 보았다. "들어온 지… 이십육분."

방 한쪽에서 작은 진동이 발끝을 간질였다. 동굴 어딘 가에서 바다가 길게 숨을 들이쉬는 소리가 났다. 석문 쪽의 물줄기가 미세하게 방향을 틀었다.

김 교수는 마지막 페이지를 촬영하며 속도를 높였다. 스캐너의 빛줄기가 글자를 훑고 지나가자, 종이 위의 잉크가 잠깐 살아 움직이는 듯했다.

"가자."

마 경감이 등불을 낮추며 말했다. "이제부터… 문이 닫힌다."

진실의 무게

석문은 거의 닫히고 있었다.

달빛이 문양 위를 비스듬히 스치더니, 바위의 이음새가 느리게 맞물렸다.

"쿵! 쿵!"

대지의 고동이 발바닥을 타고 올라와 넋을 흔들었다.

"33분간 머무를 수 있는 게 아니라, 33분 동안 문이 서서히 닫히는 거였어." 유 원장의 목소리가 동굴 안에 울려 퍼졌다.

김 교수는 온몸으로 돌문을 밀어붙였다. 손바닥이 벗겨져 피가 번졌지만, 바위는 고집스럽게 밀려들었다.

"마 경감! 도와줘 나갈 수 있어! 조금만 더!"

대답 대신, 마 경감은 석문의 옆 홈을 응시했다. 그 얕게 파인 홈은 마치 오래전부터 누군가를 기다린 자리 같았다. 그의 눈빛이 잠깐 흔들리더니, 먼 과거의 어둠으로 빨려 들어갔다.

***

비 내리던 밤, 카페 유리창에 맺힌 빗방울마다 네온빛이 번져 흔들렸다.

마 경감의 맞은편 의자에 낯선 남자가 앉았다. 검은 양복의 가슴 왼쪽엔 손톱만 한 은빛 핀이 박혀 있었다. 카미카제의 휘장.

"사무로 님의 전갈입니다."

낮게 깔린 목소리는 공기조차 얼려 버릴 듯 차가웠다.

"… 토다 사무로." 마 경감이 이름을 더듬었다.

남자는 고개를 끄덕였다.

"청문회를 잘 봤습니다. 당신과 김 교수. 우리 이름을 입에 올렸지요. 청문회가 끝나면, 김 교수는 먼저 없어질 겁니다."

마 경감이 놀란 숨을 들이켰다. "그는 학자요. 단지 역사를 밝히려는…."

"역사를 밝힌다는 건, 어떤 이들에겐 삶이고 어떤 이들에겐 사형선고입니다." 남자가 손가락 하나를 들어 올렸다. "당신에게 선택권을 주죠. 막지 않으면, 김 교수는 죽습니다. 막으면… 당신과 당신 주변은 안전합니다. 물론, 방법은 당신이 정하세요. 직접 하든, 누굴 시키든."

젖은 유리창 너머로 번개가 번쩍였다.

마 경감은 숨을 들이쉬고, 아주 천천히 내쉬었다. 심장이, 지금 막 낯선 곳에 옮겨진 장기처럼 어색하게 뛰었다.

*　*　*

석문은 더 닫혔다. 틈새로 흘러 들어오던 바람은 가늘어졌고, 어둠은 물처럼 차올랐다.

김 교수는 어깨로, 등으로 바위를 받치며 이를 악물었다.

"안 돼… 이대로면 우리 다…."

"김 교수." 마 경감이 낮게 불렀다. 마지막 예의를 다지는 목소리였다. "할 이야기가 있어."

김 교수가 그를 보았다. 이마에 흙먼지와 땀이 얼룩졌다.

"그날, 난 자네를 겨눈 총구를 봤어."

*　*　*

접선의 밤, 서울 외곽의 후미진 이면도로 부근은 어둡고 음습했다. 거리마다 깔린 그림자는 서로의 경계를 물어뜯듯 잇대어 있었다.

마 경감의 무전기 속에 '쉬익-' 거친 숨소리가 타들어갔다.

"목표 시야 확보. 이동을 시작한다."

멀찍이, 가로등 불빛 아래 김 교수가 서류를 정리하고 있었다.

가방 안에 들어갈 기록들의 각을 반듯하게 맞추는, 그 어색한 손길까지 보였다.

그 옆에서 그림자 둘이 스르륵 미끄러졌다. 총구가 낮아지고, 겨눠졌다.

마 경감은 생각할 겨를이 없었다. 움직였다.

목구멍으로 올라온 말은 오직 하나였다.

"멈춰." 그의 목소리가 무전기에 파문을 던졌다. "그를 건드리지 마라. 대신… 나를 데려가."

정적.

이어서, 건조한, 결정된 음성.

"… 교환, 수락. 위치로 이동."

그때 부근의 바람이 방향을 바꿨다. 총구는 내려갔다.

검은 승합차의 문이 열렸다.

김 교수는 아무것도 몰랐다. 그날 밤, 또 한 번의 행운이 자신에게 주어졌다는 것을.

* * *

석문은 다시 '끼익-', 낮고 무거운 비명을 냈다.

유 원장이 숨을 몰아쉬며 돌을 떠받쳤다. 병색이 도드라진 얼굴에 핏기가 빠졌다.

"마 경감… 더는 못 버텨."

"조금만." 마 경감이 말했다. 그의 목소리는, 의외로, 믿을 수 없을 만큼 차분했다. "조금만 더."

김 교수의 눈이 흔들렸다. "그날 밤 이후… 어디에 있던 거야?"

마 경감은 눈을 감았다.

* * *

대답은, 어둠의 복도에서 걸어 나왔다.

철문이 스르르 말려 올라가며, 백색등이 눈을 찔렀다. 물때 냄새와 소독약 냄새가 뒤섞인, 섬 안쪽 시설의 복도.

수갑이 손목을 차갑게 물었다.

"넌 이제 우리의 사람이다."

감시원의 목소리는 돌처럼 무표정했다.

"그를 막아라. 비밀의 섬을 알아도, 절대 찾지 못하게."

"… 대신." 마 경감이 낮게 말했다. "그를 건드리지 않겠다는 약속, 지켜라."

감시원의 입꼬리가 미세하게 올라갔다. "네가 살아 있는 동안은."

밤이 여러 번 지나갔다.

철문이 열렸다 닫히는 소리, 쇠의 소리가 하루를 쪼개는 시계처럼 울렸다.

그 사이사이, 토다 사무로의 목소리가 흘렀다. 전화선 너머의 얼음.

- 네가 감시자가 되어라. 네가 옆에 있어야 잘 막을 수 있다.

- 그가 입을 열면, 네가 입을 다물게 해라.

- 누군가는 친구를 죽인다. 누군가는 친구를 살리다 죽는다. 선택해라.

마 경감은 매일 밤 같은 꿈을 꾸었다.

거대한 돌문, 얕게 파인 홈, 누워야 열리는 문. 그리고 그 문틈으로 밀려 나가는 한 사람의 뒷모습.

항상 그 뒷모습은 김 교수였다.

"그래." 그는 유리에 반사되는 자신의 눈을 보며 중얼거렸다. "난 감시자가 되겠다. 겉으론 그들의 개라도, 끝내 나는 방패가 될 것이다."

***

돌가루가 비처럼 쏟아졌다. 석문 틈새는 아이의 손바닥만큼 남았다. 바람은 길을 잃은 짐승처럼 문득 끊기고, 문득 으르렁거렸다.

"마 경감…." 김 교수가 부르자, 그는 고개를 들어 미소 아닌 미소를 보였다.

"내 임무는 자네를 막는 것이었어." 말끝이 석문에 눌려 더 낮아졌다. "하지만 내 선택은 너를 살리는 거야."

"안 돼. 같이 나갈 방법을…!"

"김 교수." 마 경감이 고개를 저었다.

"비밀의 섬은 들어갈 때 별빛으로 문을 열어주지만, 나갈 때는 한 사람의 무게를 요구해. 그걸 토다 심문 중에 알게 되었어. 누군가는 눕고, 누군가는 나갈 수 있지. 그렇지 않으면 모두 죽어."

유 원장의 손이 잠깐 허공을 붙잡았다가 느리게 내려앉았다.

"너는 비밀의 섬을 다 알고 있었다는 거야?"

"우린… 각자의 몫을 짊어지고 왔지."

마 경감이 김 교수의 어깨를 잡았다. 손끝의 온기가, 반짝이다 꺼져가는 등불 같았다.

"역사는, 진실을 본 자가 아니라…." 그가 숨을 들이켰다. "그걸 남긴 자의 것이지. 김 교수, 당신이 남기길 바래."

그는 뒤돌아 석문 옆 홈에 몸을 기댔다.

어깨를, 가슴을, 갈비뼈를 바위의 이음새에 맞췄다. 마치 오래전부터 만들어진 거치대에 정확히 끼워 맞추듯, 그의 몸이 제자리를 찾았다.

"쿽-!"

돌과 살 사이에서 낮은 소리가 났다. 바위가 삐걱거리다 멈칫했고, 닫히던 문이 다시 아주 조금, 살아 움직이듯 벌어졌.

문틈으로 바깥의 공기가 확 밀려 들어왔다. 짠내가, 바람이, 빛이.

"저거 봐. 지금이야!" 유 원장이 외쳤다.

김 교수가 멈칫했다. 마 경감의 눈과 마주쳤다.

그 눈 안엔 두려움이 없었다. 오직, 오랜 시간 염두에 둔 결말을 드디어 만났다는 안도의 빛.

"살아서…." 마 경감의 목소리가 바람에 채여 떨렸다. "진실을 전해 주시게."

김 교수가 고개를 깊게 끄덕였다. "반드시."

그가 몸을 밀어 틈으로 나갔다. 유 원장이 팔을 잡아당겼다. 두 사람의 그림자가 바깥 빛 속으로 끌려 나가며 길게 찢어졌다.

순간, 바람이 뒤집혔다.

석문이 으르렁하며 본래의 방향을 되찾았다. 무게가 빠져나간 문은 매정하게, 정확하게 제자리로 미끄러졌다.

"마 경감!"

김 교수의 외침이 문틈을 돌파하려 했지만, 돌은 더 이상 답을 주지 않았다.

"쿵-!"

천둥 같은 굉음이 골짜기를 가득 채웠다.

바람이 멎고, 달빛이 사라졌다. 돌벽만이 남았다.

한동안 아무 소리도 없었다.

김 교수는 무릎을 꿇고 두 손을 땅에 짚었다. 모래 사이로 피가 번졌다.

그는 숨을 몰아 쉬며, 아주 조용히 말했다.

"… 마 경감. 자네는 처음부터 다 알고 있었군. 나를 살리려 했고, 역사를 살리려 했고… 그래서 모든 더러운 일 속으로 들어갔군."

유 원장은 손을 내어주었다. "우린 살아서 나왔네, 김 교수. 이제… 자네 몫을 하게."

멀리, 바다는 담담히 출렁였다.

그 고요는 평화의 고요가 아니었다. 한 사람의 목숨을 바쳐서 만든, 봉인의 고요였다.

김 교수는 마지막으로 돌 벽을 쓸었다. 거칠고 차갑고, 단단한 역사였다.

그는 눈을 감고 마음속에서 한 줄을 적었다.

나는 목격자가 아니라 기록자가 되기로 한다.
한 사람의 희생 위에, 한 시대의 진실을 남긴다.

바람이 또 바뀌었다.

어쩌면 그 바람은, 석문 안에서 마지막으로 떠난 숨이 바깥 세상으로 건너온 울림인지도 몰랐다.

김 교수는 고개를 들고, 어둠 속 수평선을 향해 걸음을 옮겼다. 뒤돌아보지 않았다.

누군가의 마지막 선택에 예의를 갖추는 가장 좋은 방법은, 남겨진 자가 끝까지 자신의 몫을 다하는 걸 보여 주는 게 최선임을 그는 이미 알고 있었다.

바다는 길을 내주지 않았다. 다만, 지나가도록 허락했다.

그에게 필요한 것은 길이 아니라, 남기겠다는 의지 뿐이었다.

그렇게, 한 사람은 봉인이 되었고 다른 한 사람은 기록이 되었다. 그리고 둘을 이어주는 이름 없는 바람이, 밤바다 위를 오래도록 흘렀다.

고해성사 - 독백

석문이 닫히자 마음의 문도 함께 굳게 닫혔다. 갈비뼈는 무겁게 눌렸고, 폐는 더 이상 공기를 받아들이지 못했다. 시야가 어둠에 잠기자 기억들이 파도처럼 밀려왔다.

'주님, 이제 저의 끝을 받아주소서. 떠나기 전, 저의 죄를 고백하겠습니다.'

***

처음 무너진 건, 그날이었다.

토다 사무로의 낮은 목소리가 귓가에 스며들었다.

"김 교수를 막지 않으면 모두 죽는다."

나는 두려웠다. 하지만 단순한 협박 때문만은 아니었다. 어느 날 수사 도중, 나는 하나의 파일을 열었다. 첫 페이지에 굵은 글씨로 새겨진 단어가 있었다.

[한국 국방부 차관 – 코드명 '이와토']

숨이 막혔다. 화면 속에 펼쳐진 건 군수 기업, 정치인, 로비스트, 그리고 카미카제와 연결된 금융 네트워크. 그 설계도의 한가운데, '이와토'라는 이름이 있었다. 사진이 첨부된 메모를 보는 순간, 무릎이 풀렸다. 그것은 내 아버지였다.

그제야 모든 것이 맞춰졌다. 아버지는 단순한 공무원이 아니었다. 그는 오래전부터 그들의 사람이었다. 집안의 알 수 없는 돈 흐름, 침묵, 낯선 전화들…. 모두 그날의 증거로 돌아왔다. 나는 이해했다. 내가 선택한 게 아니었다. 나는 이미 태어나기 전부터, 아버지의 빚을 짊어진 채 살아온 것이다.

그때 그들이 건넨 것은 노트북 화면 속 암호 한 줄이었다.

"즉시 오백만 달러, 나머지 오백만 달러는 일이 끝나면."

지갑 주소 하나로 내 인생이 팔렸다. 그것은 단순한 유혹이 아니었다. 아버지가 남긴 빚의 이자였다.

나는 그 돈을 받아들이며 스스로를 속였다. '살아남아야 한다. 언젠가는 진실을 밝히리라.' 하지만 손끝에서 지갑 주소를 복사하던 순간, 초록색 불빛이 깜박이며 내 심장을 옥죄었다. 나는 아버지의 이름 때문에 이미 배신자가 된 것이었다.

그 뒤로의 삶은 그림자였다. 나는 보고서를 조작했고, 친구의 이름을 지웠다. 김 교수를 찾아가 말했다.

"그만해라. 더 가면 너만 다친다."

그러나 그는 눈을 들어 또렷하게 대답했다.

"진실은 멈출 수 없다."

그 담담한 눈빛은 내 속살을 찢었다. 나는 아버지의 그림자에 묶여 있었고, 그는 홀로 빛을 향해 걸어가고 있었다.

청문회 전날, 나는 최종 보고서를 넘겼다. 그리고 마지막 명령이 떨어졌다.

"김 교수를 없애라."

그 순간, 나는 저항했다.

"나를 데려가라. 대신, 그는 살려라."

그 말은 마지막 남은 양심이었다. 나는 인질이 되었고, 친구를 감시하는 또 다른 그림자로 살았다.

나는 배신자였지만, 끝내 친구 곁을 떠나지 못했다. 술잔을 부딪치며 웃던 얼굴, 청문회장의 눈빛, 고통 속에서도 꺾이지 않던 강단. 그 모든 기억이 나를 흔들었고, 동시에 더 깊은 어둠으로 끌어내렸다.

마지막 지시가 내려왔을 때, 나는 결심했다.

'이번엔 내가 눕겠다. 이번엔 내가 끝을 내겠다.'

죽음 앞에서 오히려 안도감이 찾아왔다. 이제야 아버지의 그림자를 끊을 수 있다고 믿었다.

***

석문은 끝내 닫히고, 숨결은 가늘어졌다.

'주님, 저는 후회하지 않습니다. 김 교수가 살아 진실을 남길 수 있다면, 저와 아버지의 배신은 이 자리에서 잊히게 하소서.'

나는 눈을 감았다. 심장은 멈춰가고 있었으나, 영혼은 고요히 자유로워졌다.

돌아가는 길

석문이 닫히자, 대지는 낮게 울리며 파도처럼 진동했다. 동굴 벽 틈새에서 바닷물이 폭포처럼 쏟아져 들어왔다.

김 교수와 유 원장은 이미 허리까지 차오른 물살에 휩쓸리며 간신히 몸을 가눴다.

"김 교수! 전설을 기억해! 반나절이 지나면 섬이 물에 잠긴다 했지?!"

유 원장의 외침은 격류에 씻겨 희미해졌다.

김 교수의 가슴은 찢어질 듯 요동쳤다. 마 경감의 희생이 아직 눈앞에 선했지만, 주저할 시간이 없었다.

살아남아야 한다. 그의 죽음을 기록으로 남기기 위해.

그 순간, 희미한 달빛이 바위 위에 매달린 무언가를 비췄다.

밧줄에 묶여 흔들리는 낡은 배 한 척. 이미 반쯤 물에 잠겨 있었지만, 탈출할 수 있는 유일한 길이었다.

"저곳이다!"

김 교수는 가방을 꼭 쥐고 물살을 헤치며 나아갔다. 그러나 파도는 몸을 붙잡고 끊임없이 끌어내렸다.

숨이 막히고, 시야는 점점 어두워졌다.

유 원장이 먼저 바위 틈에 올라 밧줄을 붙잡았다. 팔이 찢겨 나갈 듯했지만, 이를 악물고 당겼다.

배가 삐걱대며 바위 쪽으로 조금씩 가까워졌다.

"어서 와! 지금이야!"

그의 외침에 김 교수는 마지막 힘을 쥐어짜며 몸을 날렸다. 손끝이 난간에 닿자마자 살갗이 벗겨졌지만, 결코 손을 놓지 않았다. 유 원장이 뒤에서 힘껏 밀어 올려, 마침내 김 교수는 젖은 갑판 위에 쓰러졌다.

가방이 쿵 하고 바닥에 부딪혔다. 그 안에서 종이들이 바스락거렸고, 그것은 살아 있다는 증거처럼 들렸다. 뒤이어 유 원장도 힘겹게 몸을 끌어올렸다.

두 사람은 젖은 갑판 위에서 거친 숨을 몰아쉬며 한동안 움직이지 못했다.

한참 뒤, 그들은 번갈아 노를 저었다.

"척- 척-."

물살을 가르는 소리가 새벽의 정적을 깨웠다. 등 뒤로는 이미 섬이 잠겨 가고 있었다. 그곳은 다시는 돌아갈 수 없는 무덤처럼, 고요한 수면 아래로 가라앉고 있었다.

김 교수는 노를 멈추고 바다를 바라보았다. 눈앞에는 마 경감의 마지막 눈빛이 아른거렸다.

"내가 봉인이 되겠다. 너는 증인이 되어라."

그 목소리가 아직도 귓가에 남아 있었다. 가슴이 무너져 내렸지만, 동시에 뜨겁게 불타올랐다.

"… 마 경감, 자네가 우리를 이 배 위로 올려놓았군." 그는 속삭였다. "이제부터는 내가 남기겠네. 자네 이름을, 자네의 희생을."

유 원장은 젖은 손으로 노를 고쳐 잡으며 덧붙였다.

"아사코도 그랬지. 목숨보다 진실을 택했네. 두 사람은 결국 같은 곳으로 향했네. 우리에게 이 노를 쥐여주고 말일세."

김 교수의 눈가가 젖었다. 하지만 그는 다시 노를 잡았다.

"그렇다면 우리는… 노를 멈추면 안 되겠지."

바다는 여전히 잔혹하게 출렁였지만, 두 사람의 배는 새벽빛을 향해 천천히 나아갔다. 파도는 무겁게 밀려왔으나, 그 힘조차 마치 희생한 이들이 남은 자들을 밀어주는 듯 느껴졌다.

멀리 수평선 위로 붉은 빛이 번졌다. 새벽이 찾아오고 있었다.

배 위에서 김 교수는 가방을 품에 끌어안았다.

그 안에는 젖은 종이와 기록, 그리고 두 사람의 희생이 고스란히 담겨 있었다.

노를 저으며, 그는 다짐했다.

… 나는 증인이 되겠습니다.

당신들이 봉인이 되었다면, 나는 기록이 되겠습니다.

바람은 차가웠지만, 등을 스치는 그 감촉은 따스했다.

작은 배는 요동치는 바다 위에서 흔들리며, 그러나 확실히 앞으로 나아가고 있었다.

황혼의 약속

서울의 하늘은 잿빛 구름이 드리워져 있었다.

청문회와 언론의 광풍은 이미 지나갔지만, 김 교수의 삶은 여전히 폭풍 속에 있었다.

마나도에서 돌아온 지 한 달, 그는 여전히 밤마다 바닷소리를 꿈에서 들었다.

그날 저녁, 국립도서관 강당에는 기자들과 학자들, 시민들이 모여 있었다.

김 교수가 발표할 자료가 '역사적 발견'이라는 소문이 퍼져 나가며, 자리가 빼곡히 들어찼다. 플래시가 쉴 새 없이 터졌고, 사람들의 시선은 모두 단상 위에 서 있는 그를 향했다.

"교수님, 비밀의 섬은 실제로 존재합니까?"

"삼별초의 후손을 만났다는 게 사실입니까?"

질문이 빗발쳤다.

김 교수는 눈을 감았다가 천천히 열었다.

마치 지난 몇 년간의 세월이 그 눈동자 속에 농축된 듯, 깊고 무거운 빛이 담겨 있었다.

"역사는… 전설이 아닙니다."

그의 목소리는 담담했지만, 강당 전체를 울릴 만큼 단단했다.

"그리고 어떤 기록은, 목숨으로 지켜졌습니다."

순간 강당 안이 조용해졌다. 사람들은 숨조차 멈춘 듯했다.

그러나 김 교수는 더 이상 구체적인 답을 하지 않았다.

대신 원고 뭉치를 들어 올렸다.

〈마나도 – 삼별초의 마지막 항해〉

그 표지에는 바다와 섬이 새겨져 있었다.

저녁 무렵 연구실에는 홀로 그 만이 남았다. 창밖으로는 노을이 사라지고, 회색 빛 어둠이 창틀 위로 스며들고 있었다.

책상 위엔 마 경감이 남긴 작은 수첩이 놓여 있었다. 낡은 가죽 표지가 손때에 반들거렸고, 모서리는 이미 헤어져 있었다.

김 교수는 조용히 첫 장을 펼쳤다.

거기에는 날짜도, 장소도 없는 메모가 적혀 있었다.

내가 봉인이 되겠다.
너는 증인이 되어라.

김 교수의 눈가가 젖어 들었다.
그는 펜을 들어 노트 옆에 자신의 글씨를 더했다.

나는 증인이 되겠다.
너의 이름을, 너의 희생을… 끝까지 기록하겠다.

창밖 하늘은 붉은 기운을 조금 남긴 채 황혼으로 가라앉고 있었다. 그 빛은 하루의 끝이자, 동시에 또 다른 시작처럼 보였다.
김 교수는 속으로 속삭였다.
"… 마 경감, 약속하네. 당신의 희생이 헛되지 않게, 내가 꼭 지켜내겠네."
그때, 복도 끝에서 발소리가 들려왔다.
문틈으로 조교가 얼굴을 내밀었다.
"교수님, 아직 안 가셨어요?"
김 교수는 잠시 미소를 지었다. "아직… 할 일이 조금 남아서."

조교가 돌아가자, 연구실은 다시 고요해졌다.

책상 위 전등 불빛 아래, 수첩과 원고가 나란히 놓여 있었다.

하나는 희생의 증거, 다른 하나는 역사의 기록.

김 교수는 두 손을 모아 그 위에 얹고, 천천히 눈을 감았다. 그의 어깨 위에는 이제 단순한 연구자의 책무가 아니라, 소중한 친구의 유언이 실려 있었다.

창밖 황혼이 완전히 사라지자, 첫 번째 별빛이 창문 너머로 모습을 드러냈다. 그 빛은 마치 마 경감의 눈빛처럼 깊이 스며들었다.

김 교수는 눈을 들어 별을 바라보며 중얼거렸다.

"… 당신이 봉인이 되었으니, 나는 기록이 되겠다. 이것이 우리의 마지막 약속이리라."

에필로그

기록으로 남은 이야기

서울의 늦가을, 연구실 한쪽 책상 위에 한 권의 원고가 놓여 있었다.
《마나도 – 삼별초의 마지막 항해》

김 교수는 원고의 마지막 장을 적고 있었다. 그의 손끝은 느리지만 단단하게 움직였다. 만년필이 종이를 스칠 때마다, 오래된 숨결과 바닷바람이 다시 살아나는 듯했다.
글자는 단순한 기록이 아니라, 피와 희생의 대가였다.

마 경감은 끝내 돌아오지 않았다. 그는 스스로 봉인이 되어 우리를 살려냈다. 역사는 그를 기억하지 못할 수도 있다. 그러나 나는 그를 기록자로 남긴다. 진실은 침묵 속에서도 살아남는다.

그는 펜을 내려놓았다. 잠시 창밖을 바라보았다. 신입생들의 웃음소리가 운동장에서 희미하게 들려왔다.

바람이 은행잎을 흩날리며, 마치 과거의 목소리를 전해주는 듯했다.

김 교수는 조용히 중얼거렸다.

"… 이제 끝났군. 하지만 동시에 시작이기도 하네."

원고의 마지막 페이지를 덮는 순간, 등 뒤의 책장이 바스락거리며 흔들렸다. 바람 때문이었을까, 아니면 오래 전 봉인의 울림이 아직 남아 있었기 때문일까.

그는 알 수 없었다. 다만 확실한 건, 이제 이 이야기가 자신만의 것이 아니라는 사실이었다.

이제부터는 후손들이, 제자들이, 그리고 세상이 이어갈 차례였다. 김 교수는 원고에 날짜와 서명을 남겼다. 그리고 책상 위에 조용히 올려 두었다.

불빛 아래 놓인 원고 표지는 마치 한 사람의 묘비이자, 동시에 새로운 역사의 서문 같았다.

그는 마지막으로 속삭였다.

"마 경감, 아사코. 당신들은 봉인이 되었고… 나는 기록이 되었습니다. 이제부터는 세상이 당신들을 읽게 될 겁니다."

〈끝〉

용어설명

1. 27번 치아 : Zsigmondy/Palmer notation에 따라 상악좌측 제이대구치를 지칭.

2. DO cavity의 골드 인레이 : DO cavity는 disto-occlusal(원심면과 교합면을 포함하는 형태의) surface를 포함하는 형태의 와동이란 치의학 용어이고, 골드 인레이는 금으로 치아를 적절하게 때우는 형태의 수복물을 뜻함.

3. Gustafson법 : 치아의 절단 및 교합면에서의 교모(A), 치조골의 흡수 또는 치주낭의 깊이(P), 2차 상아질 첨가량(S), 백악질 침착량(C), 치근의 재흡수(R), 상아질 투명층의 양(T) 등의 미세변화로 연령을 추정하는 방법.

4. 라세미화 반응 : 광학 활성인 물질의 절반이 그 거울상체로 변하여 편광이 물질을 투과하는 도중에 편광면을 회전시키는 성질을 잃어버리는 현상.

5. HLA (인체백혈구항원) : HLA(human leucocyte antigen) 6번 염색체 내에 존재하며 100개 이상의 유전자가 밀집된 유전자군, 인체 백혈구 항원으로 불리기도 하며 면역기능을 통제한다.

6. 사린가스 : 사린가스는 액체와 기체 상태로 존재하는 독성이 매우 강한 화합물로 중추신경계를 손상시킨다. 도쿄 지하철 독가스 살포사건으로 널리 알려지게 된 맹독성 신경가스.

7. 조선왕조실록상의 진언상에 관한 기록 : 조흥국. 2008. 「조선왕조 초기 한국과 인도네시아의 마자파힛 왕국 간 접촉」 동아연구 제55집, 서강대학교 동아연구소.

8. GRU (러시아의 정찰총국) : 러시아 총정보국으로 한국의 국가정보원(NIS)와 유사함.

9. 천상열차분야지도(天象列次分野之圖) : 조선 태조 때 만들어진, 현재까지 발견된 천문도 중 관측 연대 기준 세계 최초로 만들어진 전천(全天) 천문도,

고경도 석판 위에 새겨진 천문도로서 천문현상을 12분야로 나누어 차례로 늘어 놓음 (나무 위키 참조)

10. 삼십유삼식(유식삼십송, 唯識三十頌) : 인식과 마음에 대한 불교심리철학적 교리를 30개의 게송(송가)으로 체계화한 경전이며, 세친 보살(世親, 약 4세기 말~5세기 초경)의 집대성 저작으로 유식학 발전과 후대 주석서. 수행법에 결정적 영향을 준 역사적 문헌.

11. 제주-류큐(오키나와)-마나도(슬라웨시) 해양 지도

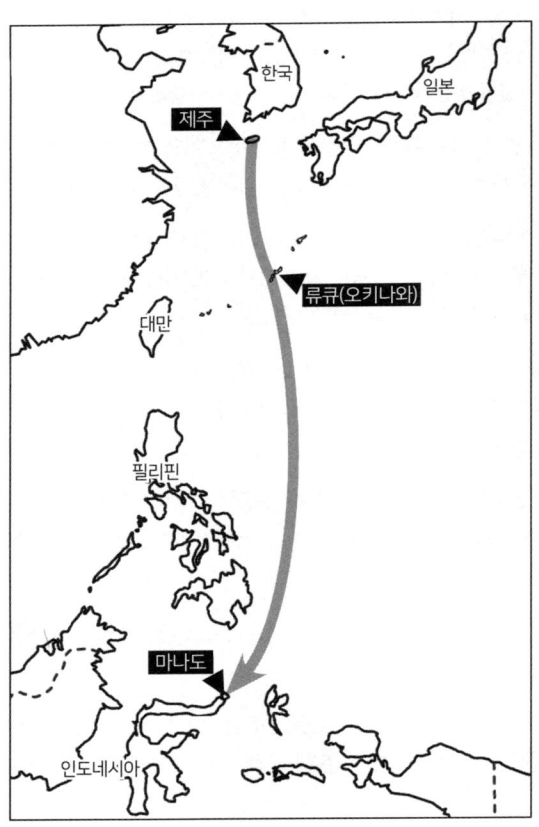

인물 소개

양칠성(1919~1949)

전라북도 전주(완주) 출신. 태평양 전쟁 중이었던 1942년, 일본 남방군에 징용되어 1945년까지 자와섬 포로 수용소의 감시원으로 있었다. 마나도 여인과 결혼 후 1945년 이후 인도네시아에 남아서 네덜란드의 재식민지화 정책에 대항하던 인도네시아 독립군에 합류해 투쟁하였다. 그 공적이 인정되어 1975년 '외국인 독립영웅'으로 공식 추서되었으며(Komarudin, 코마루딘, '찬란한 빛'을 의미), 현재 자카르타 칼리바타 국립영웅묘지에 안장돼 있다. 2023년 11월 인도네시아 서자바주 가룻군(Garut Regency)에 인도네시아 영웅의 날을 맞아 코마루딘(양칠성)길(Jalan Komarudin Yang Chil Sung)이 생겼다.

허영감독(1908~1952)

함경도 출신으로 만주에서 자란 것으로 알려져 있으나, 10대에 일본에 건너왔고, 쇼치쿠키네마 촬영소 조감독, 각본 집필 등 영화 관련 일을 하였으며, 태평양 전쟁 중에 인도네시아에 머물며 독립을 위해 헌신했으며, 마나도 여성과 결혼해 그곳에 정착했다. 현재 인도네시아 자카르타 쁘람부란 공동묘지에서 영면하고 있다.

〈출처:위키피디아〉

개정증보판

마나도 삼별초의 마지막 항해

초판 1쇄 발행 2021년 11월 01일
초판 2쇄 발행 2022년 11월 11일
개정증보판 발행 2025년 10월 20일

지은이 김선홍, 김성헌
펴낸이 방성열
펴낸곳 다산글방

출판등록 제313-2003-00328호
주소 서울특별시 마포구 동교로 36
전화 02-338-3630
팩스 02-338-3690
이메일 dasanpublish@daum.net
　　　　iebookblog@naver.com
홈페이지 www.iebook.co.kr

ⓒ 김선홍, 김성헌 2025, Printed in Korea

ISBN 979-11-6078-374-2 03810

* 이 책은 저작권법에 의해 보호받는 저작물이며, 저자와 출판사의 서면 허락 없이 내용의 전부 또는 일부를 인용하거나 발췌하는 것을 금합니다.
* 제본, 인쇄가 잘못되거나 파손된 책은 구입하신 곳에서 교환해 드립니다.
* 책값은 뒤표지에 있습니다.